Où les étoiles tombent

DU MÊME AUTEUR

Chez JMEditions
Dico impertinent de la montagne, *2014*
Qu'ignore-je ? L'alpinisme, *2015*

Chez Paulsen/Guérin
Gravir les montagnes est une affaire de style, *2017*
Les Sept Vies de François Damilano, *2018*
Espresso, *2019*
Double Espresso, *2020*

Chez Transboréal
L'Art de la trace, *2020*

Chez Stock
Son odeur après la pluie, *2023 ; Le Livre de Poche, 2024*

Cédric Sapin-Defour

Où les étoiles tombent

Stock

Ouvrage publié sous la direction de
Benoît Heimermann

Couverture : Rapahaëlle Faguer
Photo : © Noémie Dagan

ISBN 978-2-234-09700-1

À Sophie, Sébastien, Sylvain, Jean-Michel, venus chuchoter leur amour sous ta fenêtre blanche.

À Vincent, mon grand frère, dont la voix calme a guidé le chemin du retour.

À Séverine, David, Matthieu, qui dans le marc du café ont su lire la joie.

À Christophe, son quarante-cinquième jour et tous les autres autour.

À Marianne qui nous a ouvert, grand et sans que l'on frappe, la porte du 13.

J-16768

À midi cinq et des poussières, tu es née.

Tu as crié fort et sans réserve, âgée d'une seconde, cela ravit les grands. Ce n'est qu'après que ça les fâche. Tu pesais deux kilos huit cent vingt et ton ombilic était *parfait*, cocha le docteur Maurer. Rien par contre à propos de ton âme, en étais-tu déjà dotée ou est-ce la vie qui la fournit ?

Mathilde, c'est un joli prénom, il n'appartient à aucun âge, à aucune classe, c'est d'emblée que tu as choisi d'être libre. Tu es la dernière de la famille, nous partageons ce rang. C'est une bonne place, dernier, on nous demande moins et on nous pardonne plus.

Te voici déposée sur cette Terre. À ces latitudes et cet endroit du siècle, rien ne s'oppose à ce que les suites soient douces.

J-8363

Ce fut notre premier rapprochement, la machine Selecta de l'amphi 13 en est témoin. Nous avons pris un crème, toi parce que tu es du camp du chocolat et moi de celui des cafés courts. Au début, on ne dit pas trop ses dégoûts, on préfère les penchants, et ce crème, il nous penchait l'un vers l'autre.

Il y avait foule autour, des centaines d'étudiants rêvant eux aussi du Capeps, à la fois il n'y avait personne, des êtres flous et toi nette, détachée de tous les vivants. Un brouhaha, à la fois du silence. C'est un effet que tu produiras toujours : quand tu es là, beaucoup du reste du monde disparaît. Les copains étaient à deux pas, en tendant l'oreille on percevait leurs rires éclatants, mais on ne la tendait pas. Ce lourdaud de Bubu me faisait des clins d'œil. En amour et parmi toutes les premières fois, il y a celle où l'on se parle à deux, rien qu'à deux, sans la diversion de la bande, et ce n'est pas la plus mince des premières fois. Car très vite, disons immédiatement, on sait si l'on s'entend sans le bruit joyeux des camarades.

Puis toute la promo est retournée dans l'amphi et nous derrière.

Imaginons, ce matin-là, qu'une diseuse de bonne aventure soit venue se joindre à nous. Friands des bizarreries, nous l'aurions accueillie à bras ouverts.

Elle aurait interrogé nos gobelets en plastique, gribouillé la mousse beige de ses ongles tortueux, baragouiné trois incantations et de notre avenir elle aurait dit :

– Vous allez lier vos vies, allègrement. Pas ce soir mais bientôt. Vos corps, vos cœurs, tout ce qui bat va se rejoindre. Il y aura vingt années d'une vie puissante et heureuse. Vous jouerez dehors, vous rirez et vous vous aimerez comme peu ont osé. Vous ne mépriserez aucune heure. La montagne sera votre royaume, les vertiges et les bêtes vos compagnons fidèles. Vous vous moquerez des peurs. Et de l'avis des gens. Mais un matin que rien n'annoncera, l'un de vous deux chutera et se brisera jusqu'à la moelle ; vous ne partagerez rien, l'autre sera indemne, mais de vous deux, une grande part s'effondrera. Et la suite, plus longue que la joie, ne sera que douleurs, doutes et regrets. Il vous arrivera d'attendre que les jours passent.

Elle n'aurait pas dit lequel, ni toi ni moi ne lui aurions demandé.

Qu'aurions-nous décidé ?

Je t'aurais proposé de retourner à ton véliplanchiste, moi à ma cavalière, chacun dans sa vie calme, douillette et devinable. Puis nous aurions ri de ces suggestions idiotes et serions passés à d'autres breuvages en compagnie de Madame Irma dont le turban violet aurait fini sur l'une de nos têtes de noix.

Comme baguettes magiques, nos quatre-couleurs auraient fait l'affaire et comme abracadabra, notre goût têtu de vivre. Les copains auraient quitté la foule et seraient revenus se joindre à nous. « Ça en vaut la peine ! » aurions-nous crié tous en chœur. Aux élans et aux chutes, en somme au tout-venant de la vie, nous aurions dit oui. Enfin, pour s'assurer de nos corps vaillants, nous aurions dansé toute la nuit. Et le lendemain, trois pains au chocolat plus tard, tout compris et tout oublié.

Aujourd'hui que tu es meurtrie, car des deux, c'est bel et bien toi – et ce n'est finalement pas sans importance –, que ferions-nous ?

Moi, il m'arrive de rêver que nous ne nous soyons jamais rencontrés. Que tu n'aies pas mal. Pour épargner les douleurs, il faut parfois ôter la joie tout entière.

J-6218

Tu es venue dans ce bout de maison que je louais au Revoiret, quel doux nom pour qui se languit des retrouvailles. Du hasard, il n'y en a nulle part. Nous avons dormi dans le même lit comme le faisaient à chaque fois les amis que nous étions. Cette pièce aux mille fissures était glaciale, les draps de véritables congères. Nous nous sommes frotté les pieds très fort comme en montagne on le fait face aux gelures. Il faisait si froid dans nos vies respectives que, pour la première fois, ce frottement s'est ouvert à l'ensemble de nos corps. Une seconde nous prîmes peur que l'amour brûlât tout le reste, mais nos éclats de rire balayèrent cette bêtise pour toujours.

J-5832

Nous nous moquions assez des traditions. Mais celle du mariage, nous avons dit oui. Histoire d'avoir le même nom, ne s'était-on pas dit cent fois que nous semblions un frère et une sœur ? Dans la salle des célébrations, nous étions quatre plus l'adjoint au maire, c'était son premier mariage et nous notre dernier. Ubac était là, témoin nu, ravi et pas tout à fait peigné. Sylvain et Romain riaient de toutes leurs dents blanches, Jacques Chirac, de son jardin, nous observait et tu avais repassé ton polo. Nous nous sommes promis les évidences, avons signé les registres, la secrétaire de mairie nous a rejoints, a applaudi et Ubac a aboyé. Dans la 306 sans rubans roses, les affaires de canyoning attendaient, ça sentait bon le néoprène et ces vies ne prenant pas le temps de sécher. Nous sommes allés sauter dans l'eau de Montmin, une bouteille attendait dans la dernière vasque et c'était bien comme bain d'honneur.

On peut sourire sans prendre à la légère. Car l'air de rien, à la fin de l'article 212, l'adjoint zélé nous dit : cet engagement l'un pour l'autre, ça va loin, au-delà des joies. Entendez les casse-cou, jusqu'aux décisions finales. Il parlait des malheurs et nous avons fait semblant de ne pas comprendre. Il voulait nous dire que c'est au mari ou à la femme que le médecin demandera si l'on s'acharne ou bien si l'on débranche. Pas à la mère, pas plus au père qu'à saint Bernard. On a beau ne faire qu'un, il arrive d'être seul à décider.

Mais ce jour-là, les issues fâcheuses, on s'en fichait drôlement, ses propos étaient à ce point déplacés qu'ils nous passèrent au-dessus du front. En tête, nous n'avions que l'éternité.

J-3826

L'avalanche s'est déclenchée à distance raisonnable de nos traces mais pas si loin que cela.

De retour au village, un de ses habitants à longue-vue nous dit :

– Un jour, il va vous arriver quelque chose et vous l'aurez bien cherché.

Il me semblait qu'il donnait ici la définition précise d'une vie valant d'être vécue.

J-2575

Parmi d'autres de ses charmes, nous nous sommes installés dans le Beaufortain pour Le Chatelet. Nous étions tombés en évidence pour cette ferme de remue, blottie dans la forêt de Villard, versant sud, avec comme seuls voisins les cerfs, les renards et un couple de blaireaux fidèles. En bons fonctionnaires sans apport, nous avions signé pour une histoire d'amour de trente ans avec le Crédit Mutuel Enseignant et nous avions acheté la bâtisse. Armés d'outils branlants et de nos frêles compétences, nous en avions fait après plusieurs années une maison coquette. S'il n'y avait d'eau que de source, si le toit pissait les jours de pluie, si nous étions à des heures de route de nos boulots et si nous devions nous garer au village les jours de neige, c'était parfait. Là, entourés de nos chiens Ubac, Cordée, Frison et de nuits sans lampadaire, nous étions au bon endroit.

Et cet hiver, tu t'es blessée au genou. Lourdement. Diminuée, en béquilles pour de longs mois, tout est devenu laborieux. Le Chatelet nous montrait nos limites pour y vivre au quotidien.

Nous l'avons vendu, immensément tristes de le quitter.

Il faut croire que lui aussi. Quelques jours après notre départ, il a reçu la foudre et n'est plus qu'un tas de cendres.

J-1856

Ubac, notre chien chéri, est mort.

Est-ce la réalité ou notre regard, mais il semble que depuis, la vie nous parle plus de déclins que d'éclosions.

J-29

On croit entrer dans une histoire par son début. On se trompe. Nos histoires nous cueillent par leur milieu. Une grande part s'est jouée sans nous, à peu près tout est en place, on nous l'a signalé mais nous n'avons rien vu venir. La vie n'attend pas que nous soyons prêts. Si c'est un train de bonheur que l'on prend en marche, ce n'est pas si fâcheux, nous ratons les joies premières, les annonciatrices, mais il restera pour les distraits de quoi s'égayer. En revanche, si c'est la souffrance dont on a ignoré les trois coups, nous aurons beau tirer le signal d'alarme pour que tout s'arrête, rien n'y fera, un malheur lancé freine interminablement.

Prédire le passé et le qualifier d'évident est un exercice commode, il suffit d'attendre puis de prétendre. Aujourd'hui, on peut le dire, le village de Falzes nous avait prévenus et nous n'avons rien écouté.

Ce matin-là, nous nous sommes extraits gaiement du van, six mois que nous étions en voyage et que nous faisions connaissance avec la grande liberté. Nous avons bu un espresso à l'auberge Jochele, l'unique bar ouvert tôt le matin dans Falzes. Ces Italiens du Haut-Adige, s'ils manquent de désordre et abusent des consonnes, nous les aimions de plus en plus car, passé le vernis rigide, se cache en eux un tas de fantaisie. Le chemin vers le mont Plat est un beau chemin, la lumière douce y est striée de grands épicéas et de grands mélèzes, là-bas les arbres aussi sont droits. Du dedans, cette futaie, on dirait un code-barres géant. Pour acheter quoi ? Du silence, du moins le bruit des hommes en sourdine, et de la paix. Il nous faisait marrer, ce nom de sommet, mont Plat, c'est absurde. Ça devait dire quelque chose d'évident comme toujours avec l'absurde.

Au sommet, nous avons déplié nos parapentes, là, au même endroit que la semaine d'avant, la brise était parfaite, le petit vent de sud aussi et la rubalise au bout de la branche nous disait allez-y sans crainte, c'est par ici. Nous allions décoller. Mais un nuage arriva de nulle part, en quatre minutes, gonflé, noir, tout droit venu des annonces célestes. Il a fondu sur nous, rien que nous. Avec lui, une pluie, forte, sévère, brève, chaque goutte distincte, décidée et qui tape les casques comme un pic épeiche. Nous nous sommes abrités sous nos sacs, nous avons protégé nos voiles à la va-vite, le nuage est parti comme il est venu, sûr de la clarté de son présage. Nous étions prêts à redescendre à pied.

Tu étais plutôt pour rentrer au camion ; ce n'est pas que tu avais peur, tu disais qu'il y aurait d'autres occasions et que le mont Plat, *a priori*, n'avait pas prévu de déménager. Je t'ai dit que les prévisions de tous les modèles météo étaient bonnes et qu'il fallait y croire. Nous avons discuté un peu, laissé du temps au retour des faveurs et nous avons décollé. Malgré tout. Moi en premier, pour voir, puis toi, c'est rare, habituellement je te suis. As-tu finalement décollé pour ne pas me décevoir ? Je prie que non.

En l'air, à la radio, je t'ai dit que ça allait, des turbulences mais rien de méchant, pourquoi le vent le serait-il ? Tournant la tête, j'ai vu ta voile formée dans le ciel. Vingt secondes plus tard, un autre coup d'œil et ta voile était au sol. Mon ventre a comme pris le jus. Mais vite, ouf vite, ma radio a grésillé : « Tout va bien. » Tu avais atterri tout de suite, pas en catastrophe mais de ces fois où l'on s'applique au doute. Ton premier geste, après t'être sauvé la peau, a été de me prévenir. Ce que tu ressentais l'avait emporté sur mes convictions, et c'est cela tenir son rang de vivant. Cette scène, jusqu'aux nœuds du sternum, je la revivrai un mois plus tard, une seconde fois sans deuxième chance. Tout sera semblable sauf que tu ne m'appelleras pas à la radio. En fait, rien ne se ressemblera. Quand la vie prend le soin de nous avertir et que nous en négligeons le prix, son châtiment redouble de fureur.

J'ai volé droit, atterri à la hâte et replié ma voile en une boule infâme.

J'ai couru dans ta direction. L'aubergiste m'a salué, se demandant où tu étais – tous les êtres font comme ça quand ils nous voient l'un sans l'autre – et j'ai couru encore plus vite. J'aurais pu courir des heures, fort et sans peine, d'où venaient ces silos de globules ? Je ne pensais à rien. Mais je pleurais. Inondé soudain, des sanglots continus, denses et qui gonflaient à chaque virage du sentier. Pour rien, tout allait bien. J'étais en train de te rejoindre, entière, sans frustration, comme souvent tu allais me dire : « Pas grave, s'il n'y a que ça », quant à remettre le dépit à sa place, tu as toujours été plus précise que moi. Il faut savoir perdre, me dis-tu, et à l'instant où nous n'acceptons plus cette règle, la vie cesse d'être un jeu. Nous allions nous retrouver, redescendre, céder à une bière, le présent disponible et le futur concevable. Tout allait bien. Et je pleurais.

Le sort m'avait hurlé la suite. Je me situais à ces instants de notre vie où l'on côtoie d'autres voix, où le corps sait avant le reste et nous avise. Mais nous autres, les hommes d'aujourd'hui, sommes comme inanimés, nous n'écoutons plus.

Je t'ai caché mes larmes. Il est rare que je te mente.

J-1

En voyage, on ne remet pas grand-chose à plus tard.

On pourrait croire le contraire : le temps s'étirant, les lendemains libres, attendre serait de bon goût. Presque une courtoisie. D'ailleurs, si l'on voyage, c'est aussi pour que cessent les empressements. Presque une résistance.

Mais en réalité, on reporte peu car en voyage rien ne se reproduit vraiment. On peut laisser passer l'occasion, c'est une idée noble car les regrets aussi sont beaux mais nous sommes voyageurs surtout par gourmandise. Alors on saisit tout ce qui se présente et que le présent n'offrira plus.

Nous sommes sortis du fourgon, cette idée en tête, sept mois que nous vivions dans les dix-sept mètres cubes d'un Fiat Ducato et le monde n'avait jamais été aussi vaste. Nous menions la vie dont nous rêvions, nous errions dans les montagnes d'Europe à chercher ce que nous n'avions pas. Nous n'habitions nulle part, nous traversions. Partout nous ne faisions que passer, ce qui est assez lâche mais fiable en matière de bonheur. Nous allions de découverte en découverte, de petite chose en petite chose, une attirance farouche pour ces endroits où il n'y a rien à voir. Un classique pour un couple au mitan confortable de sa vie qui entreprend l'inventaire de ses richesses et de ses manques et parvient à la conclusion que les seules fortunes valables sont le temps et la liberté d'en disposer. Nous nous étions délestés de nos possessions jusqu'aux centaines de livres bien alignés, nous avions dit au revoir à nos carrières de profs de gym, soldé nos crédits, nous avions dit non aux mots d'ordres : accumuler, briller, réussir, prévoir. Et fait le choix d'une vie grassement nomade. Certains nous disaient audacieux, oubliant que seuls ceux ayant beaucoup peuvent s'offrir l'exploration du peu. Nous, nous ne parlions pas d'audace. Mener cette vie nous suffisait.

Rio Bianco est le bout d'une vallée étincelante, la vallée d'Aurina dans la province de Bolzano, au nord de l'Italie, l'Autriche à deux pas. Tout se parle ici en deux langues, on peut dire Weissenbach mais comme souvent à nos oreilles latines, on préfère chanter à rugir et l'italien l'emporte. Les prés sont bien fauchés, les gens disent bonjour et le vent est doux. Ici, on dirait qu'il n'y a que la joie calme, c'est un des mensonges du voyage.

S'il est blanc, c'est qu'il est froid le ruisseau, immensément froid. De retour crasseux de montagne, nous y avons plongé les pieds ; en entrant, on croit s'évanouir.

– Surtout pas bouger les orteils !

Sinon le froid revient, recommence et redouble ; se laisser endormir, après tu verras c'est presque chaud. Le premier qui sort les pieds a perdu et l'autre le hue pour rire. Puis on a fini tout nu dedans, c'est la faute à l'amusement. Se baigner nu dans les rivières, c'est comme dessiner dans la buée des vitres ou siffler l'herbe entre les pouces, un jour sans s'annoncer on ne le fait plus et on pense à l'imparfait. Les habitants d'ici, à maison, à douche et qui lavent leurs jantes au savon, nous regardaient bizarrement et si on les regardait aussi, on voyait qu'ils avaient envie de jouer, peut-être que rien ne s'éteint vraiment.

Puis nous sommes allés boire un verre de prosecco au Sportbar. La patronne et sa fille sont gentilles, elles nous ont servi deux verres d'assoiffés et un bol de chips débordant. Nous étions venus cet hiver, elles ont reconnu les petits Français au camion arc-en-ciel qui ressortaient des toilettes les aisselles pimpantes et les paupières décollées ; parfois le voyage fait des boucles, repasse, et pour un peu réclamerait son lot d'habitudes. Ici, le café est à un euro vingt, il n'y a pas indicateur plus fiable que le prix de l'espresso pour savoir si un territoire a vendu ou non son âme au diable.

Nous avons bu ces verres en trois gorgées pas si espacées que ça, torpillé le bol de chips, tu m'as demandé pourquoi le Nutri-Score s'arrêtait à E et la maman, heureuse des revoyures, nous a dit que c'était offert par la maison. Chez nous, il faut attendre mille venues avant un fond de bouteille. *Grazie mille. Bitte.*

– On en reprend un ?

– Tu crois ?

– C'est pas très classe de partir sur la tournée du patron.

– De la patronne.

– Mais elle va croire qu'on se sent obligés.

– On n'a qu'à revenir demain en redescendant. En plus, on pourra en boire plusieurs, samedi ils annoncent mauvais.

– Vendu.

De retour au camion, nous avons préparé nos sacs, plié scolairement nos voiles, vérifié nos radios et repris la météo.

Aux délices du présent, nous avons choisi l'après et son organisation. Nous avons fait le choix de repousser plutôt que de jouir, pourtant l'ivresse providentielle nous tendait les bras.

Dans la nuit, fichue soupe qui ne fait que passer, je suis sorti du camion. J'ai cherché jusqu'à la plus brillante des étoiles. Pas une seule. Tout était trouble, rien n'invitait au lendemain. Quand écouterons-nous enfin ce que le ciel a à nous dire ?

Vendredi 12 août 2022
J
6 h 45

Se lever tôt de son plein gré est un délice. En tout point, cela ressemble au réveil contraint : une chose métallique sonne, résonne et nous extrait d'une nuit durable, les pensées s'emmêlent et le corps grince. On grogne un peu. Puis on se souvient des raisons précises, l'excitation met de l'huile partout, des synapses jusqu'aux genoux, et on s'élance. En fait, ils ne se ressemblent en rien, les réveils choisis et ceux qu'on nous ordonne. Décider de sa propre vie, c'est comme en changer.

Nous nous embrassons, c'est le premier geste de chaque jour. Nous nous tapons le bout des doigts en disant *Tchouk*, c'est le deuxième, et nous inventons des phrases insensées que l'autre aurait criées dans la nuit, pour déjà rire. Je ne me rappelle aucun matin où nous n'avons pas fait cela. Je ne sais pas quoi penser des habitudes, elles resserrent, elles remplissent mais, en cachette, elles conspirent au manque. Je me redresse sur le lit, une fois sur deux je me tape la tête au plafonnier, hier j'ai dû le frôler. Je me plie puis je me déplie pour aller vers la cuisine, un demi-mètre à droite ; vivre dans un van, c'est se convertir à l'origami, on ne fait que plier, déplier et replier : les matelas, les cartes et les corps.

Je jette un œil par la baie coulissante. Plus le dedans est petit, plus on regarde tôt le dehors, quel ennui les châteaux. Le fond de l'air est humide, je me dis que c'est la faute au ruisseau. La nuit nous a rassurés, quelques gouttes sur le lanterneau mais rien de quoi empêcher. Que les conditions de la nature fixent le programme de nos jours est plaisant, cela suppose de dialoguer avec un autre qui décidera plus fort que nous, de croire en l'espoir et d'accepter le refus. Il paraît qu'un jour cela cesse et que tous les vieux alpinistes, marins et autres enfants élevés en plein air en ont assez de scruter les bulletins météo ou l'éclat des étoiles pour savoir quoi faire de leur vie ; ils se satisfont de découvrir le jour comme il vient et de faire avec, ainsi on n'est jamais déçu. C'est peut-être ça, la vieillesse, être las d'espérer. C'est peut-être ça, la sagesse, se féliciter du réel.

Nous buvons notre thé, toi il est vert, nous essuyons la buée qu'il tapisse sur les vitres. Nous avalons du pain autrefois moelleux tartiné d'un fromage de brebis autrefois frais. Il s'agit de croquer fort et de remettre bientôt la main sur une boulangerie. Tu fais semblant de perdre une dent dans la bataille ; le jour où ce sera vrai, ni moi ni la petite souris ne t'écouterons. Nous mettons un peu de chauffage pour nous habiller sans trembler, mais pas trop, l'idée de se recoucher rôde. On dispose de tout dans un camion : à manger si nous avons faim, à boire si nous avons soif, un toit s'il pleut, de la chaleur ou des courants d'air, un lit, des livres, des fleurs enfermées mais des fleurs quand même, de quoi s'ennuyer, rêver, et des fenêtres sur le monde. De la musique aussi. Et les photos des êtres aimés. À quoi sert le reste ? La seule chose manquante dans notre fourgon, c'est un pèle-pomme. On se le dit à chaque fois, on l'oublie à chaque fois. Il résoudrait nos paresses de compote et il est bon d'avoir près de soi un objet rappelant que tout s'invente pour qui s'ingénie à vivre.

J'hésite à faire un café, la Bialetti toute cabossée et cramée du dessous est prête mais, s'il semble infini, le temps presse. Pour sortir du van, nous passons sous le tableau où, à la craie, nous avons écrit : *Che giorno è oggi?* Quel jour on est aujourd'hui ? Notre slogan d'oisifs. Ou d'actifs. Ou de prisonniers. Car s'il est tentant de la gifler, cette vérité en est une : la quête immodérée de liberté, sous ses airs de grands espaces, porte en elle une dimension étouffante.

Dehors, vallée étroite, il fait sombre. Avec ta tête toute bronzée, je ne te vois plus puis tu te marres et je te repère. On enfourche les vélos, leurs selles trempées de rosée, tu essuies la tienne au chiffon et moi au pantalon. Il y a environ trente minutes à rouler, nous pédalons sans parler, ce qui n'est pas l'ennui ; bercés par ce geste d'automates, une partie de nous se rendort, l'autre guette les bêtes dont c'est l'heure du retour aux abris, nous sommes plus observés que l'inverse. Le calme est partout. Une journée, c'est comme un tracé d'électrocardiogramme, s'alternent des pics et des pauses, des creux volontiers et on recommence ; quand tout se dresse ou s'aplanit, c'est inquiétant. Dans les derniers mètres, tu accélères, tu franchis une ligne d'arrivée que toi seule as définie et tu lèves les bras au ciel. Puis j'arrive, tu me tends une branche de mélèze comme micro et tu me demandes si je suis satisfait de ma deuxième place. Gamine.

Nous sommes dans la combe. Ce n'est jamais moche, une combe, on la traverse avant et après les sommets, des envies à l'aller, des souvenirs au retour et on dort rétamés sur son herbe grasse, il y aura toujours un ruisseau pour nous bercer et une mouche pour nous réveiller. Le ciel s'est éclairci, la brise qui descend s'est calmée, tout va bien. Il fait frais juste ce qu'il faut, luxe des nuits à mille sept cents mètres d'altitude. Nous posons les vélos sur la palissade en bois de la Malga. Nous croisons le fermier, la traite des vaches est finie, l'heure des braves, c'est lui. Nous nous disons une poignée de mots, ça fait quelques fois qu'il nous voit, la première on se salue du menton, la deuxième de la main, la troisième on parle, la quatrième on boira.

Tout à l'heure, sa ferme deviendra auberge, sa femme prendra la suite et accueillera les randonneurs pour déjeuner, leur amour se croise. Bière, canederli, strudel et sieste offerte. Nous en serons. Pour ce vol, on pourrait atterrir à deux pas du camion mais nous prétextons la présence des vélos pour nous poser dans le champ bordant l'auberge et à quelques mètres de midi. Nous retrouverons cette jeune fille aussi avec une fleur dans ses cheveux couleur paille, elle est la petite voisine qui vient donner la main pour le service, ça remplit ses longues journées d'été et les poches de son bermuda. Elle a des yeux si clairs, on voit tout ce qu'elle tait. Je crois qu'elle nous aime bien, elle nous met trois boules de glace et nous parle sans fixer ses sandales. On ne lui a toujours pas demandé son prénom, on ne sait pas si ça se fait ici, on sait juste d'elle que son rêve c'est voler. Et d'avoir un chien, un vrai, rien qu'à elle et pas aux vaches.

Nous nous mettons en marche. Encore une bonne heure d'un sentier moelleux, dans les bois puis les grands prés et nous serons au col, enfin à la cime.

Quand des copains sont morts en montagne, je n'arrivais pas à m'extraire cette question de la tête : le matin, en se levant, avaient-ils senti qu'ils allaient mourir ? Le vent dans les arbres le leur soufflait-il, l'humus reniflait-il la fin ? Étaient-ils plus sensibles au bonheur que d'habitude ? Ou à la peur ?

Ceux qui savent tout disent que non, qu'on ne voit rien venir. Ils ont raison. Et c'est tant mieux. Sinon on ne vivrait plus.

J+1

Cette nuit, tu n'es pas morte. Ils m'auraient appelé. Tu mourras une autre fois.

J'avais réglé le téléphone à son plus haut volume, collé à l'oreiller. Pour être plus sûr encore, je n'ai pas fermé l'œil.

Dit-on lendemain quand on n'a pas dormi de la nuit ? Oui. Car la lune et le soleil mesurent le temps pour tous les êtres de la Terre. Qu'ils dansent, qu'ils rêvent ou qu'ils pleurent. Et il faut s'éloigner, et il faut s'échapper ; qu'aujourd'hui devienne hier est nécessaire. Souhaiter que le temps passe n'est pas toujours l'insulter. Mais la prière qu'il dure.

Une bonne partie de la nuit, j'ai regardé du tennis de table sur l'ordinateur. C'étaient les Jeux européens. Je n'en avais pas entendu parler, quelqu'un voué à me distraire a dû les inventer hier. Des Suédois ont gagné le double, ils semblaient contents et je pleurais. Si je fermais l'écran, l'angoisse enflait, rien ne la désamorçait, je craignais d'éclater, il me fallait ce spectacle répétitif et où rien de la vie solide ne paraît être en jeu. J'ai bien essayé de lire mais lire, c'est trop près du cœur. Et quand ça n'allait vraiment plus, je sortais marcher sur le parking de l'hôpital, au milieu d'autres, les effrayés vivent la nuit.

Jean-Michel m'a appelé trois fois. Vers minuit, vers 3 heures, vers 6 heures. Hier soir, c'est moi qui l'avais fait, pour l'avertir. Sans l'ombre d'un doute. Hésiter à prévenir l'ami, c'est une coquetterie de déménagement ou de chagrin d'amour. Pour la mort rôdant près de soi, on le fait d'un geste, le premier. Il avait décroché tout de suite de sa voix joyeuse, « Salut mon Pinpin », il était en train de nouer sa cravate, en bruit de fond les vivats d'un mariage en Espagne. Il a dit : « Putain merde, c'est pas vrai », et s'est repris dans la seconde car c'était vrai. Je lui ai demandé s'il te plaît de profiter pleinement de cette nuit de fête et de danser pour nous. Je suis certain qu'il l'a fait, des vivants riaient autour de lui et ils n'avaient pas, au nom des peines parallèles, à être négligés. Rallier le cortège des tristes n'est d'aucun secours. Delphine et lui pensaient à nous et cela suffisait, être aimé peut suffire. Toutes les trois heures, il s'assurait que j'étais encore là. Et toi donc.

Vincent, mon frère, lui aussi m'a appelé. Il agit comme j'étais convaincu qu'il agirait. Cinquante-trois ans à le construire fibre après fibre donne un cœur aimant qui ne sèche pas en une nuit. L'hôpital il connaît, c'est son travail. Depuis Clermont-Ferrand, ses collègues neurochirurgiens Marta et Viorel ont réussi à joindre leurs confrères de Bolzano, comment et à quelle heure, je l'ignore. Marta est italienne, elle a traduit ton premier bilan, l'a transmis à Vincent qui m'a expliqué dans les grandes lignes, il sait trop qu'au premier acte la minutie égare, terrorise, on n'y gagne rien. Que sa collègue soit d'origine italienne, bien que peu disponible, je l'ai reçu comme un signe auquel s'agripper.

Hier, l'urgence était de drainer ton cerveau, du sang partout sous ta dure-mère. Cette évacuation du sang s'est faite à ta descente de l'hélicoptère dans la foulée d'un scanner corps entier ; ta vie s'est jouée à une minute près, au-delà ton cerveau se serait noyé dans l'anarchie des commandes et il aurait signifié à ton cœur de ne plus battre ni combattre ; en partant de la vie, c'est au cœur qu'il revient d'éteindre derrière lui. Dans la montagne, il s'en était fallu de quelques secondes pour te rétablir, m'ont dit ensuite les secouristes. Hier soir, c'est en heures qu'on me parlait, celles de la nuit allaient être décisives. Tu progresses à grande échelle. Rêvons qu'aujourd'hui, ceux me parlant de toi nous comptent l'avenir en jours. Marta a confirmé à mon frère que tu serais opérée de la colonne aujourd'hui si *on* le jugeait faisable et utile. Vincent m'a dit qu'il aurait de nouvelles informations dans la journée, il a en lui comme une cellule de crise et un plan blanc toujours prêts quelle que soit la déflagration. Il m'a dit aussi qu'il m'aimait et que nous ne perdrions rien à nous le dire par temps calme.

À 7 heures, j'appelle le service des soins intensifs.

Je prends de grandes inspirations, je me rappelle le droit d'être optimiste et j'écoute deux fois « It's a Hard Life » de Queen car c'est à la fois tendre et puissant. Il me semble que l'on juge l'intensité d'une œuvre précisément à cela, à la possibilité, selon ce que la vie réclame, d'y régler la force du vent. *Sono il marito della donna francese*. Une dame me répond en joli français. Habituellement, j'aurais été vexé qu'on me parle en français après tant d'ajustement de l'accent tonique mais ici je m'en fous, je vais me foutre de beaucoup. Elle m'informe que tu as passé la nuit et qu'ils ont baissé la sédation. Pour voir. Tu as entrouvert les yeux. J'ignore si c'est une bonne nouvelle et je ne le demande pas, je ne voudrais poser que des questions dont j'ai écrit les réponses. Depuis hier, pour un grand nombre d'éléments, je ne sais plus s'ils sont du bon camp ou de l'autre. On peut passer une vie à bâtir des avis, en un choc on n'ose plus les approcher. Une chose est certaine, si cela arrive, je voudrais être là quand tu regarderas en dehors de toi la première fois.

Ce matin, les chirurgiens vont étudier les dernières images de ta colonne (pour dire ça à mon frère, j'ai dit cartographies) et décider de la pertinence d'opérer. Ta troisième vertèbre lombaire, L3, est un puzzle dont les pièces les plus vives ont tranché la moelle épinière. Au-dessus, L1, L2, au-dessous, L4, L5 sont aussi brisées. S'il reste des fibres nerveuses, elles sont écrasées sous le choc et il faut les libérer en urgence. Marta nous l'avait expliqué avec des mots sérieux qui font peur autant qu'ils munissent d'espoir : arthrodèse et décompression. La dame au téléphone me dit qu'en même temps qu'elle me parle, elle te regarde et que tu sembles tranquille. Elle ajoute que ton cœur est bas et régulier. Hier, tu t'acharnais à ce qu'il soit haut et variable.

– Pouvez-vous lui dire que je suis vivant ?

– Oui, je vais le faire, rappelez cet après-midi.

En raccrochant, je pleure. Abondamment. Mon corps, c'est l'industrie des larmes : commande, sacs de matière, production, acheminement, livraison, facture. Je les sens venir, elles picotent derrière le nez, elles préparent les yeux en les réchauffant, attendent que les murailles tombent et après ça déborde. Ça ne faiblit pas, on se dit qu'on va pleurer toute sa vie et que si on veut arrêter de pleurer, il faudra arrêter la vie avec. Puis ça s'espace, puis ça s'éteint, puis ça revient.

J'ai soudainement besoin de lumière, de multitude, de me sentir faire partie d'un monde mouvant. Et de me rapprocher de toi. Je m'extrais du fourgon. Dans le hall de l'hôpital se trouve un bar, il ressemble à tous les bars d'hôpital, on peut boire, manger, acheter des journaux nationaux et des doudous chinois. Je m'y rends par de grands détours, je commande un café et un jus d'orange, un vrai. Les oranges pressées, ça fait du bien, ça fait petit-déjeuner radieux, celui qu'on s'accorde par temps libre. Rien que le commander, « *spremuta d'arancia* », commande dans le même geste une portion de gaieté. Je choisis une table qui deviendra ma table. Puis un autre café. Je voulais de l'animation, c'est ici ; le monde s'y frôle, et en cette fourmilière, aucune percussion. Des soignants pressés, des familles patientes, certaines au regard pétrifié, d'autres rassuré, entre presque rien, des malades autonomes sortant fumer ou retrouver le soleil, des livreurs, des ambulanciers, des rires, des doutes, la frayeur, de l'indifférence et de l'attention, des clans et des solitudes. Il y a ici tout ce que la vie a de précaire, stupide et merveilleux.

Je sors du bar vers 9 heures, j'aurais aimé qu'il soit 17. À la fois j'entreprends tout vite pour accélérer vers toi, à la fois il me faut occuper chaque interminable minute, quoi que je choisisse je me trompe d'allure.

Je me rends au supermarché voisin, j'en rapporte un taboulé bio, que je dépose au van. J'y retourne pour un yaourt au chocolat, le corps réclame du chocolat. J'y retournerai pour une autre chose à laquelle j'ai bien fait de ne pas penser.

Puis des coups de fil qui torturent, des pas qui calment et le téléphone scruté. À chaque secousse, l'envol d'une fauvette ou le vent sur un brin d'herbe, je crois qu'il vibre.

Pour ces heures infinies, j'ai une nouvelle compagne : la douleur. Elle est affamée, rien ne la contente. Elle est organique et définissable : c'est un enchevêtrement d'asphyxie, de nausée et de crochet du droit, elle se tient pile au centre, au niveau du ventre, et migre selon ses caprices, vers la tête qu'elle percute ou les jambes qu'elle cisaille. Elle est faite d'un peu de tout : terreur, manque, fin possible, impuissance, solitude, culpabilité et autres engrais enfouis, méconnus et à venir. Ce n'est pas le moment de disséquer ce goudron noir, il aura le temps cent fois de changer de recette. Pour l'instant, je l'accueille, que faire ? Fuir la douleur est impossible, elle devine toujours où je me cache, la combattre est illusoire. Nous apprenons à nous connaître, nous composons.

En revanche, il y a cet autre que j'ai clairement identifié et qu'il me faut prendre garde à ne pas approcher. Il n'est pas la douleur même mais celui qui l'attise. Ce soufflet se tient dans la suite d'hier à aujourd'hui. Dès que je pense à leur improbable enchaînement, c'est un grand coup sur les braises de la désolation. Hier, nous riions, nous nous promettions ; une poignée d'heures plus tard, nous sommes seuls, séparés, abattus du corps ou de l'esprit et sans trop d'avenir. Habituellement, les jours successifs se ressemblent ; là, une porte claque et rien dans les mouvements de l'air ne l'annonçait. Je n'ai pas eu le temps de me préparer à leur rupture. Pourtant comme j'aimerais penser à hier, je trouverais en lui refuge et mille raisons d'espérer. Mais dès que je m'y aventure, c'est du sel sur la plaie.

On peut mourir vite. Une vie, c'est si long à bâtir qu'on peine à imaginer qu'elle puisse cesser d'un geste, d'un seul.

J'ai mangé la moitié du taboulé bio. Un quart par envie, l'autre par méthode. J'ai mâché pour que ça dure.

Vers 15 heures, je vois garé près du nôtre le fourgon de Seb. Dans ces tôles aussi, nous avons déplié des cartes, mangé des financiers et ri. Ils sont là. Ils ont roulé toute la nuit et des bouts de jours. Assis par terre à l'ombre, ils ne me voient pas, moi oui. J'ai ce coup d'avance qui s'appelle la vérité. Ils sont à distance les uns des autres, ils ne se parlent pas, s'assoient, se lèvent et se rasseyent, la tête vers le bas, souvent dans les mains, chacun dans la géographie de sa peine. Ils sont tristes. Quand ils m'apercevront, ils feront corps, ils feront face, ils feront comme si, ils feront pour moi, s'il le faut ils souriront, mais leur état profond, je l'ai vu, c'est un amas de chagrin et de frayeur et je m'en veux de les charger de cela.

Je m'approche. Ils hésitent, venir vers moi ou m'attendre, Sylvain s'avance. Je pleure dans ses bras, je recommence dans ceux de Soph, je recommence dans ceux de Seb car chacun te connaît. En nous existe cette pleine poche hébergeant des larmes d'une autre matière que les sanglots solitaires. Elles se taisent, laissent couler les autres et jaillissent dès qu'une épaule chérie se présente et que nos cœurs ont le droit d'éclater. Et ces larmes-là sont à spasme.

Ensuite, le silence. Épais. Parler des choses graves serait trop grave et des choses futiles trop futile. Je m'assois dans le van, j'ai le corps mâché, la chose qui me pesait sur le ventre est passée au fond des pieds. C'est votre première offrande, mes amis : une trêve.

Je romps ce silence en parlant de l'accident. J'en ai sans doute besoin. Je m'adresse à Seb, il est le moniteur de parapente qui m'a appris, l'amitié ce n'est qu'après. La froideur minutée est la seule voie que j'ai trouvée pour me libérer une première fois du récit de l'accident et de mon incompréhension, je le crache sans y penser vraiment. Seb me pose quelques questions, à distance élégante de la possible faute, et se garde bien, grand cœur qu'il a, de favoriser quelque piste que ce soit.

C'est très loin du bonheur mais il y a quelque chose de cela depuis leur arrivée. La bande de copains produit cet effet et le fera jusqu'à la fin : l'illusion d'une jeunesse éternelle, l'existence possible d'une vie simple et suffisante au sein de laquelle les âmes sont vives et les rires inlassables. Et la conviction d'être, par les autres, invincible chacun.

À 16 heures, j'appelle le service. Toujours la même méthode : de grandes inspirations, une musique douce puis électrique et un appel en marchant. Tu n'es entrée au bloc qu'il y a deux heures, ils ont attendu le dernier moment. Je ne sais pas si c'est bon signe. Je dois rappeler à 20 heures.

À 20 heures, tu es toujours au bloc, ils ont choisi d'opérer ton poignet en plus. Pourquoi, je n'en sais rien. Seb dit que c'est bon signe, qu'ils estiment peut-être que tu auras besoin de tes deux bras, où est-il allé chercher cette lueur ? Je dois rappeler à 22 heures.

À 22 heures, ils me disent de monter.

Je demande à Sylvain de m'accompagner, c'est une demande dont je ne mesure pas la taille. Seb veut savoir ce qu'il peut faire pour moi comme si être là ne suffisait pas. Je le supplie de plier ma voile restée en boule dans le camion et de la cacher bien au fond du placard d'hiver.

Que Sylvain soit à mes côtés est une bénédiction, il est l'ami du passé léger. Des danses sur la table, des accolades à la cime, des fous rires sans fin, nous en détenons des coffres. Aussi des nuits entières à parler de ce que les filles font à notre cœur. Il sait que l'idée de l'amour infini, aussi audacieuse soit-elle, me semblait tristement naïve jusqu'à ce que ton rire croise mes certitudes et que rien ne soit plus comme avant. Avec Sylvain, je ne me souviens d'aucune tristesse, des luttes oui, des échecs comme il se doit, mais de tristesses jamais, et face à l'hésitation des lendemains, il n'y a pas bouclier plus épais que l'écho des jours joyeux.

Nous marchons en silence. Me vient à l'esprit que dans cent ans nous serons tous morts mais d'ici là, il reste à vivre. Je lui montre les dessins de pieds au sol s'il avait à retourner là-haut seul. À plusieurs reprises, nous nous tapotons le dos avec la main comme on le fait pour se convaincre que *ça va aller* sans oser se le dire car au fond on ne le sait pas. Je sens sa présence, nos corps se répondent, ce n'est donc pas un rêve. Je ressens sa peur, elle m'en soustrait d'autant et en le rassurant, je me rassure.

Au bout du couloir final, il me dit qu'il m'attend et de t'embrasser.

Une infirmière m'accueille, ce n'est pas la même qu'hier. Tout de nous se joue dans cette salle alors nous imaginons sottement que des êtres y habitent. Elle me demande si je suis prêt à te voir car tu n'es pas belle pour ça. Sept heures d'opération, assise, la tête penchée en avant pour étirer le dos ont fait de ton visage une lune pleine. C'est vrai que tes yeux, ton nez et tous les autres reliefs de ta figure ont disparu. Le reste du temps, tout ce qui est rond rebondit de joie, ici c'est triste. Il reste sur cette pleine planète rouge ton front lisse à embrasser. Tu ne bouges pas, rien de toi ne s'anime seul, tu es maintenue en vie. Si le courant se coupait, tu mourrais.

Ton avant-bras gauche est équipé d'une structure métallique faite d'axes et de vis, un fixateur externe. Nous rêvions d'envolées, l'heure est à la fixation. Ton dos, ton crâne, ton bras, tes côtes et tes poumons, tous ces morceaux de toi sont à recoller. Hier, en marchant, nous parlions de ces boules de colle qu'au collège nous faisions par tapotements disciplinés des doigts recouverts d'UHU liquide. Lorsque nous devions passer au tableau en pleine opération de bâtissage, c'était une sacrée gymnastique pour dissimuler notre œuvre et ma maman, ne voyant aucun polycopié collé sur mes cahiers, devait s'interroger sur les raisons d'une consommation effrénée de ces tubes. La taille et la pigmentation des boules étaient proportionnelles au taux d'ennui en cours, la mienne était immense et aux couleurs rastas.

La dame me dit qu'il faut que tu te reposes maintenant et que les chirurgiens ont fait tout ce qu'il fallait faire. À la sortie du bloc, les chirurgiens ont deux formules. Soit *ça s'est bien passé* et la vie continue, soit *ils ont fait tout ce qu'ils pouvaient faire* et elle s'arrête. *Tout ce qu'il fallait faire* est ni l'une ni l'autre. Elle me dit aussi que tu as été courageuse. Voilà la réponse à qui se demande si l'on est conscient de son propre courage.

Pour que je dorme un peu ou est-ce la vérité, l'infirmière m'informe qu'un des chirurgiens aurait vu la persistance d'un mince faisceau nerveux par lequel la commande pourrait tenir et renaître. Une présence faible, une présence. Mais c'est à confirmer par des machines qui, elles, ne s'embarrassent pas de l'espoir. Je prends. Le bien est fait, l'espoir n'est d'aucune taille.

Avant de te quitter, je glisse une photo de nos chiens au pied de ton lit. Si tu ouvres les yeux cette nuit, ils seront ta première vision et sauront t'accueillir. J'espère que tu n'auras pas peur d'être au paradis. Ou de ne pas y être.

En retrouvant Sylvain, je tombe en pleurs, des larmes moins de désolation que de soulagement. En montagne et dans le mauvais temps, une fois le refuge atteint, le corps s'affaisse et se consacre tout entier à ce qui était inconcevable une minute plus tôt, s'asseoir, sourire, sangloter, se reposer. Comme une autorisation muette. Retrouver Sylvain, c'est pousser la porte de la cabane des Périades couverts de givre, s'ébrouer, s'effondrer, attendre les ressources et repartir.

Nous rejoignons Soph et Seb, je leur suggère d'aller dormir dans un endroit calme et qui ne sente pas l'éther. Ils sont vidés et, pour eux, le jour et la nuit se distinguent encore. Ils me disent qu'ils en profiteront pour repérer des zones tranquilles, pour moi, plus tard. Ils n'ont que l'avenir à la bouche et j'aimerais tant collaborer à cette promesse. Parce que j'ai besoin que le poids de cette journée se dilue dans la banalité, je pose à Sophie une question courante :

– Au fait, ça a été la route ?

– Oui, on s'est relayés.

Et je pleure. Rien aujourd'hui n'atteindra le quelconque, ni la logistique autoroutière ni d'être en vie, et quoi qu'on me récite, *Les Contemplations* ou le Guide Michelin, je répondrai par des larmes. J'en ai assez de pleurer.

À l'intérieur de mon fourgon, de notre fourgon, je retrouve un escadron de mouches. J'ai très envie de les massacrer, histoire d'équilibrer les pertes, mais je les attrape une par une et les remets dehors. Lorsqu'il s'agira de faire les comptes, avoir épargné quelques particules de notre monde pourrait mettre notre dossier de demande de survie sur le haut de la pile.

Sylvain refuse de dormir dans le van. Il prétexte ses ronflements, pour certains légendaires, pour d'autres enregistrés, et préfère, dit-il, passer la nuit dehors pour que je me repose. C'est ta place, bien sûr, qu'il ne conçoit pas d'occuper et, nous serrant dans les bras, je le remercie de croire à la force et à la douceur des empreintes. Nous hisser vers tes hautes élégances, de quelle autre chimère disposons-nous ce soir pour un peu te maintenir ?

J
8 h 14

Nous passons devant un vieux panneau en bois. Sous la mousse, il est gravé *Tristenbachtal*, l'indication d'une randonnée de deux heures.

– Tu crois que ça veut dire « la boucle de la tristesse » ?

Nous prenons à gauche. Contre le mauvais sort, le remède est simple : lui tourner le dos.

Nous nous rendormons un peu. Et chacun se replie sur lui. On dit qu'il faut du courage pour faire de l'alpinisme ou une de ces activités chancelantes de la montagne. C'est faux, du moins on se trompe de cran. Le seul courage requis, imposé par l'épais silence et l'absence de diversions, c'est de se retrouver seul avec soi-même. On peut consacrer toute sa vie à fuir cette rencontre. Si on l'accepte, c'est un vertige mais pas plus que celui du peintre, du pêcheur à la ligne ou d'un autre de ces intrépides admettant sans esquive possible que sa vie entière lui soit présentée.

Je marche devant, je préfère quand c'est toi. Nous laissons à droite le sentier vers Pircher Alm, cette autre auberge qui nous avait accueillis dans les bourrasques de l'hiver. On n'y voyait pas à trois mètres, le fumet du lard grillé avait fait boussole. Ses tenanciers sont de sacrés loulous, leur soupe nous avait réchauffé le ventre et leur schnaps à la myrtille comme suggéré la nuitée. Le brouillard s'était levé, nous avions rechaussé les skis, sans y voir davantage.

Le chemin vers le col est un beau chemin, ni trop plat ni trop rapide, ce mot des anciens pour dire raide. Dans toutes les montagnes du monde, tracer les routes, les pistes et les chemins incombait aux ânes ou équivalents ; au-delà de celui de la pente, le baudet local avait le sens de l'esthétique. Nous sommes les plus riches des riches, nous n'avons que ça à faire : déplacer notre corps, écarquiller nos yeux, ouvrir notre cœur aux rencontres, accélérer, ralentir, nous arrêter si l'on veut, rester, partir, nous emplir de tout, disposer pleinement de la vie. Quel luxe car c'en est un, ne l'oublions jamais, mais qui se conquiert et s'arrose chaque jour. J'ai très envie de te le dire pour la millième fois car je le crois autant qu'à la centième mais je sens que ton humeur badine va te conduire sur la scène des imitations : « La plus brillante des Rolex, sachez-le, gens du Tyrol, c'est le temps libre ! » Ton répertoire gagnerait à ce que tu imites d'autres êtres prévisibles. Quoique, être ton sujet favori me plaît énormément.

Au-dessus du ruisseau, c'est l'étage alpin, on quitte les mélèzes, c'est dommage car c'est un arbre majeur et qui colore l'automne. Les pierriers s'affirment, entre eux l'herbe rase. On voit quelques buses et pour voler il leur faut battre des ailes, effort des matins frais, quand nous les rejoindrons elles planeront. En parlant de l'air, on sent bien que la brise varie. Dans les talwegs à l'ombre, elle caresse notre joue du haut ; dans les pentes déjà conquises par le soleil, elle s'est inversée et frôle le visage par son aval. Régulièrement, nous nous arrêtons, nous tournons vers la vallée, les bras écartés, mains face à elle, yeux fermés pour sentir l'orientation de l'air et confirmer le bon choix de la montagne.

Dans ce coffre à jouets que nous ouvrons depuis des années, nous sommes heureux d'avoir déniché le parapente. C'est une suite classique : jeunes, on redescend des montagnes en courant puis en skiant puis en volant, c'est comme gracier nos genoux qui ont déjà tant fait. Nous disons que le parapente, c'est notre golf, une pratique de deuxième acte, douce et dont le seul danger est de se faire au confort. Nos familles semblent en douter mais elles savent que si leur amour nous rehausse, nous faisons volontiers sans leurs suffrages.

Nous croisons une dame seule. Elle semble dehors depuis la nuit. Ces êtres seuls dans les montagnes, ils ont un charme fou et des histoires plein le regard. On ne marche pas seul à ces heures-là sans que sa vie tangue un peu.

Notre tête prend le soleil puis nos épaules, enfin tout entier. Nous arrivons au col, le Passo Gorner, et nous découvrons ce qu'il y a de l'autre côté, c'est pour cela qu'on fait de la montagne : aller voir ce qu'il y a de l'autre côté. Pour les marins, ça doit être une histoire de tout là-bas l'horizon. Au panneau du col, tu me dis que tu aimerais faire ça toujours. N'essayer de la vie que jouer, regarder, se tenir près de nous et si c'est une évidence, il faut le dire. Quand on aime sa vie, ça vaut toujours la peine de le dire. Et celle d'après ? Peut-être que nous nous retrouverons, à force d'en faire la demande, qui sait si nous vivions ensemble celle d'avant.

Un jour, je t'avais demandé si tu avais peur de vieillir. Tu m'avais dit non. Je te trouvais sûre de toi.

– Pour deux raisons.

– Lesquelles ?

– Un, parce que vieillir comme nous vieillissons est une aubaine. Deux, parce que si ça devient trop effrayant, il y a une solution.

– Laquelle ?

– Mourir.

– Accepter ou refuser, on a toujours une solution, c'est ça ?

– Exactement.

– C'est un mantra de riche, ça.

Tu passes devant, tu me dis : « Pardon, pardon, je suis pressée, je dois aller cueillir des pommes pour mon strudel », tu me distances d'une vingtaine de mètres, je te trouve très belle parce que tu es très belle. Je serais bien en peine de me passer de toi comme être prioritaire. Je prends une photo sans que tu le saches, elles sont les plus jolies car libérées des poses et des fausses surprises, il en reste soit rien soit la grâce. Je fais souvent une photo quand nous sommes heureux, ainsi c'est croire en l'ineffaçable.

Il faut encore une demi-heure sur la crête pour arriver au sommet de la Cima Henne à 2 475 mètres. C'est bien fichu, une crête, ça offre deux portes de sortie. Je retrouve un petit cairn bancal, je l'alimente de cinq cailloux : Iko, Ubac, Cordée, Frison et un autre chien du monde. Je les mets tout autour pour tenir l'ensemble comme ils l'ont fait de nos vies.

Cet hiver, nous étions passés là. Au sommet, nous avions vu un type en parapente, skis aux pieds ; la neige était bonne et nous trouvions que son choix de voler n'avait aucun sens, comme si le sentiment de liberté nous était réservé. Le topo indiquait 2 475 mètres et sur la croix sommitale, il était inscrit 2 474. Je t'avais dit : « Pas si rigoureux qu'on le dit, les Tyroliens » ou quelque chose de cette nuance et j'avais escaladé la croix pour gagner le fameux mètre, en criant : « Vive la vérité ! » Tu avais fait une photo de la varappe effrontée et après les schnaps du Pircher Alm, nous l'avions légendée *Pourquoi tant de Henne*, estimant du haut de nos vérités que la religion arrachait plus de vies qu'elle n'en sauvait. Sur une Terre abritant les aurores boréales et la murmuration des étourneaux, je n'ose imaginer que l'incroyance et la moquerie naïve puissent être si sévèrement châtiées.

J+2

Dans un mois, le 14 septembre, ce sera ton anniversaire. Deux mille vingt-deux moins mille neuf cent soixante-seize égale quarante-six ans, égale pas beaucoup. M'accrocher à elles comme à des bouées ou les brûler avec la superficialité du monde, je ne sais pas quoi faire de ces éphémérides.

Je t'ai vue deux fois aujourd'hui. Ton visage s'est à nouveau creusé, feu la lune.

Ce matin, tu n'ouvrais pas les yeux.

Cet après-midi, tu les ouvres à demi. J'aperçois tes billes marron.

On pourrait crier à une victoire mais c'est à peine un progrès. Tu ne réagis à rien. Tes yeux, je les vois, n'abritent aucune émotion, ni l'apaisement, ni la frayeur, ni le bonheur des retrouvailles. Ils sont fixes et ne fixent rien. Le vide, l'absence sont des horreurs sans fin car on les remplit de nos peurs. C'est normal, paraît-il, aux premières heures du réveil ; que tout ce qui nous semble monstrueux soit attendu voire rassurant, cette façon de lire le visible réclame un temps d'adaptation. Depuis ce matin, les soignants t'invitent à ouvrir en grand les yeux, tu le fais mais ça ne semble pas lié à leurs demandes. Une fois ouverts, tu ne clignes pas des paupières, rien, ni les poussières ni de revenir au monde, n'agit sur toi. Combien de fois avons-nous joué au premier qui cligne a perdu ; tu serais invincible. Ils m'ont demandé d'articuler distinctement ces deux phrases, « Mathilde, si vous m'entendez, serrez-moi la main ; Mathilde, si vous m'entendez, ouvrez et fermez les yeux », pour les prononcer à la française. Moi-même, j'essaie plusieurs fois sans qu'aucune pièce de toi s'anime. Tu te tais avec les lèvres, tu te tais avec les yeux, tu te tais avec les mains. N'entends-tu pas ? Ne comprends-tu pas ? Voudrais-tu déjà ne pas avoir survécu ? La vision de toi comme un être neutre est terrifiante. Quand tes yeux étaient fermés, j'imaginais que tu dormais, mais là je n'ai rien à penser pour aller bien.

Il me semble que je t'aimerais infiniment qui que tu sois, assise, muette ou alitée. Mais tout de toi n'est plus là. De quoi notre lien est-il fait ? La peau de nos corps, les volutes de l'âme, la tessiture de nos voix ? À ce stade, je dirais la décision des yeux. Ton cœur pourrait battre, tes poumons se soulever, ta main me serrer, si tu ne regardes plus avec les yeux, c'en sera fini. Je ne saurai plus qui tu es ni qui je suis. Car beaucoup de ce que je sais de toi, c'est la danse de tes yeux qui me l'a confié. Car une grande part de nous, peut-être l'entièreté, c'est ce que l'on est dans les yeux de l'autre. Si tu vois encore mais que tu cesses de regarder, nous disparaîtrons. Et l'amour avec. Alors, je t'en prie, en dépit de l'avis des médecins, pardonne-moi de ne pas être persuadé de tes progrès.

Fallait-il te sauver ? Cette question m'obsède malgré sa réponse nette. Et quand un médecin m'a précisé tout à l'heure que ta vie était encore en suspens, au même titre qu'hier, c'est atroce à penser mais ça m'a fait du bien car il m'a semblé qu'on ne t'avait pas définitivement volé la possibilité de choisir.

Ce matin, une manie est venue à moi sans s'annoncer.

Avant le couloir final, j'ai retenu ma respiration une minute. Pour te donner du souffle. Chronomètre en main, chaque seconde dépassant la minute t'offrait un sursis et des surplus de jours. Et j'ai recommencé cet après-midi. N'importe quoi. Quand tout vacille, on se donne des défis qui traînaient on ne sait où et qui deviennent des sortes de prières. Tant pis pour leur naïveté car ce qu'on leur demande, c'est de redonner de la structure à nos errances et de refonder ce sol qui à chacun de nos pas se dérobe.

Entre les deux visites, j'ai marché. Nous avons fait des tours de parking avec Sylvain, au milieu d'autres cœurs anxieux, pas un mot. Être nombreux à le faire, côte à côte, fait bizarrement du bien.

Marta m'a appelé de France et m'a détaillé ce que l'on avait fait de ton dos. On a reconstruit ta troisième vertèbre lombaire avec du ciment biologique et on l'a fixée avec les deux de dessus et les deux de dessous, te voilà tenue par du métal. Comme un tuteur pour une plante flétrie. L'enjeu de la chirurgie est que ton axe nerveux, broyé et sectionné, se restaure *a minima*, la suite dépendant pour l'essentiel de ce qu'il reste de ce fil. Nous sommes en grande partie des êtres électriques. Quand les spécialistes nous expliquent leurs actes, on a l'impression que tout du corps se relance : recoller des composants, réinjecter du sang, remettre le courant, réamorcer la pompe, tout se redémarre. Mais au beau milieu de cette vision mécanique siège un circuit, la vie, et personne encore n'a trouvé où s'en logeait le fusible. Lorsqu'elle est là, forte, ce mystère est ravissant, mais près de sa fin on se surprend à souhaiter que tout soit réparable et que l'on nous garantisse la triste impossibilité de mourir.

Seb m'a aidé à faire la déclaration d'accident. Il faut pour cela un ordinateur, du réseau et des codes. Nous avons cinq jours ouvrés pour la faire, au-delà l'ouverture du dossier n'est plus possible, quel est le sens de ce délai, je l'ignore. Tu as été prévoyante jusqu'au bout, en t'écrasant dans les pierres un vendredi, tu m'as laissé le week-end pour comprendre le monde. Seb a tout étudié, entre la MAIF et la Fédération de parapente, et nous avons choisi d'avertir la première. Comparer des chiffres froids, j'aurais renoncé, je n'y aurais d'ailleurs pas pensé. Les amis, on ne les voudrait que pour se jeter au cœur des vers de Rimbaud, rien d'autre, mais dans l'analyse des franchises d'assurances ils sont aussi précieux.

Ce midi, ils m'ont préparé une assiette de tomates mêlées de burrata. Ils savent. Sylvain m'avait coupé mes tomates, bien conscient que je sauterais sur la moindre paresse pour ne rien avaler. Nous avons déjeuné sur l'herbe, à l'ombre d'un immeuble d'habitation, certains nous regardaient comme des vagabonds que nous sommes un peu. Seb s'est dit très étonné de ne pas trouver du gaspacho en Italie, Soph et Sylvain ont hésité puis éclaté de rire. Je me suis forcé à manger. Qu'il n'y ait pas assez de pain, voilà une peur des hommes. Moi, c'est de manquer d'appétit. Elle est une peur d'enfant.

Ce qui me touche chez Soph et Seb, c'est qu'ils disent toujours *vous* en parlant de demain, ça fait un bien fou. Ils sont allés à vélo dans Bolzano, les voir ensemble et mobiles, c'était très beau, ils me font penser à nous. Ils m'ont dit qu'ils avaient repéré un petit restaurant au calme, si le cœur m'en disait. Ce cœur, je ne demande qu'à l'écouter mais il est aussi perdu que moi. Reviendra-t-il, le temps où il m'indiquait les directions.

Pour l'instant, je suis aux soins intensifs, auprès de toi, je te parle et c'est tout. Je te dis où tu es, ce qu'il en est, nos espoirs et la vérité. Je t'en parle avec douceur mais je n'adoucis rien d'elle. Je te dis comme j'ai besoin de toi mais comme tu es libre de tout et de n'importe quoi. Je te jure, si tu le veux, nous irons chercher un chien en Roumanie d'où nous avons failli repartir avec une meute en nous disant plus tard. Nous ne dirons plus jamais plus tard. Je tiens ta main droite, la saine, par laquelle je ressens ton pouls ; sur ton écran, il est à 54. J'observe tous les tuyaux qu'il te faut pour survivre, je suis le trajet de chacun, des machines vers ton corps, et je repars dans l'autre sens. Certains te nourrissent ou t'apaisent, d'autres évacuent tes boues. Ils sont tes alliés et autant de menaces.

De mon côté, c'est facile, ensuite je me lèverai, j'irai me promener, manger, parler, boire, contempler et dormir. Quand il n'en est plus vraiment question, nous nous souvenons de tout ce qu'il faut pour vivre.

Tout à l'heure, je trouvais idiot de le leur dire mais à l'instant j'estime encore plus idiot de ne pas l'avoir fait. Alors j'appelle une infirmière et je lui révèle ton petit nom quand il vient de ma bouche :

Lapin. C'est cucul la praline sauf que le nôtre de lapin, c'est celui du *Bonheur est dans le pré*. Nous trouvions que notre amitié ressemblait à celle unissant Francis et Gérard et nous leur avons chipé leur tendresse goulue. L'herbivore résista à son glissement vers l'amour et à tous les procès en mignonnerie. Ce mot rien qu'à nous, peut-être animera-t-il tes yeux.

– *La-Pin. OK, capito. Lapin. Cristina, per Matildé, possiamo anche dire Lapin, è il suo soprannome!*

J'apprends aux gens à te connaître, c'est un moyen comme un autre de t'attacher à eux.

J+3

Hier soir, finalement, nous sommes allés au restaurant, à vélo. J'ai convaincu Sylvain de prendre le tien et ce n'était pas la scène la plus légère qu'il m'ait été donné de voir. Mais tes objets doivent vivre. Je ne voulais pas aller en ville puis je me suis laissé porter. Prier que la vie dure, c'est aller là où elle s'obstine à le faire. Quand des terroristes veulent tuer l'espoir, ils mitraillent les terrasses des bars, pas le bureau des pleurs. Dès lors qu'en soi on l'a distinguée de l'évitement, la diversion n'est plus une défaite mais une conquête. On conteste l'idée de se laisser engluer par la torpeur, on se tapit du côté des vivants, à l'ombre des joies simples, on fourbit nos espérances pour, le moment venu, sauter à la gorge de la peur. Loin d'être l'indifférence, la diversion est la stratégie d'une armée intérieure guidée par l'amour et le refus qu'il s'éteigne.

Sur la place centrale de Bolzano, il y avait du monde joyeux. Nous avons posé les vélos contre un mur. À un moment du repas, deux jeunes un peu saouls s'en sont approchés et semblaient décidés à les emprunter. D'habitude, j'ai infiniment de tendresse pour l'ébriété mais là, s'ils avaient touché à ton vélo, je leur aurais défoncé la gueule. On imagine qu'en libérant la violence, sa siamoise, la douleur, suit. C'est ce que la tristesse aveugle en nous. Je me suis levé, Sylvain m'a précédé et leur a dit de poursuivre leur chemin. Nous nous sommes rassis. J'étais là à moitié, j'observais les couples autour, attendant leurs plats comme les mots qu'ils ne se disent plus. Parlez-vous, bon sang, parlez-vous ! J'ai payé le restaurant comme pour remercier mes amis, c'était si loin du compte que c'en était déplacé.

Sur le chemin du retour, Seb est venu vers moi pour me dire combien il s'en voulait de nous avoir mis au parapente. Je lui ai répondu que nous étions grands et que l'accident, s'il les masque, n'efface pas les euphories passées. C'était plus confus mais voilà l'idée.

De retour à l'hôpital, Soph et Seb ont pris leur fourgon pour explorer un autre coin possible de nuitée, Sylvain est allé dormir dehors sur les tables de l'école de santé toute proche. Il passe la nuit à quelques mètres du fourgon, à la moindre de mes terreurs et avant même que je ne crie, il accourrait. Quant à moi, je suis allé au pied de ta fenêtre. J'ai roulé une cigarette et j'en ai fumé la moitié comme nous le faisions certains soirs d'été, tu te chargeais de la fin. Je l'ai déposée encore fumante sur une poubelle. Ce matin, elle n'y est plus.

Ça ne fait que deux jours et déjà des rituels sont là.

Je n'imaginais pas que les routines puissent se frayer un chemin dans ces zones noires. Je me suis tant moqué d'elles, voilà que je les convoque et que je les bâtis à la hâte. En réalité, ce que l'on juge étriqué quand tout va bien nous maintient quand vient notre tour d'être minuscule.

Je me réveille d'un temps maigre de sommeil, je dispose de cinq douces secondes d'amnésie et la sidération me retrouve. Près de moi, ton oreiller. Dans la nuit, j'y ai enfoncé ma tête pour gémir ou je l'ai calé contre mon ventre comme on le fait des boucliers de peluche. Je sors du van, je marche, j'écoute des musiques de courage. La plupart attaquent par des coups de baguette du batteur, du silence et des grosses guitares qui me disent de foncer. Puis Satie de me calmer. J'appelle ton service, je le peux dès 7 heures ; la journée commence et c'est déjà son sommet. Quand le soignant décroche, mon cœur tape ma poitrine comme jamais et ma respiration s'arrête. Pour l'instant, on me dit que tu es vivante, que tu as passé la nuit de façon régulière et nous fixons l'heure de rendez-vous pour l'après-midi. Si la personne au bout du fil m'en dit davantage, je n'écoute plus trop. Parce que je comprends difficilement l'italien, aussi parce que ma fin est arrivée avant la sienne ; il m'a dit l'essentiel : tu vis.

Je m'assois de soulagement. Je pleure une première fois. J'appelle nos familles, je leur dis ta nuit, je devine la leur. Je retrouve Sylvain qui de loin me guettait, nous allons boire un jus d'orange, un café puis un deuxième. Je lui dis que j'ai peur de te perdre, une peur immense et qui me fait peur. Ma tristesse déborde, se croit au centre du monde et laisse peu d'espace à la sienne, je n'aime pas cette idée. Puis Soph et Seb arrivent, nous allons faire des courses, nous remplissons le temps, les visites le matin sont interdites. Souvent la France m'appelle vers 10 heures. C'est l'assurance, la neurochirurgie de Clermont ou un copain qui vient d'apprendre et auquel je ne réponds pas. Nous patientons, ils tentent de plaisanter, de déterrer le temps passé et de transformer mon désœuvrement en une chose plus fertile puis nous mangeons. Ces gesticulations durent officiellement cinq à six heures durant lesquelles je ne cesse de penser à toi. C'est une pensée sans texte. J'ignore si cela tient debout mais c'est en pensant résolument à toi que je parviens à lutter contre l'idée de te perdre. Et à contenir la peur. Ici ou là, Seb, Soph ou Sylvain repère un signe favorable et nous en fait part. C'est la forme d'un nuage, un chiot sans laisse ou un souvenir de passage, l'absence ou la survenue de quelque chose. Et si ces bulles de vie viennent jusqu'à moi, je les attrape au vol, priant qu'elles ne crèvent pas avant de te voir. Enfin je tente une sieste pour me reposer et pour l'espoir de renouer avec ces cinq secondes du réveil au cours desquelles je t'ai dans la main. Voilà ce que nous faisons des trois quarts de la journée, à peu près rien. C'est très éloigné de notre avidité à vivre, quoique là-haut, toi, tu te livres sans pause à cette décision.

Bien avant l'heure dite, nous montons à ton étage avec Sylvain. Nous répétons nos places de tel ou tel côté du couloir, celui qui ouvre la porte à l'autre et l'ordre des accolades, ces cérémonies ridicules mais dont notre éternité dépend. Nous arrivons une demi-heure en avance. Je m'adosse à ton mur, au plus près de ta porte, se tenir à cinq mètres de toi, c'est ne pas se tenir à cent. Être en avance ne résout rien mais tranquillise. On voudrait que tout arrive plus vite, les nouvelles, te voir et on croit pouvoir précipiter l'histoire. On souffre toujours trop d'imaginer.

Cinq minutes avant, je tape à la porte, on ne me dit rien pour mon avance, pourtant ici c'est aussi déplacé que le retard. Et j'entre te découvrir.

Tu es dans ton lit, tu n'as pas bougé d'un centimètre.

Je suis accueilli par tes yeux qui m'attrapent, me suivent, entraînent une rotation de ta tête et, j'en suis convaincu, me reconnaissent. Ils se plissent et semblent heureux de me voir. Enfin ! C'est une joie retentissante, dans tout mon corps, la première depuis l'autre vie. Un palier majeur. Tout de toi est un lac gelé mais tes yeux ouverts sont ces trous par lesquels on voit l'eau vive. Je m'approche, je te prends la main et je m'efforce de ne te présenter que du calme. Les sanglots de se revoir, je les dissimule, tu ne saurais les distinguer des autres. Voici que nous nous regardons.

Ce bonheur ne dure qu'une demi-minute. Tes yeux ont autre chose à me dire. Tu ne parviens pas à parler, ce gros tube t'en empêche. Je ne comprends pas qu'on te maintienne intubée alors que ta conscience semble partiellement revenue, c'est assez inhumain si l'on y pense. On me précise que tu n'es pas encore assez forte pour respirer de façon autonome. Je te le dis à mon tour, chaque respiration compte. Mais tout ton visage n'est que douleur, angoisse et incompréhension. Je ne l'avais pas vu mais ils ont attaché ta main droite car tu cherches à arracher le tube. À l'entrave générale, ils ont ajouté une chaîne. Aux soignants, j'accorde ma profonde confiance, mais la défiance est là toute proche, disponible et protectrice. C'est une affreuse vision. Je dois t'assurer du bien qu'ils te font quand tout ressemble au mal, je te vois souffrir, tes yeux me suppliant de t'aider et ne comprenant pas mon inaction, je crois même qu'ils me jugent et m'en veulent d'avoir estimé seul qu'être en vie pouvait suffire. Le seul remède dans ces instants est d'expliquer, on peut accepter beaucoup si on nous explique ce qui se joue comme issue et ce qu'il est nécessaire d'endurer. Mais tu ne disposes pas des moyens pour entrevoir cette distance. Tu es suffisamment consciente pour avoir peur, pas assez pour que je t'apaise. J'espère que parmi l'ensemble des pertes de passage, il n'y a pas d'avoir confiance en moi. À cet instant je l'ignore, mais j'entre dans cette violente farandole, le temps d'avance dont dispose le proche sur le patient. Quand tu auras saisi la marche actuelle et consenti à la franchir, je serai passé à une autre frousse. Et ainsi de suite. Un jour, nous réaccorderons nos pas.

Je consacre la demi-heure dont je dispose à tenter de te calmer. Je te parle des suites, tu ne comprends que le dixième. Aussi fragile soit-il, je ne trouve que l'évocation de l'avenir pour tenir. On dirait que cela agit, le score de ton cœur redescend et tes paupières se ferment. J'en profite pour pleurer de fatigue et de conscience du chemin restant. Une infirmière m'entraîne vers le bureau du médecin. On me dit tes progrès, ton corps réactif sauf les jambes, les souffrances classiques au retour de la conscience et le projet de te désintuber demain. Je n'ai ni l'énergie ni l'italien pour leur répondre que le fait que tes souffrances soient considérées comme normales par la littérature scientifique et d'usage dans leur quotidien n'est qu'une pâle consolation. Moi, je n'ai que toi comme donnée. Mais je les remercie.

En sortant du bureau, je te vois dormir, je vais te laisser sans risquer de te réveiller. Je regarde les autres patients, certains ont une tête d'ouvrier, d'autres d'avocat. L'urgence aligne les vies, c'est loin de la mort qu'elles se classent.

Je retrouve Sylvain, je suis plutôt effondré alors que tu as franchi une étape essentielle, celle de revenir à nous. Dans quelques heures, j'en serai convaincu mais là, nous sommes maintenant.

Dehors, Jean-Michel est arrivé. Il a traversé trois pays et usé deux pleins d'essence. Nous nous prenons dans les bras. Je suis si heureux qu'il soit venu.

Son émotion, c'est l'accablement, je l'accueille, mais de mon côté j'ai dû passer à autre chose. C'est le second enseignement du jour et toujours : les contretemps. Si par bonheur cette épreuve se prolonge, je vais au fil des mois revoir des amis, des collègues, des cousins qui en seront au seuil de leur parcours émotionnel, ce choc originel voisin de celui que j'ai éprouvé en solitaire. Ils m'en feront part, ils s'en libéreront, leur intention n'étant que de hurler leur peur de t'avoir perdue. Beaucoup pleureront. Aucun ne me rejoindra directement au stade où j'en serai, ils m'imposeront de revoir le film en entier. Ces effusions sincères me retiendront, et moi ne songeant qu'à m'échapper. Ce que j'avais pu voir ailleurs comme de l'ingratitude n'en était pas ; chez l'accompagnant, être seul peut tenir de la décision. Il n'est pas question de déni, de dépit ou de mépris. Mais trop craintif de croiser son ancien miroir, l'être triste s'abrite des attiseurs du passé. Quand il sera temps de revenir aux autres, je vous en prie, ne le sanctionnez pas de ne pas s'être chargé de mille détresses.

Percevant mon désarroi, l'infirmière m'avait dit de rappeler vers 20 heures.

En attendant je flotte. C'est ainsi entre deux nouvelles ou deux visites. Si tu vas à peu près bien, je me débats dans l'écume, si tu es mal en point, je coule.

Au téléphone, une autre infirmière me dit que tu es calme.

– Vraiment calme ?

Je dois me persuader qu'aucun soignant n'a d'intérêt à trahir la réalité.

Cette nouvelle, associée au fait que j'ai vu tes yeux mobiles, m'invite à retourner dîner en ville. J'ai réussi à me convaincre que tu avais franchi une étape. Et, hier, de me frotter aux vivants a diffusé jusqu'à toi. Nous retournons au centre de Bolzano tous ensemble, à pied, un vélo à la main, s'il fallait revenir précipitamment. Je commande un prosecco, aucun de nous ne dit *Santé* ; à la première gorgée, ses bulles se changent en larmes sourdes. Elles me retrouvent où que je sois. Mais je t'ai promis de ne pas refuser la vie. Parmi tes premiers éclats de conscience, nombreux seront ceux à s'inquiéter pour moi et je souhaite qu'ils s'appliquent à d'autres tâches. Alors, quoi que cela me coûte, je joue aux jours heureux.

Demain matin, je dois me rendre à Brunico à la Guardia di Finanza. C'est pour l'enquête.

M'éloigner de toi est inapproprié.

J
9 h 22

Arrivés au sommet, nous tournons sur nous-mêmes. Un sommet, ça semble toujours avoir été posé au centre du monde. Sur celui-ci, c'est pareil que sur les autres, le vent a poli, l'hiver a tassé, il n'y a presque rien. Et il y a tout. Nous nous asseyons quelques minutes pour que le cœur redescende. C'est très beau ici. On ne dit rien ; la beauté, en parler le mieux, c'est se taire. Je fais un salut amical à la croix, sans la neige, elle est bien trop haute. On se tape le bout des doigts comme à chaque cime. C'est une belle journée. Rien du bonheur n'indique que nous sommes à son pic.

La brise montante est modérée. Sur nos nuques, on ressent un petit vent arrière mais que la brise absorbe. Tout se tient.

Nous nous mettons à une dizaine de mètres l'un de l'autre et rentrons chacun dans nos routines. C'est un moment à soigner, cette guirlande de rites avant de décoller. Chaque geste suit un autre dans un ordre précis et immuable : poser son sac, se changer, mettre son casque, vérifier sa radio, les mousquetons, déplier sa voile, démêler les suspentes, à gauche, à droite, boire une gorgée… Cet enchaînement est à la fois très terre à terre : une affaire de sueur, de piles et de crème solaire ;

et à la fois, comme il a réussi jusqu'alors, une façon de se concilier les bonnes grâces du lieu. Cette chorégraphie terminée, il s'agit de ne pas empiéter sur celle de l'autre, ni pour rire et encore moins par amour, car il suffit d'une menue distraction pour qu'un ingrédient essentiel à la vie soit négligé.

Nous sommes en place. En bas, l'auberge de la Malga s'active. D'ici, elle est minuscule mais on devine un petit ballet de vaches et de nappes rouges. Dans quelques minutes, nous y serons. J'atterrirai en premier, on négocie peu avec les poids et les vitesses de vol ; à la radio, je te dirai deux mots sur le vent du sol, pas plus, et je te regarderai atterrir. Tu poseras les pieds sur l'herbe, tu te retourneras vers ta voile, tu l'affaleras, tu lèveras les bras au ciel, tu me feras un signe du pouce et tu souffleras très fort, plus soulagée qu'heureuse. Puis nous nous raconterons nos vols, tu les as vues les buses ?

Maintenant que les routines sont ficelées, il faut divertir nos têtes et regarder le monde tel qu'il est : plus vaste que nous. En voyant la Malga d'en haut, je te demande si tu penses qu'ils pourraient nous voir et si, quand un point A voit un point B, la réciproque est toujours vraie. Tu me dis oui et oui. Dans ma vie, avec toi est entrée l'évidence. Et comme les petites énigmes sont les plus grandes, je te demande pourquoi il fait plus frais au corps quelques minutes après que le lever de soleil nous a atteints. Moi, je n'en sais rien. Tu sifflotes. Tu fais souvent ça quand tu ne sais pas et c'est tant mieux, tout expliquer, spécialement les poésies de la nature, comme ce serait triste.

Ce vol est un petit vol, nous en avons fait des dizaines, les prés sont rieurs, le village juste là et on entendra bientôt les cris des enfants. Mais depuis que Steph qui courait dans les Grandes Jorasses s'est tué à la falaise école de Beaufort, on sait qu'en montagne les journées faciles n'existent pas. *Facile*, c'est ce qu'on dit de l'ouverture des emballages, pas de ce qui enchante et finit les vies.

Avant de me placer dans ma sellette, je vais te voir une dernière fois. Tu me demandes d'enlever quelques fleurs prises dans tes suspentes et de redéplier le bord de ton aile, je te tapote le casque, petite tête solide, et je t'embrasse sur la joue. Nous nous disons à tout de suite. Décoller, c'est une séparation. On ne se retrouve que sur terre. En escalade, descendre en rappel, c'est se quitter mais se rejoindre tous les cinquante mètres. À ski, on s'écarte pour ne pas charger la pente mais si l'un vient à chuter, en deux courbes, l'autre est à la rescousse. Des cordes ou de la neige, un matériau relie. Dans le ciel, on est à distance, et entre, il n'y a que de l'air. Rien que ça. On ne dispose que de regards lointains ou d'une voix dans la radio et si l'un venait à flancher, l'autre n'aurait qu'à espérer et c'est parfois bien peu, l'espoir.

Sur l'autre versant, les nuages ont grossi mais ne viennent pas jusqu'à nous. Seul le souffle qui les précède est déjà là.

– Ça ne craint pas, ça ?

– Non, c'est loin. Faut pas qu'on traîne mais ça va le faire.

Dans tes yeux, je vois bien que le début et la fin de ma phrase n'ont rien à faire ensemble. Ton regard, je le connais par cœur, il me dit : Tu es l'être en qui j'ai le plus confiance au monde mais, s'il te plaît, ne présume pas de notre veine. C'est un regard qui honore mais s'il venait à se fermer dans les montagnes et pour toujours, il ferait mon supplice.

Nous nous plaçons « face voile » et faisons quelques levées de nos ailes pour vérifier une dernière fois. Et pour décider ; c'est cela, c'est aussi cela que nous offre la montagne, décider, par soi, pour soi, encore un peu. C'est agité mais nous avons vu pire, je crois. Tu me demandes s'il te plaît de décoller en premier. Je te dis oui mais je n'aime pas, c'est comme t'abandonner. Physiquement, c'est un départ, on quitte l'autre ; symboliquement, on s'élève, on s'évade et l'autre, toi, devient tout petit et comme prisonnier du sol. Puis je me dis que c'est absurde, te laisser partir seule devant n'est pas plus raisonnable. Surtout, je ne te demande pas pourquoi tu souhaites de nouveau cet ordre-là, car il faudrait parler de la peur et ce n'est pas le sujet.

Depuis que nous nous préparons, un randonneur est là qui nous observe. Je ne l'ai pas vu arriver, d'où vient-il ? Il a sorti son appareil photo et attend que nous décollions mais on le sait, jamais il ne faut se presser pour une raison périphérique. Puis il part, comme un mirage. L'as-tu vu, toi ? Il serait resté quelques secondes de plus, il nous aurait fait gagner des minutes précieuses, celles qui font que la vie se prolonge ou non.

Je fais un dernier test. Au prochain, s'il est correct, je décolle. Je parle à tes yeux, je sais que tu as peur, envie à peu près autant mais juste ce qu'il faut de plus et je connais le prix de ces querelles intérieures. Je me retourne pour voir le ciel de l'autre versant, un peu plus noir. Je me rassure, aucune force, même la plus sombre, n'attaque par-derrière.

– À tout de suite, ça va aller.

Je pense t'avoir dit ça ou étais-je déjà trop à moi. À tous les amoureux du monde : soignez vos au revoir.

Je lève ma voile, je décolle.

Qui hormis demain sait qu'il n'y aura pas d'autres fois ?

J+4

On ne meurt pas librement en montagne. Pas plus qu'ailleurs et quoique la montagne respire cette liberté. Quand les corps s'y fracassent, de leur gré ou trébuchant, la société demande des comptes. Surtout si nous l'avons appelée à l'aide.

Thomas, l'adjudant de la Guardia di Finanza, m'a envoyé un message dès vendredi. Il souhaitait me voir, je lui ai demandé deux jours de répit qu'il m'a accordés.

Après avoir pris de tes nouvelles ce matin (ta nuit a été calme puis agitée puis calme), je m'y résigne. Sylvain reste à l'hôpital, il sera la vigie. Jean-Michel, Soph et Seb m'accompagnent. Il faut deux petites heures de route, dans le sens inverse de la panique de vendredi. Ce n'est guère plus gai, nous parlons peu. Je n'ai d'yeux que pour le rétroviseur. J'ai ton portable dans ma poche, je suppose qu'ils vont vouloir le consulter. Ton fond d'écran est une image radieuse. Je vais du côté de tes photos. Je découvre une vidéo. Douze secondes. Au sommet de Henne, juste avant mon décollage. Voir ce que tu as vu de moi en dernier me tétanise.

À notre arrivée à Brunico, malgré l'appui de la bande, la note dominante est l'abattement. Autour, je retrouve tout : les sommets, la rivière du van, le bar à café, les matins, les soirs. La moindre épicerie foudroie. On devrait pouvoir effacer une partie de sa mémoire, du moins en interdire provisoirement l'accès. Je pourrais aussi fermer les yeux ou fixer le sol mais la tentation est trop forte, j'espère toujours trouver dans ces lieux où nous sommes passés le ressort d'avoir été deux. Je suis tendu, prêt à changer ma peine en fureur contre ces sortes de gendarmes qui, sans vraiment me le dire, vont vouloir s'assurer que je n'ai pas organisé ta mort. Auquel cas j'aurais échoué. Je répondrai à leurs questions. Être aussi suspect que le vent, en d'autres circonstances ce statut m'aurait honoré, ici c'est une nausée. Mais quitte à explorer l'absurdité, autant aller à son bout, ainsi nous ne pourrons qu'en revenir.

L'accueil est presque chaleureux, Thomas me demande comment tu vas, comment je vais. Souvent, les gens demandent comment on va mais notre réponse, ils ne l'entendent pas, ils ne l'attendent pas. Thomas, lui, n'est à rien d'autre. La première fois qu'il m'avait contacté, il avait eu ce geste. À son texto, il avait joint une photo de lui en m'écrivant : « Comme ça, vous saurez avec qui vous discutez. » Il voulait me dire qu'il était un être humain. Il ressemble à sa photo. Il a les yeux de ceux ayant connu des démêlés avec la chance et qui, pour s'en sortir, font le choix de sauver le monde.

Je décline mon identité. Nous parlons en anglais, Soph me traduit les nuances. Ce sont, malgré la douceur de Thomas, deux heures violentes. Nous parlons de minutes, de secondes, de kilomètres-heure de vent, de modèles météo, d'expérience, d'imprudence et de décideur, à tout il faut un responsable. Nous déplions des cartes, nous faisons des croix bleues et rouges sur des lieux d'envol et d'écrasement, j'écris ma version des faits, je paraphe, je signe, il tamponne, il enregistre. Je récupère d'autres affaires croûtées de ton sang sec. Je résiste comme je peux. Lorsque c'est trop, je sors quelques minutes de la salle puis y reviens pour le round d'après, je me refuse à prendre le pli d'abdiquer et de laisser les autres faire car ce serait pour toujours. Deux seules fois, je charge mes amis de ce qui m'est insoutenable. Soph de visionner les images de ton secours. Je rêve qu'elle me dise que tu semblais calme mais elle ne me le dit pas. Seb d'inspecter ta voile. Je rêve qu'il me dise qu'il y a eu un problème technique, je tiendrais mon coupable, mais ta voile est intacte. Il m'informe que rien n'est lésé, ni les *suspentes* ni la *sellette* ; jusqu'alors, je n'avais pas pris garde qu'autour de la voile se tenaient ces mots des destinées précaires. De manière générale, nous ferions bien d'être attentifs à ce que les mots ont à nous dire.

Nous saluons Thomas, je le prie de remercier l'équipe de secours, il me prie de donner de tes nouvelles, il est beaucoup affaire de prières. Je crois qu'il a compris que ta mort n'a jamais été à mon programme. Nous partons. Jean-Michel qui a conduit à l'aller demande qu'on le remplace, je m'en veux de vider ceux que j'aime.

Sur mon téléphone, un message de Sylvain : « Tout va bien ici. » Au regard de nos nouvelles exigences, il a raison.

L'après-midi, au bout d'une heure, je dois te laisser, c'est le règlement. Dans le couloir, des inquiets trépignent, des orantes marchent. Aujourd'hui, j'ai mis un tee-shirt blanc pour me confondre avec ton drap et ma dissolution fonctionne, on ne me dit pas de partir. On le fera dans une heure, ce qui fera deux. J'aime penser que nous avons volé quelques minutes supérieures, je sais qu'ils nous les ont offertes.

Quand tu dors, je regarde les autres patients, je les reconnais. Certains vont mieux qu'hier et je suis d'abord envieux. C'est mon état premier, avant les corrections polies. Si les autres gagnent du bonheur, en serons-nous privés ? Ce n'est qu'après que je suis heureux pour eux, pour leurs proches, mes compagnons de couloir et des têtes basses. Mais si on me laissait choisir, ce serait toi et, pardonnez-moi, seulement toi.

Tu me sembles loin des autres. Et si loin de toi-même. Tu es pourtant à l'air libre, désintubée. Tes poumons peinent mais tu penses à respirer. Tu voudrais me dire tout ce qui te terrorise mais tu ne m'envoies que des petits sons sans lien. Ta main m'agrippe et tes yeux qui parlent enfin me demandent de t'enlever ; à fuir tous les deux nous serions rapides. Jusqu'alors, je t'avais toujours protégée. Ta tête et tes bras s'agitent. C'est simple : tu as peur. Quand, à bout, tu te rendors, d'avoir tenu je m'effondre. Face à ta grande faiblesse, face à la question de t'avoir sauvée, face à la vie injuste. C'est comme être forgé de deux soi, l'un de façade et l'autre englouti, le premier ne pouvant agir que si le second fait l'aveu de son état. Pourtant, dans le couloir, j'avais tenu une minute quarante-sept secondes, mon record.

Pour t'apaiser et me convaincre d'avoir un rôle sur cette Terre, je te parle sans cesse. Je te décris ce qui a été parcouru, je te parle de normalité, je te promets craché par terre les mieux à venir. Tu m'écoutes, j'en suis certain autant que tu as oublié la minute suivante. Mais je recommence et ne m'en lasserai jamais, je suis sûr que mes mots, tu les ranges sans le savoir dans un dossier magique et qu'il s'ouvrira pour toi le moment venu.

En regardant ton visage bruni de vivre dehors, j'arrive à sourire. Je te revois lorgner tes premières mèches blanches et j'entends ta voix, « c'est quand même con de pas bronzer des cheveux ». Un jour, nous rirons.

Une infirmière anesthésiste vient me voir. Elle me dit que tu seras opérée demain une nouvelle fois. Je tressaille. Du poignet. Je respire. Dans ton état, ce qui aurait suffi à nous alarmer *avant* n'est que broutille. Elle te demande de signer le document préopératoire. Je suis indigné qu'elle puisse te demander ce dont tu es incapable (dans ton état, ce qui n'était que broutille *avant* est illusoire) mais me réjouis qu'elle t'ait parlé comme à un autre. Elle me laisse le document. Je prends ton poignet droit dans ma main et je te fais signer. Ce geste est d'une violence inouïe, il te réduit, presque t'efface, et je ne m'en remets pas immédiatement.

En revenant ce soir de Bolzano et de mes soirées de relâche, nous apercevons avec Jean-Michel la même étoile traversant le ciel, heureux hasard des têtes en l'air.

– Tu sais comment on dit « étoiles filantes » en italien ?

– Non.

– *Stelle cadenti*, les étoiles tombantes.

J+5

Je te parle depuis le soir. Jusqu'alors, je n'avais jamais eu le cran de regarder la journée en face.

C'est qu'aujourd'hui, des joies sont venues ! Deux joies. Je ne leur avais jamais fermé la porte. Hommes et femmes malheureux, soyons convaincus de leur possible surgissement, on ne souscrit jamais assez aux forces de la joie. Un soir d'enfance, je me souviens, j'étais caché sous mon lit. J'avais très peur, de quoi, je ne sais plus. Saphir le chat de la maison était entré dans ma chambre et avait joué avec un vieux bouchon. Le simple effleurement de sa joie m'avait sorti des peurs ; ce pouvoir, je l'ai gardé pour toujours.

La première survint à 7 heures précises. J'ai appelé le service pour savoir ta nuit. Et l'infirmière – qui m'a reconnu – m'a engueulé. On n'appelle pas à ces heures-là. On n'appelle plus. Désormais, sachez-le, il faudra téléphoner à partir de 10 heures. Comme tout le monde. Tout le monde, c'est personne. N'être personne ! Être promu au rang du tout commun, revenir à la merveilleuse banalité fut un délice. Car avant cela, et je n'en ai pas encore honte, je m'estimais comme le terrien le plus autorisé au désespoir.

La deuxième m'attrapa un peu avant 18 heures. Ce matin, on me dit que tu serais opérée du poignet vers 10 heures. Avec ton corps en miettes, je ne comprends toujours pas que l'on mette tant d'énergie pour ce petit tas d'os qu'on se casse fièrement au collège. J'ai rappelé à 14 heures comme convenu, tu n'étais toujours pas entrée au bloc. Je devais rappeler à 18 heures. Trop las d'attendre, je suis monté te voir, avec Sylvain et dans le même ordre des pas. Tu revenais juste, on me dit de patienter dans le couloir. Là, le médecin et l'infirmière cadre sont sortis de la salle des soins intensifs, ce qu'ils ne font jamais. J'étais terrorisé, je scrutais tout ce que leur corps avait à me dire. J'attendais une annonce qu'on ne fait que dans les couloirs et à voix basse. Une opération bénigne mais qui dans ton état a basculé vers ce que j'ai de plus disponible : le pire. Ils m'ont pris par le bras, effectivement ils chuchotaient, j'étais de nouveau dans la montagne maudite et j'attendais leur sentence. Ils m'ont dit que tu étais trop fatiguée pour que je te voie, qu'une urgence mobilisait tout le personnel et qu'il était préférable que je n'entre pas.

– Mais nous avons une nouvelle qui pourrait être très bonne. À trois reprises dans la journée, nous avons vu sa jambe droite se contracter. Une contraction franche, volontaire et qui n'était pas un réflexe.

Sylvain s'est assis sur la chaise, en pleurs, puis s'est relevé, gêné, comme si les premiers soupirs m'étaient réservés. Nous nous sommes pris dans les bras et nous avons pleuré des larmes d'un autre sel. Les larmes portent chacune un nom différent, il y a tristesse, il y a souffrance, épuisement, soulagement, liesse, espoir, il y en a même qui n'ont pas de nom. Les deux êtres en blanc surgis de là-bas firent ensuite leur travail en nous listant l'ensemble des réserves et des possibles revirements mais le bien était fait. Je leur demandai de te dire que j'étais passé, inquiet que tu songes à l'oubli. Ils me répondirent qu'ils le feraient mais que je devais être tranquille, tu n'étais pas assez consciente pour ça. J'ai insisté. Avec Sylvain, nous étions heureux comme si tu étais repartie avec nous. De cette goutte d'eau dans une jarre sèche, nous nous contentions.

Les deux joies n'étaient pas les mêmes.

Celle du matin s'est logée dans le cerveau. Elle n'a pas éclaté, elle s'est construite, je l'ai laissée venir. J'ai même eu le temps de bâillonner ma part la jugeant indécente : pour qui te prends-tu à être heureux (c'est une sale manœuvre des jours tristes, dès que la joie apparaît, on la refuse, craignant que ce toupet nous rançonne). Enfin, elle s'est jouée en solitaire et cette donnée est très favorable à l'infusion lente d'une chaleur en soi, rien ne la distrait.

La deuxième, celle de 18 heures, a surgi. Animale. Du ventre vers le cœur et rien pour la tête. J'ai serré les dents, les poings et j'ai dit : « Yes ! » Je crois l'avoir crié. J'aurais pu dire mieux. À refaire, pour crier la joie, je choisirais trois mots élégants, mais en réalité, celui-ci fut le meilleur car il n'était pas de moi. Les célébrations les plus intenses ne sont pas des discours raturés et présentables mais des jaillissements en ligne droite et d'un soi qu'on feignait de ne pas connaître. Ce n'est peut-être qu'à cette condition que l'on parlera de joie. Enfin, cette joie nous cueillit, Sylvain et moi, en même temps, sur le même lino, dans la même pénombre d'un couloir étroit, sans préférence et cette communion embellit le tout.

Après, d'être monté si haut, on redescend. Tout n'est pas sauvé, il y a encore à perdre. Dont ta vie qui n'est pas garantie, m'a dit le grand médecin aux yeux de Droopy. Tes constantes sont fragiles, certaines, on voudrait qu'elles montent, d'autres qu'elles descendent, en somme qu'aucune ne soit constante. Mais je me discipline à ne pas y penser. Une fois, hier, j'ai fait l'erreur – une minute à peine – d'envisager l'intégralité du combat à mener dont toutes les batailles que j'ignore, on ne m'y reprendra plus.

D'erreur, voire de faute car on le sait d'avance, il y en a une autre : Internet. Interroger Google sur le pronostic d'une section de moelle en L3. Faire cela, c'est entrer au royaume des infortunes où comme seul motif d'optimisme nous sont servies des destinées plus effroyables que la nôtre mais que nous ne devons pas désespérer de rejoindre un jour si nous

nous employons assidûment à la malchance. C'est donc pour ça qu'on dit la toile, elle vous attrape en plein vol et vous immobilise. Je n'irai plus là-bas. Ça m'apprendra.

Aujourd'hui était un bon jour pour les joies car demain Sophie, Seb et Sylvain s'en vont et il me fallait au moins cette dotation pour affronter leur départ. J'ignore en quoi se mesure l'aide qu'ils m'ont offerte, d'ailleurs la mesurer serait déjà lui faire offense, mais ils m'ont sauvé la vie, ce n'est pas moins que cela.

Jusqu'aux au revoir graduels, mes amis mènent tout à la perfection ; Jean-Michel sera là une journée de plus. Il sera là au moment de la nuit. Pour la suite, je suis tenté d'appeler à l'aide d'autres des miens, plus lointains mais doués eux aussi d'un cœur et de deux bras. Mais si je veux suivre ton ombre, je dois avancer seul. Le vide, il s'agit de ne pas l'esquiver. Ainsi, l'ayant en horreur, la nature le comblera et te resituera au beau milieu de lui. Cette seule idée mérite d'éprouver les grandes solitudes.

J+6

Avec Sylvain, c'est notre dernier café à l'hôpital.

– Il est bon celui-là non ? Ils ont dû changer la mouture.

– Je crois que c'est le même qu'hier mais elle a bougé sa cuisse.

Il a raison, une grande part du réel, c'est la teinte qu'on lui applique.

Je les accompagne à leur van, nous parlons peu et pleurons sans embarras. Dans les pays de montagne, l'eau abonde, les glaciers fondent, les rivières grondent. Les peuples du désert pleurent-ils comme nous ?

J'aimais quand nous étions cinq. Seb est l'expert du parapente et de nombre de mes questions, Sylvain le gardien de la mémoire heureuse, Jean-Michel est si disponible qu'il semble être fait de plusieurs et Soph est une mère. Elle a donné la vie et il me semble que cela lui rend plus intolérable encore l'idée que tu puisses la perdre. Chacun est différent de l'autre, l'un est taiseux, l'autre parle sans cesse, l'un est maître en logistique, l'autre en lyrisme, l'un résolument optimiste, l'autre foncièrement prudent, l'un engage sa bise joue gauche, l'autre joue droite et le tout fait harmonie.

Nous nous serrons fort. Leur van s'en va. Je leur adresse des signes de merci et d'autres pour se revoir. Au rond-point devant l'hôpital, j'ai le secret espoir qu'ils reviennent, mais ainsi on n'avancerait pas. Désormais, nous sommes deux.

Il est 10 heures et j'appelle chez toi. Jean-Michel est là mais, en ami véritable, il se tient à l'écart.

J'attends qu'il y ait moins de bruit, ici c'est une rotation continue d'hélicoptères et cette vibration me ronge de plus en plus. Un jour, il me faudra pactiser avec ce ronronnement ; mais à chaque passage au-dessus de nos têtes, je fixe la machine et je pense très fort *Tiens bon* vers celle ou celui à l'intérieur, peut-être un anonyme l'a-t-il fait vendredi dernier. Je le pense si fort que je le dis. Je m'aperçois qu'une autre compagnie me pèse : celle du vent. Voilà qu'il m'inquiète. En fin de matinée, la brise va gonfler dans cette vallée centrale, les arbres vont bouger et les couloirs siffler. Je ne veux pas craindre les éléments. C'est ce que l'on en fait qui est effrayant. Et cet après-midi quand tu auras tes moments de sommeil et cette nuit dans le fourgon, il y aura le silence tortionnaire et avec lui aussi il me faut renouer le dialogue. Je refuse que notre histoire s'achève ainsi. Je le note sur mon carnet : *Hélicoptère, vent, silence, penser à se réconcilier.*

J'ai eu ceux qui vivent avec toi. Ta nuit a été « régulière » mais ils trouvent que tu ne manges pas assez, tu n'es plus nourrie par les tuyaux et il te faut reprendre l'alimentation. C'est décisif, disent-ils. Depuis vendredi, nous passons d'un décisif à un autre, je rêve d'une vie sans conséquence. Je peux venir à 14 heures. Comme d'habitude, me dit l'interne.

Cette fois, je monte avec Jean-Michel. Sans le lui dire, je le mets à la place de Sylvain et l'intègre à ce pas de deux minutieux qui te précède. Sans le lui dire, je prie qu'il soit débarrassé de sa malchance qui d'habitude nous fait sourire.

Tu es très active de la tête et elle seule s'éclaire, en dessous c'est inerte. Tu me fais l'effet d'une cime de mélèze au levant. Illuminée et déjà dans le vent quand tout de l'arbre sombre semble ne jamais vouloir bouger. Ton corps, je ne le vois pas. Sous ton drap je le devine chétif, morbide. Je voudrais le voir mais j'en ai peur. J'aimerais que tu aies chaud et que, dans un geste de ta main vivace, tu descendes ce drap, enfin j'aurais une idée de son état car moi je n'ose pas te dénuder. Nos vies confortables nous avaient fait oublier qu'avant d'être désirable ou non, plus ou moins performant, un corps est intact ou ne l'est pas.

Tes quelques paroles sont plus fluides, des mots s'enchaînent en phrases, nous avons ce qui ressemble à un dialogue et ce que je te dis semble s'arrêter quelques minutes en toi. Je te redis pour la millième fois ce que tu fais d'immense et l'espoir qui, s'il sera chahuté, est bien là. Je te parle de tes jambes qui commencent à t'inquiéter, ce matin tu les as regardées et il t'a fallu un long moment pour comprendre qu'elles t'appartenaient. Je te dis aussi merci pour cette chance que tu nous offres de revivre. Une infirmière vient me demander ce que tu aimes manger, elle note fromage, saucisson, chocolat au lait et elle appelle la cuisine centrale. Ton peu d'appétit les inquiète sérieusement. Si ça continue, ils projettent de revenir à des perfusions voire à l'intubation car tu es trop faible. Quand les choses surviennent, on les accepte, quand elles menacent de revenir, on n'en veut plus. Je porte à tes lèvres ce qu'offre ton plateau-repas et tu le refuses d'une grimace. Je te supplie de manger. Certains amoureux, drôle d'idée car ils s'étaient promis sur l'autel de la gourmandise, réclament de l'autre qu'il entame un régime. Moi, je voudrais que l'ogre en toi se réveille.

Tu me demandes : « Et Loulou ? » Je n'ose pas te dire que notre chien est mort il y a cinq ans mais je te le dis, il ne peut y avoir d'autres consolations que la vérité et dans tes demandes à venir, on ne pourra pas échapper aux nouvelles tristes. « Non, pas Loulou, le livre Loulou. » T'est revenu en mémoire que j'écris sur lui alors que le reste, de la couleur de notre fourgon au village où nous habitons, de l'Italie où nous sommes à ton métier de prof, tu n'as plus rien en tête.

– On verra plus tard.

– Non, maintenant, c'est important.

Si tu le dis, c'est que c'est vrai.

Le soir, je ressortirai mes carnets et j'effacerai mon mail d'abandon aux éditeurs. Les livres, je m'en doutais, peuvent sauver une vie. J'ignorais qu'ils faisaient ça avant même d'exister.

Juste avant mon départ, tu me dis : « Reste un peu », et c'est la plus belle phrase qu'il m'ait été donné t'entendre depuis que la parole existe. Je fais en sorte et tu t'endors. Tu as été parfois tranquille, le plus souvent agitée de frayeurs. Ce soir, cette nuit et demain matin, je vais devoir me protéger contre cette vision de toi terrifiée et sans mon aide disponible. Vingt-deux heures, vingt-trois heures sur vingt-quatre, c'est le cas, tu es seule dans ton angoisse et je suis seul à t'imaginer l'être. C'est ce que ces maudits accidents, en plus de briser les corps, ont de violent : ils séparent les êtres au moment où ils ont le plus besoin de se tenir l'un près de l'autre.

Quand je suis trop seul, je me dis que tu es allée te promener en montagne. Je t'imagine partie dans un massif perdu, seule, sans réseau. C'est pour ça, rien que ça, une excursion. C'est être seul pareil, mais je t'entends vivre. Pourquoi tu es partie sans moi, ça je n'en sais rien, mais tu es bien, il fait doux, tu randonnes, tu vois les bêtes sauvages et quand tu fatigues, tu t'allonges dans les hauts prés, ton bandeau dans les cheveux, tu le descends sur tes yeux et tu te reposes. Bientôt, tu passeras par un col ouvert sur le ciel et tu m'appelleras. Et s'il n'y a toujours pas de réseau, tu m'enverras un message d'une autre nature, un chien seul passant me voir ou une fleur qui n'a rien à faire sur le parking. Je parviens à penser ça une minute et les vraies raisons de ton absence me rattrapent.

Avec Jean-Michel, nous allons dîner dehors. Malgré tout. Je vois passer ces pizzas quatre fromages que tu aurais englouties en pliant les parts, que tu aurais arrosées de sauce piquante pour que je ne m'y aventure pas et que tu aurais classées de bien moins bonnes à presque aussi bonnes que celles de Valerio pour la garniture ou du Tunnel pour la pâte. Soyons précis quand nous convoquons les souvenirs heureux, sinon ils se froissent et s'effacent. Je pense à nos discussions sans fin sur la différence entre mélancolie et nostalgie. Je ne sais plus laquelle des deux propose ce voyage mais ce soir, vers autrefois je voudrais revenir.

J
9 h 46

Faire trois pas d'élan et se retrouver en l'air est un mouvement à part. Un moyen très doux de quitter la terre. On ne vole pas vraiment mais on ne se tient plus vraiment. C'est comme s'approcher de l'oiseau et mesurer tout ce qui nous sépare de lui. Et il ne faut pas beaucoup pour se l'offrir, rien qu'un bout d'étoffe et quelques ficelles. À Planfait, la première fois que mes pieds avaient quitté le sol sans plus le retoucher, j'avais fermé les yeux très fort, pour que ça reste et pour toujours. D'autres premières fois, je les avais manquées. Je ne savais pas. Ni qu'elles ne repassent jamais ni qu'une vie entière, ce n'est rien d'autre que croire à leurs retrouvailles.

Je m'éloigne du relief, au commencement d'un vol, on ne doit penser qu'à cela, qu'à soi. Je me sens moins porté qu'à l'habitude mais ça devrait suffire pour passer la butte de forêt. Pour savoir, il y a cette méthode : on fixe l'horizon et on regarde si les arbres montent ou descendent ; s'ils montent, il se peut qu'on enlace bientôt leurs branches et ce n'est pas l'idée. Mais qu'une danse entre la terre et l'horizon nous dise quoi faire, ça, c'est charmant.

Cinquante-cinq secondes après mon décollage (c'est ce qu'ont calculé les types de la Guardia di Finanza), je vire d'un huitième de tour pour te voir. Sans freiner pour ne pas déprécier la voile, à la sellette. Tu es déjà en l'air, ton aile formée, pleine, équilibrée, on dirait la reine d'Égypte. Tu as décollé dans la foulée, c'est reparti pour un tour.

Je reprends mon cap, une ascendance musclée me remonte d'environ cinquante mètres, nous n'avons pas ces bips qui le diraient au centimètre.

– T'inquiète pas si tu es bas, tu vas reprendre un truc après le pierrier, ça passe.

Voilà ce que te dit ma radio.

Tu ne me réponds pas et tu as raison, ton obsession est de bien quitter la montagne.

Quarante secondes plus tard, je tourne à nouveau, je cherche ta voile haut dans le ciel.

Elle est au sol.

Toi aussi, donc, mais je ne te vois pas.

Mon premier sentiment, c'est l'agacement. Pardon. Je suis agacé. Pour toi. Tu vas replier ta voile, tu vas me voir voler, tu vas descendre à pied, on va se retrouver dans le pré, peut-être allons-nous nous engueuler et les beignets de courgette à la Malga, ce sera pour une prochaine. C'est la deuxième fois en peu de temps, tu vas perdre confiance et le renoncement, une fois approché, devient un compagnon fidèle. Oui, voilà, je n'ai que ça en stock, je suis agacé. Des veuves et des veufs ont dû pourrir de honte de n'avoir eu que ça à proposer, pour un retard, pour un silence. Car à jamais on se souvient de sa première pensée.

J'espère, c'est le sentiment suivant, que tu ne t'es pas fait mal à une cheville. Tu t'es suffisamment blessée depuis dix ans. Et quand on voue sa vie au mouvement, se blesser, c'est un arrêt brutal que même les malheurs du monde peinent à remettre à sa place.

Je poursuis mon vol, j'attends le grésillement de ma radio, je tourne le bouton du volume. Bien en l'air désormais, je fais un franc demi-tour pour mieux te voir, toi, ta voile. Elle n'a que des secousses anarchiques, elle remonte la pente, se plie, se déplie, tourne sur elle-même, on dirait des convulsions, personne n'agit. Es-tu à ce point en furie que tu voudrais qu'elle se déchire ? Je t'appelle à la radio, encore, encore. Mon cœur bat d'un autre son ; avec l'âge, nous devenons des cardiologues de renom, on reconnaît les cent nuances de battements, là, c'est la peur qui résonne. Habituellement, elle ne m'effraie pas, la montagne est un lieu parfait pour la fréquenter car la peur y est choisie ; et comme tu es là, il est facile d'avoir peur.

Je suis au-dessus du pré de Pircher Alm, je vais m'y poser pour aller à toi plus vite, je n'aurai que cinq cents mètres à remonter. Mais soudain me revient qu'à cet endroit, précisément, il n'y a pas de réseau. Lorsque nous voulions consulter les dernières prévisions dans ce pré, nous n'avions rien sur l'écran de nos téléphones, il fallait attendre le col. Si j'atterris dans ce champ, je ne pourrai pas t'appeler. Ni les secours. D'où a jailli cette clarté ? Est-ce cela, l'instinct de survie, quand un autre que soi prend les commandes ? Je l'ignore mais cette ressource m'est venue en aide sans que je la convoque. Un jour, je trouverai cela stupéfiant.

Ta voile continue de n'obéir à rien. J'imagine son bruit au sol et qui claque. Cette vision sent de plus en plus la détresse. J'ai cette pensée, fugace, des drapeaux de prières tibétains qui au vent implorent la clémence et finissent tous en lambeaux et poussière.

Je t'appelle pour la dixième fois à la radio. Hier soir, tu as bricolé son système d'attache que tu trouvais trop lâche, tu l'as endommagée, c'est donc ça. En premier lieu, c'est à la mort des objets que l'on pense. J'essaie avec le téléphone, je tombe – c'est comme ça que l'on dit – sur ta messagerie.

J'accélère l'interminable descente, je te rappelle. La panique s'installe, elle voudrait sa part. Je chasse les images de toi fracassée au sol, la tête en sang, le corps d'un pantin, des cris de douleur, puis de sourds gémissements, puis le chant des grillons. Les images de malheur, quand elles s'installent, on ne les déloge plus. Je te rappelle et j'arrête de te rappeler. Maintenant, ne plus penser qu'à bien atterrir. Des histoires de suraccident, de morts à distance, la mythologie alpine en regorge. Ne pas se blesser, pouvoir courir, pouvoir parler, pouvoir hurler. D'où vient cette faculté obscène de ne penser qu'à soi ?

Il se passe quelque chose. Ce n'est peut-être rien mais c'est peut-être déjà fini. J'essaie de me convaincre que tu es indemne mais une chose à l'intérieur me dit non. Auprès de toi, les abeilles, les fougères et les blocs erratiques, eux, savent déjà. Est-ce normal qu'un autre avant moi sache si tu vis toujours ? Mais c'est impossible que tu sois morte. Les fins ressemblent au tout. Nous ne pouvons mourir qu'ensemble, à la même seconde, étouffés sous la même neige, fracassés dans un même choc. Et si c'est en bas, et si c'est au calme, et si ce n'est qu'un de nous deux, ce sera dans la main de l'autre. Comme c'est difficile de finir sa vie correctement.

J'observe le drapeau sur le toit de la Malga, il me dit d'atterrir dos à la vallée. J'entends la voix de Seb quand nous apprenions à Annecy : *Les mains en haut, redresse-toi, attends, attends, attends, allez, un, deux, trois, les mains en bas.* Je cours sur le pré. *C'est bien, bon retour sur terre*. Je rabats ma voile, la roule en boule, elle n'y est pour rien mais je la néglige et je m'extrais de la sellette, je me prends les pieds dedans, je tombe, je me relève. Je la pose en vrac près de la grange, si quelqu'un la veut, qu'il la prenne. J'aperçois nos vélos, la dame et la petite doivent être à la cuisine, je pourrais leur demander d'appeler les secours mais je n'y pense pas. Les montagnes sont vastes mais je vis dans un couloir. C'est à moi de faire.

Je cours sur le chemin de montée, je ne prends pas le temps d'enlever mes affaires de vol, je transpire énormément et je m'en fous, ce soir nous laverons cette sale journée dans les vasques du ruisseau blanc. Puis, d'avoir eu si peur, je me saoulerai discrètement de vin. Je ne vois plus ta voile, je suis trop bas. En courant bien, je serai vers toi en une heure, je vois à peu près où tu es, après le pierrier, là où les derniers rochers faisaient, vus du ciel, comme une clef de sol.

Je te rappelle cent fois, à la radio, au téléphone. Tu n'as pas allumé ton portable, c'est anormal, ce n'est pas toi. Tu ferais tout pour me rassurer. Nous passons notre vie à apaiser l'autre et à prendre son poids de tracas, aimer c'est épuisant. Si ton téléphone n'est pas allumé, c'est qu'il n'y a pas de réseau, tu es à peu près à l'altitude de Pircher Alm, tout s'explique. Au pire, il a été cassé dans ta chute mais toi tu vas, tu es faite d'un métal rare.

Tu n'es pas morte, c'est impossible. Cette matinée était parfaite, il y a des jours, on ne meurt pas.

Si nous nous croisons dans le chemin, il ne faut pas que je pleure, il ne faut pas que je pleure. Tu n'as rien fait de mal. Tu dois être en chemin.

Et si tu en as besoin, tu n'auras qu'à te défouler sur moi, je te dois bien ça, mon soulagement épongera tout.

Je vois le panneau du *Tristenbachtal* à une cinquantaine de mètres. Si là, tu ne réponds pas, je fais le 112. Cinquante mètres, voilà, foutu destin, ce qu'il te reste pour décider.

J+7

Jean-Michel est parti, à moi d'être à la hauteur. Avant son départ, nous sommes passés à la roulotte. Depuis vendredi, je n'ai pas revu son tenancier, l'homme qui m'a remis en vie, je me demande s'il existe. Il faut dire que je n'y suis pas retourné, quand on mendie son retour, la Providence se vexe.

C'est douloureux ce matin, la pleine solitude sans doute. Mon ventre n'est accroché à rien. Il se peut aussi que ce soit l'autorité du temps car nous en sommes à une semaine, pile, passée comme un souffle mais longue comme une ère. Est-ce notre manie de séquencer la vie en périodes qui me grignote ainsi le corps, ou lui seul, sans nos agendas, ressent-il que nous sommes vendredi comme nous étions vendredi quand tu es tombée du ciel ? Parfois, j'aimerais débrancher l'esprit du corps, observer comment chacun s'en sort sans l'autre et voir si la vie s'allège. Plus tard viendra le 12 de chaque mois dont celui d'août. Si un jour nous n'y pensons plus, c'est que nous aurons fait le choix d'être vivants ou celui d'être morts.

De me retrouver seul, j'ai attrapé une nouvelle tocade. Avant 10 heures et l'appel, je mets une playlist dans le fourgon, se suivent Yael Naim, The Clash, Gilberto Gil et d'autres cœurs tendres, j'aurais aimé Lully mais j'ai besoin qu'on me parle, j'aurais aimé des chansons françaises mais j'ai besoin de ne pas comprendre. Et là, j'enchaîne des séries d'abdominaux, ce que je ne me souviens pas d'avoir fait sauf consigne d'un entraîneur. J'ignore d'où ça vient. Peut-être d'un cours d'anatomie du sport où nous apprîmes que le renforcement des lombaires devait toujours être accompagné de celui de la sangle abdominale, une affaire d'équilibre. Charge-toi du dos et je m'occupe du ventre.

À 10 heures, j'appelle, si l'on me dit que tu vas à peu près, je m'allège d'un premier fardeau. À 15, je vais te voir. La montagne a toujours été une affaire du matin. Nous ne savions pas trop quoi faire des après-midi, voilà qu'ils m'occupent à plein temps.

Aujourd'hui, j'emprunte le couloir seul. Je ne l'avais fait qu'une fois. Il sent la mort. Comme le 12. Cette façon qu'ont les lieux d'être associés à notre première rencontre.

Tu es à peu près comme hier. Je m'attends chaque jour à des révolutions, il me faut apprendre la petite pente et me souvenir à toute déception qu'elle sera toujours préférable aux régressions ou aux arrêts. Je te retrouve, gentille avec le personnel, souriante, douce avec moi, c'est bien toi qui gis dans ce lit. D'autres fois, tu es agressive, ironique, les yeux pliés et la bouche vers le bas, tu me suspectes, je ne te reconnais pas. C'est la chimie bien sûr qui te bouleverse et dont les effets s'atténueront, je reste sourd aux mots prudents des spécialistes me préparant à ce que tu ne sois plus jamais la même.

Ta jambe droite se contracte par de légers à-coups, parfois de ton propre chef. Ta gauche non et elle reste insensible à la douleur. Que tu lui aies résisté t'a sauvée et nous voudrions que tu la laisses entrer. Nous ne serons donc jamais contents. Tu ne manges toujours pas, quoi que l'on te présente. C'est inquiétant. Je pense avoir compris le nœud et j'en fais part à l'infirmière du jour. Tu as toujours eu l'angoisse d'être malade du ventre, de vomir, de souiller tes draps. À la maison, au premier trouble digestif, tu t'allongeais, je devais te laisser et tu plaçais un seau près du lit. Je ne l'ai jamais vu rempli mais il soignait déjà ta peur de la honte, cette trouille d'enfant, et tout de toi ici revient aux frayeurs enfantines. Je te connais. Ta peur est d'imposer à des inconnus la tâche ingrate de changer tes draps alors tu ne manges pas. Parce que tu es insensible en dessous des hanches et que tu ne considères pas encore cette partie de ton corps, tu ne t'aperçois pas que chaque jour, pourtant, tu souilles ton lit du peu de matière fécale qui s'échappe de toi et qu'il est nettoyé à chacun de tes sommeils. Ta demi-conscience a ses vertus.

Armés de cette hypothèse, l'infirmière et moi te disons calmement comme il est primordial que tu manges et elle te rassure, dans un français parfait : « C'est notre travail de nettoyer votre lit quoi qu'il arrive, et nous le ferons autant de fois qu'il sera nécessaire ; si vous voulez vraiment nous aider, Matildé, il faut manger. »

J+8

La nuit, je me tiens à distance des rêves, je crains qu'ils m'engloutissent. Pour ne pas rêver, il suffit de garder les yeux ouverts. Jusqu'à présent, j'ai réussi. Les quelques heures de sommeil, je les consacre au vide. Il y a bien ces songes, vagues et de passage, prenant chaque nuit un peu plus forme, des silhouettes de montagnes et des ballons dans le ciel, mais ils restent atones et moi à l'écart d'eux. Et si dans ces semblants de rêve j'apparais, je me regarde les dents ; les magazines de salle d'attente disent qu'avant de perdre nos proches, dans nos rêves on s'édente.

Je sors tôt du fourgon, je marche. Au supermarché de Bolzano, celui proche de l'hôpital, la grande dame brune du rayon fromage doit se demander si je ne suis pas en train de tomber amoureux d'elle. Chaque jour, je lui prends cent grammes d'un petit frais de brebis et je lui dis à demain. Le tout sans alliance et l'air seul. C'est la première fois de ma vie que j'aimerais avoir une alliance, ce petit anneau liant les absences et disant à l'univers que vous êtes deux.

Le matin, le premier état, c'est la terreur. Puis je retrouve la vie des autres, je me frotte à leurs légèretés et ce sont des bouts d'optimisme. Ces deux-là bataillent jusqu'à 10 heures et l'appel à ton service. Selon ce que dit le bout du fil, l'un l'emporte jusqu'à te voir et je repars de zéro. Les matinées se ressemblent car les habitudes sont vitales. On se refait vite un monde, d'autant plus vite qu'on a mal. Il faudra s'en souvenir quand allant bien nous fuirons les train-train.

La douleur ne s'efface pas. Ni ne s'espace. Elle change. Elle n'est plus collée à moi comme aux premières heures mais je la sens rôder, un couteau dans sa botte, attendant la moindre inflexion de ton état, le moindre doute d'un médecin – ne serait-ce que de ses yeux – pour agir. Un jour peut-être, j'atteindrai cette zone froide ; ceux ayant souffert au long cours disent que d'épuisement, ce jour arrive : on n'a plus mal, on n'a plus peur. De rien. Moi, je commence à peine.

Comme les nouvelles de toi sont acceptables, je pousse jusqu'à un nouveau bar, deux cents mètres plus loin que le supermarché mais respectant mon cahier des charges : ne pas perdre la vue sur l'hôpital. Il est tenu par des Asiatiques d'au moins trois générations, les clients se connaissent, se saluent, se disent deux mots sur Sinner, Meloni ou les orages du soir, ces choses sans pesanteur qui font que l'on existe. Je ne vois ni patient, ni proche, ni test de température à l'entrée, le prix de la vie n'est pas leur préoccupation du matin. C'est assez plaisant de m'aventurer de l'autre côté de ce film qui me sépare depuis vendredi de la vie courante. J'y suis comme un étranger.

Ce matin, j'ai reçu des nouvelles de toi depuis la France. Marta a pu avoir des précisions sur ton état. Tu as six autres vertèbres fracturées, ça fait donc onze. Arrive un niveau de blessures où l'on ne considère plus chacune d'elles, seul le tout. Je lui ai demandé gentiment s'il était possible que je ne sache pas tout, tout de suite, sauf si elle jugeait que ce fût essentiel. Tout ce que l'on me présente depuis ta chute, je peine à me le représenter. Par manque de temps, d'espace, en somme de liberté. Elle m'a dit oui.

À 10 heures, avec l'infirmière, nous avons convenu que je vienne à 15 plutôt que 14. C'était mon idée, pensant que je pourrais ainsi pousser ta compagnie plus loin vers le soir, ces heures où la peur s'installe. C'est pour l'instant un choix stupide me faisant plus languir encore.

Le premier regard entre nous est toujours fantastique. Au sens d'irréel. De ton lit numéro 4, tu me vois entrer, tu souris et tu me fais un signe de la main comme si nous nous étions vus un quart d'heure avant. Cette scène te semble normale et face à cela il y a ma sidération de te retrouver, ce sont les grands écarts. Ce lit est comme au carrefour de deux galaxies lointaines. J'ai eu beau chasser la vision de toi morte, elle s'est insinuée en moi, j'ai son odeur collante, aussi je n'en reviens pas encore que tu sois vivante. Si la suite me donne la chance de vieillir à tes côtés, chaque matin, ouvrant les yeux et te regardant vivre, avant toute chose je me pincerai un pli de peau. Nous sommes là tous les deux, je t'embrasse, tu m'embrasses.

Tu manges un tout petit peu plus mais pas à la hauteur des milliers de calories que ton corps reconstruisant ses axones, ses fibrilles, ses ostéoblastes, ses globules et autres grains de matière réclame. L'infirmière rousse que tu aimes bien te dit que tu es comme un bébé qui doit manger cinq fois par jour, dormir et laisser faire les grands. Ça te fait rire et ce rire-là, celui où tu ne détournes pas la tête, je sais qu'il dit que tu as reçu l'information. Je te dis devant l'infirmière qu'en tant que bébé, tu as le droit aussi de pleurer et je le regrette immédiatement : tu pleures. Des maladresses, il y en aura d'autres. Je dois apprendre à repérer ta tristesse : tes mots rares, tes yeux fuyants, tes mains saisissant la première babiole. Et me taire à temps. Ou parler d'une chose lointaine et solide.

Je te nourris à la petite cuillère, tu acceptes quelques becquées puis tu me repousses sévèrement de ta main et de tes yeux froncés que je découvre.

Certaines minutes, tu sembles tranquille ; d'autres, tu es accablée. Plus les médecins baissent ta sédation, plus tu reviens à toi et à toutes les raisons de le regretter. Puis, subitement, tu t'euphorises et tu sembles oublier totalement ta condition, exagérément heureuse d'être là. Tu navigues entre une lucidité mortifère et une désinvolture aveugle, cet espace où l'on peut fuir comme partir au combat.

On ne se refait pas, tu rêves de mouvement et le peu dont tu disposes, on te dit de le réduire. Tu bouges trop le haut de ton corps, notamment avec ton bras droit que tu actionnes pour plier les jambes et tenter de les maintenir, au risque qu'elles tombent lourdement. Ton œdème opératoire au dos est encore là, il faut se calmer. Les corps toniques, c'est bien mais pas trop, dit l'infirmière. Décidément, survivre n'est qu'une question de proportion.

Simone, le prénom de ta mamie, c'est revenu. Le Beaufortain où nous vivons, par moments. Notre voyage, dans ses grandes lignes. Cordée, Frison sont de retour. Mais un large pan de ta mémoire a migré on ne sait où et aucun prophète, même ceux vêtus de blanc, ne peut assurer qu'elle reviendra. Tu oublies et je me souviens, comme ces fêtes où j'étais moins ivre. Je suis triste que tu aies perdu notre première nuit, les cerfs du Chatelet, les vagues à la Conche et le soleil levant sur la Kuffner. Ces instants, nous les disions inoubliables. Je pensais que nous ferions ces vieux infichus de redire le dîner de la veille mais contant chaque seconde de leurs épopées comme on récite Aragon. C'est une tristesse lourde. Tu as eu une vie riche accumulant des souvenirs comme des pastilles pour le cœur, l'essentiel de ta fortune tenait dans ces inscriptions. Dans la vie normale, si on oublie, c'est que ça importait peu mais là, une rafale de vent et trois blocs de granite t'ont dépouillée.

Reste que tu as vécu ces moments, n'est-ce pas suffisant ? Après tout, on ne vit pas pour se souvenir. Notre vie est-elle à ce point évanescente pour qu'il faille sans cesse l'archiver afin de lui donner corps ? Tu as connu cette vie et si tu l'as oubliée, ta chair l'a gardée et te constitue.

C'est le partage de la mémoire que nous aurons perdu, seul celui-ci. Si tu le demandes, je te raconterai. Ce n'est pas une petite perte mais si tu en as l'envie, nous n'aurons qu'à nouveau le remplir. Puisqu'il est question des souvenirs, tu sembles t'en faire de nouveaux. Tu me dis qu'en te réveillant, tu m'as cherché sur les lits d'à côté et, ne me voyant pas, tu as demandé à l'aide-soignante si j'étais mort. Elle a dit que j'allais bien et tu lui as dit que tu le savais. Tu me crois invincible, toi tombée du ciel dans les rochers.

Je voudrais juste que tu puisses te souvenir de ce que tu vaux dans ce monde et des raisons de t'estimer. Que tu n'aies pas perdu cela, voilà ma supplique du jour.

Au moment de te quitter – déchirure – tu es douce et tu sembles lucide – réconfort. Je préfère cela que partir sur ta terreur. Tu me demandes ce que tu dois faire pour aller mieux.

– Mange quand tu as faim. Dors quand tu as sommeil. Ne retiens rien. Appelle quelqu'un si tu as mal ou peur. Pense bien à respirer. Et sois toi. Ça suffira.

C'est cinq consignes de trop, tant pis, pioche celle que tu préfères.

Je te dis au revoir en face, je ne veux plus attendre que tu t'endormes, il y a du mensonge dans les berceuses. Tu me dis que tu m'aimes et si tu me l'as tant de fois démontré, je suis catégorique : tu ne l'avais jamais prononcé. On s'est toujours dit que les actes primaient et que les je t'aime à foison cocotaient la telenovela. N'empêche, une fois comme ça, venue tout droit et échappant aux contrôles, ça ne salit pas la vie. Car même les êtres follement aimés ignorent à quel point ils le sont. Avec des morceaux du passé semblent parties de toi ces pudeurs qui finissent par nous dissimuler. Serait-il possible, s'il vous plaît, de trier ce que ma femme oublie ?

J+9

Pour habiter la matinée, je suis allé remplir d'eau le fourgon dans une station indiquée par Seb. Je n'avais plus roulé depuis vendredi. Je vérifiais dix fois à droite, à gauche avant de m'engager dans une rue, ma peur était excessive. Je craignais l'accident. Pas qu'il m'arrive mais que celui à ton chevet soit empêché et que tu ne le voies plus car depuis peu tu l'attends.

En regardant le niveau d'eau monter petit à petit dans la cuve, je l'associais à ton état et à sa dynamique ; en ne le quittant pas des yeux, on ne voit rien s'élever, mais invisiblement le tout progresse. J'observais notre camion, m'obstinant à penser qu'il n'était pas bon pour la casse et que tout ce fracas ne nous avait pas chipé le droit de rêver à d'autres départs. Nos deux cales jaunes m'ont fait sourire. Quand le van n'était pas vraiment d'aplomb pour dormir, nous jouions aux camping-caristes, je te demandais Josette si tu pouvais les placer sous les roues, tu me disais pas de problème Jean-Marcel.

Là-bas, j'ai retrouvé des gens comme nous, de l'exil choisi, on a tous la même dégaine. Des Français. Ils étaient en route et pensaient que je l'étais.

– Vous allez où ?

– Je rentre à la maison.

De retour à l'hôpital, je me suis garé ailleurs que sur le petit parking réservé aux urgences. Remercier la gentillesse, c'est déjà ne pas en abuser.

Puis j'ai téléphoné à ton service. « *Sono il marito de Matildé.* » Le dire chaque matin est une sorte de fierté.

Quand je suis entré dans l'hôpital, un pigeon en a profité pour s'introduire. Hier, c'était une espèce de mésange. Avant-hier, un hanneton brillant. Les animaux veulent te voir. L'agent chargé de la prise de température à l'accueil ne prend plus la mienne, il me reconnaît, il range son pistolet, les familiers ne sont pas suspects, je ne sais pas si je dois me réjouir de sa logique. Les premiers jours, quand il me pointait le front, dans ma tête je criais *Vas-y mon gars, appuie et ne me rate pas, qu'on en finisse.*

Dans ton couloir, une demi-heure en avance, je croise les mêmes accompagnants, certains en hausse, d'autres en berne. Je parle peu, j'écoute. Je comprends que la plupart de « leurs » malades le sont d'avoir abusé de nicotine, d'alcool ou d'une autre de ces sirènes toxiques. Je nous crois à l'abri de ces emprises tout en me demandant si revenir sans cesse à la montagne, sous couvert de vitalité, ne signe pas l'impossibilité de nous défaire d'une substance rencontrée au gré de nos manques. Jusqu'à en tomber, la montagne ne m'avait pourtant jamais semblé combler quoi que ce soit.

On dirait que tu as quelques tuyaux en moins mais toujours ce gros qui évacue le sang et l'air de ta plèvre, ça n'en finit pas. Moins on t'équipe de tuyaux, plus je me sens responsable, étrange sentiment de confusion avec les machines te venant en aide. Tu souris et tu as l'air inquiète, tu as désormais ces deux visages en un. L'infirmière du jour est satisfaite que ta cuisse droite soit sensible au pincement, elle me dit en aparté que ta paraplégie pourrait rester modérée, ce mot-là je l'avais jusqu'alors évité et même partiel, il me fait vaciller. Tu me regardes et je te souris, ne t'inquiète pas, tout va bien. À la fois, s'il le faut, nous trouverons des parades, je marcherai, tu rouleras, je te porterai, nous vivrons avec ce qu'il reste de toi, comment font les gens ?

Elle m'apprend que tu ne seras finalement pas réopérée demain du poignet. Je le reçois comme une bonne nouvelle. Samedi, c'était le contraire. À ce qu'on nous annonce, selon ce qui protège notre cœur, on fait dire ce que l'on veut.

À beaucoup de mes phrases, tu dis « ah bon !? » avec une petite moue d'étonnement, c'est très joli. Avant, tu avais les éclats de ton rire pour t'abriter, tu t'armes de nouvelles défenses.

J'ai pris avec moi un paquet de M&M's. Je cache une cacahuète dans l'une de mes mains, si tu devines la couleur, tu la manges. Ce jeu te plaît, tu en manges une dizaine à la suite, autant de calories avalées qu'en quatre jours. En ressortant, j'irai dévaliser le supermarché de ces boulettes magiques.

Autour de toi, des nouveaux sont arrivés, la plupart en mauvais état. Tu es quasiment la plus vaillante de la salle, au moins en apparence car, sous ce drap blanc, ton corps est là qu'il m'arrive d'oublier.

L'heure passée, on ne me dit pas de partir.

Toi, on dirait que tu sais. Tu guettes chaque geste du personnel.

Des infirmières et des aides-soignantes s'agitent autour de toi, clampent certains tuyaux, refont mieux ton lit, te parlent comme à une amie en te disant que ça va aller. L'une d'elles cale un gros dossier rouge sous ton oreiller. Tu t'en vas.

L'interne m'informe que tu vas dans un autre service, en neurochirurgie. Car tu es stable et tous ces bips, ces lumières et le va-et-vient des soignants t'épuise. Je n'en reviens pas. Il me demande de venir avec lui, avec toi. Des hommes et des femmes te disent au revoir Matildé et *auguri*. Tu leur souris de tous tes yeux. Ils étaient des inconnus, ils le redeviendront, entre-temps ils ont sauvé ton ancienne vie. Les soins intensifs, c'est donc fini. Ici se sont jouées les minutes les plus intenses de notre vie. Je me souviendrai de chacune d'elles, toi de rien. Mon esprit sera marqué pour toujours et toi ton corps, à nous deux nous ferons un être complet.

C'est notre premier déplacement ensemble, c'est le début de te ramener. Je marche près de ton lit, toi tu salues le personnel de ta main droite, on dirait un garde du corps et la voiture présidentielle. Je crois que je suis heureux.

À notre arrivée en neurochirurgie, l'inquiétude prend le relais. Chez nous deux.

Je ne m'attendais pas à un service classique, deux patients par chambre, des malades debout, des piles de magazines, des posters de baleines, des plateaux-repas, des familles sans abattement, un personnel moins fourni qu'en soins intensifs. Toi, c'est de changer qui semble t'inquiéter ; moi, c'est qu'ils aient surévalué ton degré d'autonomie. Car tu es incapable de faire quoi que ce soit seule. Te déplacer, manger, boire, uriner, déféquer, te redresser, lutter contre la douleur ou l'infection, considérer l'avenir, te souvenir. Avoir peur et respirer, voilà tout ce que tu réalises à peu près seule. On te laisserait sur ce lit, tu mourrais. De quoi, je n'en sais rien, mais tu mourrais.

Ta voisine est une petite mamie comme tu les aimes, à la voix calme et aux yeux plissés. Elle s'appelle Luigia. Entre vous, aucun paravent. On dirait que la mort l'attend et, avant de livrer l'ultime bataille, elle s'arme de douceur. Je regarde par ta nouvelle fenêtre et je repère l'endroit où venir ce soir te parler.

Les nouvelles infirmières ont perçu notre crainte. Elles nous disent leur proximité, que ton monitoring apparaît dans leur salle toute proche et qu'il sonnera au premier dépassement de seuil. Je t'explique le bouton rouge pour les appeler, tu me dis oui, la minute d'après je te demande comment faire, tu ne sais plus. Je prononce en silence mes vœux d'infinie patience. Comme tu es me rend triste, tu sais que tu ne fais pas bien mais tu ne sais pas quoi, comme si chez les êtres de retour à la vie, le premier des sentiments à renaître était celui jadis le plus saillant. Toi, c'est la peur de mal faire. C'est injuste, quitte à se remettre à zéro, autant se débarrasser des entraves.

Je ne partirai que lorsque tu seras pleinement rassurée, c'est le meilleur moyen pour ne jamais te quitter. Je reste un peu, j'essaie de baisser cette lumière électrique, trop forte, j'apporterai les bougies du camion. Des soignants passent régulièrement dans ta chambre, restent attentifs et voudraient que tu en sois convaincue. Tu es crevée, tu t'endors. Je dois partir. La photo des trois chiens attend ton réveil.

De première des soins intensifs, te voici bonne dernière de neurochirurgie. Ce progrès aux airs de reculade.

En quittant le service, je croise son chef. Il me parle de rapatriement, de l'importance de la langue française autour de ton cerveau.

En huit mois jamais mais voici que j'ai très envie de France.

J
10 h 04

– *Vallee Aurina, BZ.*

– *Hello, my name is Cédric, I'm French, my wife has fallen while paragliding. I think it's hard.*

– *Where exactly are you?*

– *Under la Cima Henne.*

– *Henne?...*

– *Yes, at Rio Bianco...*

– *Henne?*

– *Yes, two four seven four meters. Henne! Up Pircher Alm, up Malga, the restaurants.*

– *OK Henne.*

– *I think my wife fell one hundred meters down the summit, her paraglide is yellow. She doesn't answer the phone or the radio.*

– *She's on the side of Rio Bianco or Selva dei Molini?*

– *Side Rio Bianco! North side! Please schnell I think it's hard. Please.*

Je ne sais pas dire grave en anglais. Je sais dire doux, rire, lumière, drôle, rêve, oiseau ou confiance. Mais pas grave.

Les secours m'ont dit qu'ils partaient, j'ai entendu *helicopter*, j'ai cru comprendre *two teams* et que je devais garder le téléphone *open*. Et rester où j'étais, ne pas bouger. Je n'écoute pas cette consigne, je poursuis ma montée, si je m'arrête de bouger je vais prendre la mesure et en crever.

J'espère qu'ils ont tout compris, que je leur ai bien dit. Il était interminable, cet appel, pourquoi le type n'a-t-il pas reconnu tout de suite Henne ?! L'ai-je mal prononcé ? Je ne me souvenais plus du nom italien, Monte Corno, non ? Si ta vie se joue à des secondes ou des syllabes, je saurai à qui m'efforcer d'en vouloir. S'ils viennent et que tu n'as rien, je n'aurai pas à en être gêné, nous présenterons nos excuses et c'est tout, foutue culpabilité qui nous pourrit la vie jusqu'à la mort.

Je continue de courir. Marcher, ce serait céder. M'arrêter, t'achever. Je veux arriver vers toi avant les secours, te parler, te rassurer, peut-être agir, c'est notre affaire. Non, je veux arriver après eux, à quoi je serais utile, c'est leur métier, pas le mien et j'ai trop peur de la vision de ton corps abîmé. Et de ta détresse. Je te parle à la radio, souvent, par petites touches, d'une voix douce et lente, je retiens ma respiration pour taire ma panique. Qui sait, la radio est au sol, près de toi, tu m'entends, ça te retient. Enfants, seuls dans le noir de la chambre, la voix des grands depuis le séjour nous apaisait et nous reliait au monde. Je te dis de ne pas t'inquiéter, les secours et moi, nous arrivons. Tiens bon. Un bout de moi est à tes côtés déjà, te souviens-tu de ma voix ?

Les pagailles du cerveau m'offrent l'image de toi vérifiant chaque matin de montagne que ta culotte est présentable. Tu me disais : « On ne sait jamais, imagine je dois aller aux urgences, la honte, une culotte moche. » Tes peurs savaient-elles lire l'avenir ?

On me rappelle, un long numéro, des indicatifs à rallonge, ceux qu'on esquive quand tout va bien. C'est un secouriste, depuis l'hélicoptère, un bruit effroyable, je l'entends à peine. Ils sont en vol, il me parle à nouveau d'une autre équipe en voiture, je ne comprends pas pourquoi mais je dis *ja*. Spontanément je réponds en allemand. Il me dit de garder mon téléphone allumé. Je veux lui demander si je dois raccrocher ou non mais je ne sais pas comment on dit, ni en italien, ni en anglais, ni en allemand. Merde ! Travailler à l'école, voilà pourquoi.

À chaque virage côté vallée, je m'arrête. Je tends l'oreille, j'attends que mon cœur quitte mes tempes et je guette le vrombissement de l'hélico. Dans les vallées étroites, on l'entend de loin. J'attends une dizaine de secondes, pas plus, le silence m'étouffe. Rien. Je repars. J'ai fait la moitié du chemin. Dans une demi-heure, je serai auprès de toi, encore quelques lacets et je couperai par le pierrier.

J'ignore pourquoi mais me reviennent en mémoire les yeux et la voix de Gouguin, mon professeur d'histoire au lycée, ce cours où il nous avait dit que l'âme, qu'il s'agisse de *l'anima* latine ou de *l'anemos* grec, venait des souffles du vent. Mais où était-ce logé dans mon cerveau pour dormir des années durant, ressurgir maintenant et ne plus me quitter. Est-ce censé me faire du bien ? Je ne le sais pas encore mais débute, sur ce sentier, l'œuvre des hautes sphères de la peur, celle de l'inventaire décousu du passé et de son indomptable résurgence.

Parfois, je t'imagine sans plus de vie, ce chaos dure une seconde et je le chasse, qu'il ne s'avise plus de me frôler.

Je suis assoiffé mais je ne bois pas. Puis si. Je bois, j'en prends le temps. C'est à cette seconde précise que j'ai mesuré l'intérêt vital de ne pas sombrer, de prendre soin de moi, de manger, boire, dormir, durer, de vivre un peu. Si tu te vides, il me faut être rempli.

À un virage du sentier que je reconnais – son petit pin cembro –, je m'arrête. J'attends que le cœur se taise. On n'entend rien, pas un enfant au loin, pas un avion, pas un ruisseau, même le vent s'est tu. Nous qui le chérissons, voici qu'il me terrifie et que je le hais : le silence. Ils sont deux en réalité, les silences, l'un est un baume, l'autre un linceul. Je voudrais qu'une chanson douce vienne se mêler aux caprices du cerveau. Mais ça ne vient pas. Ce serait une comptine, elle me prendrait dans ses bras ; d'ailleurs, si tu es tombée, as-tu crié maman ?

Enfin j'entends quelque chose. La terre vibre comme quand l'hélicoptère arrive. D'habitude, c'est pour les autres, toujours, un refuge à approvisionner, un alpiniste à sauver, on lui souhaite de loin d'aller bien et on repasse à notre vie. Ces bourdonnements-là, ce sont les nôtres. C'est de plus en plus net, je tends l'oreille, je plisse les yeux. Je le vois, il arrive, lui et sa lumière clignotante sur le rotor arrière. Les pales claquent comme s'il volait en moi. À cet endroit de la Terre, ce virage du sentier dont je pourrais réciter chaque gravier, chaque ombre, c'est donc là que nos vies vont se jouer. D'ici, je vois tout sauf ta voile. Je hurle pour dire à la machine où tu te trouves. J'appelle le numéro pour les guider, personne ne décroche. À présent, l'hélicoptère est proche, je ressens son souffle jusqu'ici. Est-ce le bruit de ces machines à urgence mais plus rien de moi ne croit au bénin, c'est nécessairement extrême. Je suis soulagé que tout ne dépende plus de moi.

L'hélicoptère tourne au-dessus de ta zone. Il est au bon endroit, t'ont-ils repérée ? C'est un vacarme, la planète entière doit l'entendre, je le préfère au calme de la mort. Puis la machine remonte vers le sommet et repart vers Rio Bianco. Le temps de dix secondes, je vais mieux. Soit ils t'ont vue, tu leur as fait le N avec les bras pour les rassurer et ils s'en vont ; nous paierons le secours inutile avec joie. Souhaitons que nous n'ayons pas gâché un autre sauvetage. Soit ils t'ont déjà prise en charge car ton état n'exigeait pas de soin immédiat au sol. Dix secondes de mieux dans ce tourbillon vers les abîmes, elles sont prises. Comme un sirop pour le cœur, disait papy Lulu.

On m'appelle, on m'explique. L'équipe médicale a été déposée au sommet, trop périlleux de se poser sur zone. Ils t'ont vue.

– *How she is? How she is?*

– *We can't tell you now, we are waiting for the doctor's call.*

La voix du secouriste est plus tendue, plus heurtée. Je commence ma lecture, des intonations, de leurs fuites, des silences, je ne vais faire que ça durant des heures, déchiffrer ce qu'on ne me dit pas. Avant le premier mot, on sait, la voix, le souffle ne cachent rien.

Il me demande à nouveau où je suis, je ne comprends pas à quoi ça sert mais je lui réponds. Il me dit de redescendre. Est-ce le meilleur moment de ma vie pour commencer à obéir ? Je monte, je n'ai que ça pour me mettre en travers de ta mort.

C'est long, très long. Comme une heure. Dix minutes, dira l'enquête.

Je vérifie compulsivement que j'ai du réseau. Le silence est revenu, je n'en veux pas, qu'il se barre, nous nous aimions ce matin mais notre histoire est finie, s'il vous plaît du bruit, s'il vous plaît le piaulement des buses. J'espère que les docteurs courent dans la descente, c'est un pré, trente degrés au plus et quelques blocs. J'espère qu'ils ne pensent pas à leurs genoux et qu'ils vont bien aujourd'hui. Ce matin, ils se sont levés, ils ont petit-déjeuné, ils ont embrassé leur famille et sont allés au travail, leur jour est un jour.

L'hélicoptère revient. Il met du temps à grossir dans le paysage. Accélère, accélère, bordel. J'ai de la rage en moi, une partie voudrait hurler de la violence, l'autre et qui l'emporte sait que le monde fragile et les vies partantes n'ont besoin que de douceur. Il reste en stationnaire, descend un peu, j'ai du mal à tout voir, à tout comprendre. Je guette un hélitreuillage et toi montant vers le ciel mais je ne vois rien. C'est le retour du bruit et des secondes utiles. Ça s'éternise. Vingt minutes. Trois, dira le procès-verbal. Que font nos mères en ce moment même ?

Un autre appel, un autre numéro.

C'est l'équipe en voiture. Ils viennent me chercher. Pourquoi veulent-ils me prendre en charge moi aussi ? Je suis terrifié de cette attention.

– *How she is? How she is?*

– *We can't tell you now, we are waiting for the helicopter team's call.*

On me dit de prendre le sentier jusqu'à la piste. Ils sont déjà vers la Malga, on devrait se croiser vers Pircher Alm. On me redit de ne surtout pas revenir tout seul jusqu'à ma voiture. Je ne comprends pas, marcher je sais faire.

Toi, tu es où ? Nous n'avons jamais été dans deux mondes si lointains.

Dans la descente, j'appelle Sylvain. J'ai besoin de parler français. J'ai besoin d'entendre un humain que je connais, ici personne ne tient à nous. Il ne décroche pas, il doit être en montagne. J'essaie Seb. Toi, tu n'es plus là, la solitude entame son supplice, l'action, même l'action n'y fait rien. Arrive cet instant où tout de nous, de la chair à l'esprit, n'est qu'un état. Dans la vie courante, nous parvenons à sortir de n'être qu'un état. Par mille procédés, allant de la distraction à la réflexion, nous prenons congé de notre état, nous parvenons même à ne pas y entrer. Mais rien ici ne m'en laisse le loisir.

On me rappelle, on m'attend vers Pircher Alm.

Tu irais bien, ils me diraient. Personne doté d'un cœur battant ne tairait une telle promesse.

J+12

Cette semaine fut la semaine du mouvement. Clouée sur ton lit, tu ne partagerais pas cette vision, c'est pourtant la réalité et tu es pour beaucoup dans cette animation.

Car un mouvement, des tours du manège au piqué du faucon, n'existe que si le reste est figé. Si tout est mouvement, rien ne l'est. Le premier de ces points fixes, c'est ton immobilité. Ta position sur notre planète, la même au mètre près depuis des jours et la posture de ton corps, la même au degré près, de tes jambes fantômes à ce buste assigné à la rectitude. Le second figement, c'est le temps. Les regards vers l'arrière, ce qu'on appelle les souvenirs, et ceux vers l'avant, ce qu'on appelle les projets, nous sont comme interdits. Nous qui vantions le présent comme seule conjugaison valable, nous y voilà englués, est-ce notre punition et si oui, quel est donc ce puissant que nous avons offensé ?

Mais autour de ces fixations, des mouvements résistent.

Déjà nos propres cinétiques. Qui n'ont rien à voir. Toi, tu aurais tendance à descendre ; ta lucidité revient mais sans savoir de quelles griffes tu t'es échappée. Tu ne vois que les jambes d'une autre, tu découvres avec effroi des draps salis et enfle en toi le dégoût de vivre. Moi, je monterais plutôt. Les perspectives s'étoffent et les deuils se réduisent : tu es partie pour vivre, debout peut-être et sensible au monde qui t'entoure, une vie disons décente. Des pertes pour toi, des gains pour moi, nos trajectoires au mieux se croisent, au pire s'éloignent. Nous avons comme fait du troc, tu m'as confié des bouts d'inconscience et j'en ai fait des rêves, je t'ai transmis un début de compréhension et il te meurtrit. Au beau milieu de ces croisements, cette nébuleuse : la définition d'une vie valable.

Le mouvement, c'est aussi ton retour en France que le collectif entreprend d'organiser. Pour que ton cerveau se nourrisse de notre langue, que la fluidité s'invite aux échanges et que nous retrouvions les nôtres. Revenir. Nous envisagions Clermont-Ferrand, Grenoble semble l'emporter. Là encore, Viorel et Marta pensent pour nous, leur présence est inestimable. Si tu es reçue à l'hôpital de Clermont, tu seras orientée ensuite vers un centre de réadaptation de la région et les établissements autour de Grenoble sont plus réputés. Ils me l'expliquent avec toutes les délicatesses associées, celles m'assurant que ce n'est pas par refus de t'accueillir en Auvergne ni par dénigrement du travail des équipes autour de Clermont. Mais en pensant à toi et à nous ; ainsi nous serons plus proches de la maison, nous n'avons pas de maison, de notre biotope alors, et ce n'est pas rien quand les choses durent. Car c'est en années qu'il faudra compter. Pour le rapatriement, les échanges avec la MAIF sont houleux. Tu es un numéro d'accident commençant par M222. On me dit que ce sera lundi. Puis un autre me dit la semaine d'après. On me dit que tu rentreras en avion, que c'est mieux. Puis en ambulance, que c'est mieux. Mes interlocuteurs sont mes défouloirs, je les engueule, je les maudis, je les menace. Je voudrais être ce grand homme que les épreuves révèlent mais je me noie dans ma propre bile. Ils semblent rompus à cette grogne injuste et restent à mon écoute.

D'ici là s'organise un autre mouvement, quotidien. Mes routines. Il m'a fallu les arranger à la marge avec le changement de service. Je m'étais fait aux précédentes, elles allaient devenir aimables et j'ai eu quelque peine à m'en défaire. On s'accoutume à tout et c'est ainsi que le malheur prospère. Désormais, je peux appeler à partir de 11 heures. Je peux te visiter de 14 à 16 heures puis de 17 à 18. Je déborde peu, surtout je devance. Dans le couloir d'attente du service, les proches ont une autre vitesse d'inquiétude. Leur marche est plus calme et moins mécanique qu'en réa. Le plus souvent, ils sont assis sur des chaises. Pour les plus tranquilles,

les jambes croisées ; pour les autres, jambes écartées, genoux à largeur de bassin et pliés à angle droit, buste penché vers l'avant, tête dans les mains, coudes sur les cuisses, pied droit ou gauche tremblotant et, toutes les cinq minutes à peu près, un œil sur la montre, un soupir puis quelques pas et retour en position. À chaque niveau de détresse semble correspondre un rythme, une posture.

Le premier jour, en arrivant à 13 heures, j'ai vu ce brancardier entrer dans ton service. Et ressortir avec toi pour des images : une radio thoracique pour évaluer l'évolution de ton pneumothorax, décisif pour le voyage en avion, et un scanner vertébral postopératoire. Je lui ai demandé si je pouvais venir, il a répondu un oui évident. À notre niveau de séparation, ces visites communes aux autres étages sont des plaisirs de voyage. Nous avons gagné une heure et nous nous sommes déplacés ensemble, dans la même direction, ce brancard était notre pirogue jusqu'à la mer. J'ai compris que ce contrôle serait quotidien jusqu'à ton départ. Depuis, à 13 heures, je campe et, pour ne pas te manquer, j'arrive à midi.

Une fois revenus de tes examens, chambre 9, un autre rituel se joue et toujours le mouvement. Celui de tes pieds que je masse, que je mobilise dans tous les axes, leur ankylose est la pire ennemie des paraplégiques. Les rares fois où tu disposes d'une contraction volontaire, je te demande de forcer contre mes mains, ensemble nous nous opposons. Un jour, je te le promets, nous marcherons de nouveau, tes pieds nus sur les miens, tels les automates d'une vie facile. Pourquoi, dites-moi pourquoi quelques semaines auparavant, dans notre van, m'était venue cette manie quand tu te levais et que tes pieds dépassaient du lit de te faire le Babinski sous la plante de chacun d'eux, griffure du doigt qui te chatouillait plus qu'elle ne révélait ton état neurologique dont on se fichait bien. Aujourd'hui d'autres hommes que moi te le font et nous rions moins. Quoique. Çà et là des rotations de ta cheville et du massage de tes orteils, j'attends que tu me regardes, je renifle mes doigts et je fais mine de m'effondrer sous ton lit. Tu te marres. Je pourrais tout quitter sauf ta gaieté. Qui sait vivre sans la gaieté ?

Un mouvement, bien qu'il se fixe dans une direction, est rarement rectiligne. Un aigle royal observerait notre route vers le mieux, il verrait les lacets du Stelvio et il se demanderait pourquoi nous ne nous rendons pas directement au sommet. De mon côté massives et chez toi un peu, s'alternent sans cesse les espérances et les rechutes. Nous oscillons le plus souvent en canon. Dans une même journée, dans une même minute et ne tenant à rien, on croit, on désespère : cinq M&M's avalés de plus que la veille, des sourires moins que des larmes, une jambe inexpressive et c'est un va-et-vient permanent autour d'un semblant d'équilibre. Rien n'est fixe. Les spécialistes de ce qui bouge parlent de mouvement vibratoire et l'on sait ce que les édifices, même les plus solides, craignent au-delà de tout : les tremblements.

Venant atténuer ces marnages, il y a heureusement les autres. Ils nous maintiennent.

Il y a les soignants du service qui font tout et plus encore, dont cette kiné venant te masser les jambes chaque jour une heure durant et qui par son français rieur nous donne envie tout à la fois de rentrer et de rester. Elle croit si fermement en la vie qu'elle masserait les morts. Elle nous dit qu'il faut que tu t'imagines marcher, courir, rouler, nager, skier, pédaler, sauter, dans des cadres agréables. Pas voler. « Tu visualises, dans ta tête ! » Rêver aux souvenirs perdus, on croirait une torture, mais il est prouvé, alors d'accord, qu'ainsi les circuits se rebranchent et les fibres repoussent. Parce qu'on les appelle et qu'on leur dit comme on voudrait refaire. Alors cinq fois par jour au moins, nous retournons au lac des Fées, à Miage ou vers Crozon, il suffit de demander et de ne jamais douter des forces de l'imaginaire.

Il y a mon frère qui ressent mes découragements dix minutes avant qu'ils adviennent et m'appelle pile pour une bouffée de douce espérance. Ces appels sont précieux car son optimisme à lui est mesuré, je veux dire servi par un chiffre précis et, s'il va dans le bon sens, ne débordant jamais au-delà de ce qu'il a à nous dire. Il est ces instants fragiles de nos vies où l'on ne voudrait que du miracle mais à tant nous servir les histoires d'un cousin du voisin ressuscité, écœurés, nous nous rangeons du côté de la religion froide des pronostics dont mon frère Vincent est le pape. D'ailleurs, est-ce la fonction ou l'organe, mais qu'il parle d'un pneumothorax ou des couchers du soleil en Tanzanie, il commence la moitié de ses phrases par *objectivement*. Et l'autre par *potentiellement*.

Il y a ce docteur Rulh au prénom de saint qui a été contacté par un Éric lui-même contacté par l'autre Éric et qui nous attend à Grenoble ; personne de cette chaîne ne connaît plus loin que le maillon d'à côté mais le tout fait un lien nous intimant d'accorder du crédit à l'humanité. Cet homme, j'ignore l'épaisseur de ses épaules mais déjà je m'appuie sur lui.

Le mouvement n'a pas trente-six choix : soit il s'écarte de nous, soit notre nombril le rappelle. Quand l'un de notre cercle est touché, sauf grandeur d'âme élastique, nous ne disposons pour le reste du monde que de miettes d'attention. Il n'y a que nous. Le Bangladesh est rayé de notre carte et le moindre malheureux, s'il a ses deux jambes, se dissout dans notre chagrin. Les mises en perspective sont à plat et la population mondiale s'élève à la vingtaine d'hommes et de femmes à notre chevet. Ce repli, nous lui donnons le noble titre d'instinct de survie et, pour qui l'éprouve, ce n'est pas excessif. Mais il s'agira de le surveiller avec soin. Car cette estimation de soi, si elle dure plus que de raison, si elle renaît à chaque rhume, accède au rang de l'indécence et de l'oubli du monde.

Un premier élément vient en aide pour nous remettre à notre place. C'est le bal des certitudes. Tout ce qui nous semblait inconcevable retrouve du crédit et le futile qu'on raillait à gorge sûre s'invite aux premières places de nos préoccupations. De mon côté, c'est le téléphone.

Il exaspérait ma vie, désormais je le chéris. Je le cherche, je le charge, j'inspecte le bon état de sa coque, je frotte son écran, je m'assure de sa présence dans ma poche cent fois par heure, je ne me sépare jamais de son chargeur, je scrute des prises partout où je me trouve, je m'esquinte les yeux dans ses icônes de charge et de réseau. Il est celui qui me parle le plus de toi, il est ma balise devenu. De temps à autre, je me regarde faire et je ne reconnais pas cette tête penchée sur l'écran, moi qui riais de cette anatomie de la capitulation. C'est un premier pas dans la valse des certitudes qui ne sont, je le découvre, que des habits de fête. Quand la vie se dégrade, on s'en déplume. Les convictions, c'est autre chose, elles, c'est la peau.

Pour s'éloigner de soi, aussi, il y a les rencontres. Les premiers jours, nous avons sympathisé avec Carmen, la fille de Luigia. Elle traduit aux infirmières nos demandes et elle nous traduit en retour leurs consignes. Elle est douce comme une feuille d'immortelle et elle t'appelle *bella*. Elle rayonne de gentillesse sans aucune conscience de son grand pouvoir. Hormis les soignants, elle est la première personne que nous côtoyons ensemble, la première relayeuse d'un long retour aux humains que nous étions et nous ne pouvions rêver mieux comme accompagnatrice. Un jour, nous recroiserons des mauvais, des cyniques et des vaniteux, ils sont rares mais puissants, la douceur de Carmen est le sas qu'il nous faut. Je lui ai demandé comment on disait « carapace » en italien. *Carapace*, la sauvegarde a son esperanto. Un soir, nous avons quitté la chambre 9 en même temps, sa maman et toi dormiez, nous avons discuté dehors puis nous nous sommes assis par terre, aussi harassés l'un que l'autre. Durant une heure, elle était ma sœur, ma grande certaines minutes, d'autres ma petite. Deux fois, j'ai voulu lui demander si elle souhaitait que nous dînions ensemble mais j'ai eu peur qu'elle puisse penser que je ne tenais pas à toi tant que cela. En nous quittant, elle me dit :

– Ta Matildé, ça va être dur mais vous avez de l'avenir, ma maman, elle, c'est derrière. On résiste mais sa vie est finie. Je vais la perdre dans quelques jours.

Elle a pleuré, rien ne m'autorisait à être plus triste qu'elle.

Être remis à sa place est une aubaine. Car souffrir, si c'est être écrasé, c'est aussi s'estimer l'élu, supérieur à tout ce qui l'entoure.

Avec Carmen, nous nous sommes pris dans les bras et c'était très reposant. D'avoir une épaule pour soi et d'enlacer une inconnue sans gêne ni désir.

Quelques jours plus tard, un autre ange atterrira du ciel et sans dommage. David. Nous nous connaissons sans nous connaître, il fait partie de ce cercle flou des pratiquants de la montagne. Nous discuterons pour la première fois à La Tronche, un matin, autour d'un café de boulangerie, ils sont moins solennels, les gobelets sont en carton, on ne fait que passer. Il suffira de quelques mots et de silences pour nous entendre. J'en serai à m'intéresser à d'autres chagrins que les miens et il me parlera de la séparation d'avec son grand amour, s'excusant à chaque fin de phrase de sa petite peine puis ne s'excusant plus. Il me dira ses visites chez la psy qui lui font du bien et cette phrase écrite sur le mur de la salle d'attente, voulant tout et rien dire, s'adressant à qui voudra la lire et dont les blancs sont des espaces où chacun peut ranger son histoire. Cette phrase, me dira-t-il, va te paraître idiote mais moi, elle me parle : « À la fin ne reste que le mouvement. »

Si tu savais.

J+13

J'ai encore réussi à attraper le convoi du brancardier. On dirait qu'il travaille tous les jours.

Nous allons à chaque fois vers le même service, la radiologie, mais il prend des couloirs et des ascenseurs différents, la balade s'allonge chaque jour, à mes mercis il répond par un clin d'œil. Tu regardes chaque affiche, chaque fenêtre, les lieux sont-ils comme tu l'imaginais ou n'avais-tu rien en tête ?

Il met de la musique sur son téléphone, Finley Quaye souvent. Quand il croise un médecin, il n'éteint ni ne baisse le son, c'est un esprit libre. Il nous arrive de rigoler tous les trois ; tu n'aurais pas toute cette chimie dans les veines, j'apporterais trois bières et des pistaches.

Au milieu du couloir, le long des grandes baies vitrées, tu aperçois les grands bouleaux battus par le vent, tu demandes à Marco de s'arrêter et tu me dis : « Regarde comme c'est beau. » Ça, l'accident n'y a pas touché. Nous reviendrons en France pourvus de l'essentiel.

Il faut prendre chacune de ces secondes. Arrivée en salle d'attente de la radiologie, sans que tu ressentes rien, tu vois tes draps se salir. Tu voudrais bouger les jambes pour dissimuler ces souillures mais tu ne peux rien. Une sale odeur envahit la pièce, ton infirmité te saute à la gorge, tu t'effondres en larmes. Rien de la joie ne dure, c'est épuisant.

J+14

Luigia n'est plus ta voisine de chambre. Tu me dis qu'à un moment – hier mais tu ne sais plus quand – des infirmières et des médecins sont venus, qu'ils faisaient tout vite et parlaient fort. Et ils l'ont emmenée. Je comprends que Luigia n'est plus la voisine de personne mais nous n'en parlons pas, toi tu fais peu de cas de la mort et il ne sert à rien de l'appeler.

Une autre voisine est arrivée. Vous parlez anglais, ton anglais ne s'est pas échappé, les choix du cerveau, c'est mystérieux. Sigrid est venue se faire opérer d'une hernie discale récidivante. Elle peut marcher, elle se lève sans aide pour aller aux toilettes ou faire quelques pas dans le couloir. Quand elle passe devant ton lit, tu la regardes comme on le fait d'un oiseau, une espèce différente et dont le déplacement libre nous est inaccessible.

J+15

Ce matin, je suis allé à la laverie proche du centre de Bolzano. Je ne voulais rien rapporter de sale en France. En sortant, une vieille dame édentée faisant sécher de grands plaids m'a souhaité l'amour. Elle ne dit rien de plus, des anges du quartier elle doit être la doyenne. Sur le chemin du retour, je suis passé devant un cimetière, le voir c'est ne pas en être.

Cet après-midi, je te retrouve différente des autres jours. Moins calme, moins tendre. Le choc puis les drogues en perfusion inventent-ils un autre que soi-même ou révèlent-ils qui l'on est vraiment ? Je fais part de cette crainte à mon frère. Comme à chaque fois, il ne se dépense pas en mots inutiles, à elle seule sa sobriété me calme. Il me parle de la dose de médicaments que tu reçois chaque jour, de leur demi-vie qui se compte en mois et de l'urgence d'attendre l'étiage. Sous ses airs de deuxième chance ou de double ration, je me demande si nous n'avons pas signé nous aussi pour une demi-vie. Mais la seule désirable.

Je voudrais poser une question à Vincent, encore une. Aimant la vie comme nous l'aimons, cela rend-il plus tolérable l'idée qu'elle se réduise ? Ou est-ce l'infini contraire ? Mais je crains qu'à ce sujet, ses réponses savantes ne puissent rien.

J
10 h 31

J'ai dévalé le sentier. Arrive ce moment où la réalité s'impose comme seule issue.

J'ai pour consigne de poursuivre la piste vers le bas. Je devine un nuage de poussière au loin, sans doute le 4 × 4 venant à ma rencontre, hormis les alpagistes, des voitures ici, il n'y en a pas. Je croise des groupes de randonneurs, ils discutent, ils rient, je les vois sans les voir, ils sont là, opaques et transparents. C'est un choc auquel nous ne sommes pas préparés : quand la vie près de soi s'affaisse ou s'arrête, juste autour, elle s'anime, elle se poursuit. Rien ne plonge avec nous, on découvre un ailleurs, le monde de ceux dont la vie continue et il faut du temps pour se faire à cet outrage.

Le véhicule des secours me retrouve un peu plus loin que le panneau *Tristenbachtal*. Le 4 × 4 est rouge et jaune je crois. Il me reste quelques secondes à te rêver vivante. Il y a deux heures à peine, cet endroit réfléchissait la lumière et servait ses promesses, désormais et pour toujours il pue la mort. Les lieux sont ce que nous sommes.

Ils s'arrêtent, tirent le frein à main, ça grince de partout. Il n'a pas fallu que je leur fasse signe, ils m'ont reconnu. La panoplie du parapentiste ou la pupille des êtres perdus, ils ont su.

Ils sont trois, ils n'ont pas d'âge, ils sont des secouristes. Celui de derrière m'ouvre la porte. En prenant mon sac, il me tape sur l'épaule comme on le fait par compassion ; c'est proche du soutien mais c'est plus lourd. C'est un geste d'être humain. Je vois dans son regard qu'il n'a pas capitulé, il a l'air de ceux préférant leur condition mais qui croient encore au rehaussement de la vôtre.

– *How she is?*

– *We're going to stop and call the helicopter.*

Que dire de plus ? Les politesses, c'est pour les jours courants.

Je n'ai avancé que sur un point : le scénario bénin ne tient plus. Au moins, je sais. C'est de ne pas savoir qui tue.

Celui de derrière, dont la fonction est de me cajoler, me tend de l'eau et du sucre. Il est insistant, ils ont peur que je tombe, savent-ils que je mangerais jusque ma propre chair pour être pleinement avec toi ?

Nous montons jusqu'au parking de Pircher Alm pour pouvoir faire demi-tour. De temps en temps, la radio du passager s'active, on devine des bruits depuis l'hélicoptère, je tends l'oreille mais ça s'arrête dans l'instant. Une part de moi vit la scène, une autre l'observe et n'en revient pas.

À la terrasse de l'auberge, c'est l'heure du café ou déjà de la bière. La plupart des clients sont accoudés à la rambarde, les yeux tournés vers le ciel et l'hélicoptère reparti. Aux confins de l'Alto Adige, il y aura toujours des inconnus pour examiner notre mort. Tu leur as offert leur animation du matin ; ce soir, de retour en ville, ils en parleront encore et se féliciteront de ne prendre aucun risque. Surtout, qu'il ne leur arrive rien. Les certitudes, il suffit du malheur des autres pour les arroser et elles poussent toutes seules. Je n'ai que ça pour le reste du monde, des pensées courtes et de la colère. Contre leur vie préservée, contre leur curiosité malsaine, contre leur bonne santé. Je souffre d'une seule absence et c'est la Terre entière que je maudis. Ma fenêtre est baissée, ils peuvent me voir et écrire leur histoire : c'est donc une femme qui est blessée, peut-être morte, avec tous ces secouristes, lui c'est son mari. La pauvre, le pauvre.

Nous descendons la piste. Il y a moins de bruit dans le 4 × 4, nous attendons le contact radio, j'inspire et j'expire amplement, j'ai peur d'oublier. Toujours ces bruits de radio, un vacarme d'hélicoptère, un bip et puis plus rien. Toi qui te bouches les oreilles à chaque frôlement de mobylette, je te souhaite de ne rien entendre.

Nous nous arrêtons au niveau d'un élargissement de la piste sous l'ombre d'un arbre immense. Il y a un banc en bois. C'est un endroit fait pour la paix. Des randonneurs montent, ils font semblant de ne pas nous voir sauf les enfants et leurs rêves de pompiers. Les trois secouristes sortent de la voiture, les portes sont laissées grandes ouvertes, je descends aussi. J'ignore s'ils sont des gendarmes ou des guides de haute montagne, l'un d'entre eux est peut-être médecin ? Celui de derrière reste avec moi, m'assoit sur une butte près du banc, me propose des gâteaux, de l'eau et quelques miettes de pitié mais que pourrait-il faire d'autre ? Les pauvres gens autour, on leur reproche sans cesse de mal danser la distance : trop proches, ils nous piétinent ; trop lointains, on tremble de solitude.

La radio se remet en marche.

Ça parle en allemand. Le passager dit qu'il reçoit bien l'appel et qu'il écoute. C'est donc ici sous cet arbre et en compagnie d'inconnus que je vais savoir si tu es vivante ou l'autre possibilité. Je demande à Ïko, Ubac, Cordée et Frison, mes seuls dieux, d'agir en notre faveur. Je vous en prie, mes loups. Rien n'est encore décidé.

Le conducteur qui s'était peu occupé de moi jusqu'alors nous rejoint, le cajoleur et moi. Il me dit je ne sais quoi pour me distraire, je ne l'écoute pas, j'ai un geste de recul. Je n'ai qu'un mot en tête. *Tot*. Je m'en souviens, au lycée, cours d'allemand, Mme Wolf, nous avions lu et relu cette histoire du cheval mort. J'attends ce mot, je le guette et je me jetterai dessus pour qu'il dise autre chose. Je scrute les yeux du secouriste qui écoute et dit des tout petits mots en retour. Les mots, on leur fait dire ce que l'on veut mais leur façon autour, le battement des paupières, le pincement des lèvres, on sait tout de suite. Tout peut mentir hormis le corps.

La conversation s'arrête, la radio fait comme un tintement lent de fin. Est-ce cela le glas ?

– *We just got the helicopter crew on the radio. Your wife is polytraumatized and severely injured. They found her very agitated and had to sedate and intubate her. It's a vital emergency. She is being transferred to Bolzano hospital.*

– …

Pour dire que l'on va mourir, on dit urgence vitale.

Tu es vivante.

Mais ce matin, la mort était plus lointaine.

Notre vie large est devenue étau. J'ai la nausée, le souffle court et mal à la tête. D'un coup. C'est d'apprendre que tu étais agitée. Il n'y a pas trente-six façons de mourir. Soit on l'accepte, on l'attend et tout de notre corps se calme. Soit on s'y refuse, on se débat et tout n'est que frayeurs. Je t'imagine hurler et c'est pire que de te voir. Quand on imagine, on frappe jusqu'aux portes de l'enfer. Tu as dû avoir peur, mal, te sentir seule, impuissante et abandonnée. J'étais auprès de toi pour tant d'annonces futiles, et pour l'essentiel je me suis dérobé.

Les secouristes me disent qu'on doit y aller. Qu'est-ce qui m'attend ?

La mine des accablés doit avoir ses traits sans équivoque. J'ignore à quoi je ressemble mais maintenant les randonneurs m'observent avec insistance. Les enfants surtout qui ne s'encombrent pas de pudeur.

J'entame cette discussion continue avec l'évolution, de ton état, de mon état, des chances qu'il nous reste ou qui se réduisent. Par rapport à notre situation d'il y a une minute, cinq, une heure, est-ce pire ou mieux ? Je me rassieds à l'arrière droit. Pour l'instant, je ne fais que baisser. Je te sens partie plus loin encore.

Le conducteur me demande si je veux descendre directement à notre camion ou si je veux récupérer quelque chose sur le chemin. Je lui réponds de passer à la Malga. Parce que ton vélo est là-bas, c'est le tien et un peu de toi. Il y aura ce bidon d'eau sur lequel tu as posé tes lèvres ce matin, avec lequel tu m'arrosais par-derrière en disant : « Ils avaient annoncé ces averses ?! » et il est trop tôt pour fuir tout ce qui t'évoque. Parce qu'ici, nous avons vécu des moments doux et leur trace pourrait soigner ton agonie. Parce qu'y seront la dame de l'auberge et la petite fille, parce que j'ai besoin de voir des êtres qui nous ont vus ensemble. Pour répondre à la vie qui, pourquoi, je l'ignore, entreprend depuis ce matin de nous séparer pour toujours, je n'ai que ça : un miroir où nous voir.

J+16

– Courmayeur, Italia !

– La prochaine fois qu'on passera ici, ce sera pour rentrer.

– Tu crois ?

– Je suis sûre qu'à la fin, on voudra reprendre un peu d'Italie.

– Il y a le petit Saint-Bernard aussi. Ou le Fréjus.

– Oui mais le Relais de l'Ange et ses antipasti, il n'y a qu'ici.

À quelques mots près, ce fut notre discussion, je me souviens d'elle et de la neige. C'était le début du voyage. Nous avions raison, prévoir ne sert à rien, c'est de l'énergie foutue en l'air. On ne sait jamais. Nous nous interrogions sur la nature de notre retour en France, simple curiosité. Depuis, le Relais de l'Ange a fermé, c'est dire comme rien n'est stable.

Je suis en France, triste, ça c'était prévisible. Mais seul. Nous aurions imaginé un retour insensé, nous ne serions pas allés jusque-là. J'ai pris un dernier espresso avant le tunnel du Fréjus, à la station Tamoil, comme une envie de dire à l'Italie que nous (je me suis permis de parler en notre nom) n'étions pas fâchés. À quoi sert d'en vouloir à une terre ? Mais je lui ai dit que je ne comprenais pas, nous avions toujours été aimants et on n'aime jamais contre. Des ados d'une colo se chargeaient d'égayer le moment, ils achetaient boules à neige et gressins comme on rapporte le sable d'un rivage lointain.

Plus j'approchais de la frontière, plus j'avais mal au ventre, plus je mettais fort la musique. Les moments de notre vie où l'on met le son très fort, c'est par besoin de force. J'avais très envie de vomir, j'entendais ma maman dire : « Arrête-toi, Jean-Pierre, il n'est pas bien, je vais lui redonner un peu de Cocculine. » Sur les routes des montagnes, je vomissais deux fois sur trois, comme tout enfant qui se respecte je prévenais après coup. On m'aurait dit que j'allais dédier ma vie à les escalader, j'aurais pris peur et vomi plus encore.

Mais ce retour était un palier. Un cliquet plutôt, doté d'un mécanisme solide d'anti-recul. En sortant du Fréjus, j'imaginais qu'ils le fermeraient derrière moi, définitivement. Pour attraper la joie, je me rappelais les annonces du 13 août et des jours suivants. On me disait que ça allait durer des semaines et des mois en Italie, « prévoyez de faire Noël ici », m'avait suggéré un médecin habile. Vincent avait recherché des meublés, j'étais allé voir une vieille dame qui apprenant mon histoire me louait la chambre à moitié prix, j'avais pensé : *Voilà ce que vaut ma peine*. Et quinze jours plus tard, nous rentrons. À chaque avion vu dans le ciel, je pensais : *C'est toi qui me doubles*.

Hier, je suis allé dire au revoir et merci à l'équipe des soins intensifs. Il y avait le docteur Droopy et ses yeux tristes mais qui m'annonçait des meilleures nouvelles que les autres. Quand j'entrais dans la salle, je le cherchais immédiatement du regard ; qu'il soit le premier à prendre la parole pouvait changer le sort du monde. Ce type est bon, il est venu te revoir en neurochirurgie avant ton départ et ça, il ne l'a pas appris à la faculté. Je leur ai dit en sanglotant qu'ils avaient sauvé la vie de ma femme, que je remerciais toute l'équipe, je n'avais pas d'autres mots que ceux d'un César du meilleur scénario. Eux étaient heureux mais pas aussi haut. On pense que les soignants, parce qu'ils sont les acteurs principaux de notre histoire, vont s'aligner à la nature et à la mesure de nos sentiments. En réalité se tient entre nous une écluse et il le faut. Je n'ai jamais revu la médecin du premier soir et ses yeux d'Antarctique. J'aurais pu demander à ses collègues de lui transmettre ma gratitude mais ils m'auraient dit qu'elle était en vacances, qu'ils lui diraient à son retour. J'aurais appris qu'elle existe. Or je veux croire qu'elle n'a fait que passer ce 12 août.

Je suis allé saluer l'homme de la Croix-Rouge. Quand je montais te voir, je passais par l'escalier des urgences, il m'apercevait et venait s'enquérir de ton état. À chaque fois ou presque, c'était mieux que la veille. À chaque fois, il me disait : « *So see you tomorrow.* » Si nous nous noyons à nouveau, je sais où se tient cet homme aux yeux de terre-neuve.

J'ai dit au revoir aux gardiens du parking. Nous nous sommes tapé fort dans le dos comme des hommes timides. Je leur ai demandé s'ils savaient ce qu'ils avaient fait pour moi. Ils m'ont dit oui et non, c'était une réponse parfaite. Ces humains-là, je ne les ai vus finalement que deux fois, la première et la dernière. Même ceux que l'on voit chaque jour de notre vie, ce sont ces deux fois qui marquent. Comme j'avais largement dépassé l'horaire de stationnement autorisé, ils m'ont donné la combine : dire à la caisse que j'avais perdu mon ticket. S'ils savaient le nombre de fois où ça m'est arrivé.

Au petit bar de l'hôpital, j'ai dit au revoir aussi. La mamie blonde qui ressemble à Annie Lennox allait partir en vacances deux semaines et revenir, comme depuis trente ans, servir des cafés aux cœurs fêlés. Elle m'en a offert un. Pour la route. En douce, j'en ai commandé un autre à sa collègue. Que j'ai payé. La dernière fois que nous sommes partis sur la tournée de la patronne, la vie s'est durcie. Je lui ai enfin dit qu'elle ressemblait à Annie Lennox et que les beaux rêves étaient faits de ça. Ça ne lui disait rien du tout. À une table, une dame lisait *Le otto montagne* de Cognetti, je me demandais combien déjà nous en avions franchi. Si ce n'est qu'une, je crains de fléchir.

Savent-ils tous ces gens comme ils deviennent des nôtres ? Aujourd'hui, je suis certain que nous retournerons saluer ces êtres chers. Il paraît que nous avons tous en nous cette envie ne faisant pas l'ombre d'un doute et qu'un beau matin, elle se perd dans le bruit de la page que nous tournons pour toujours.

L'équation était insoluble.

Je ne pouvais pas être ce matin à Bolzano pour ton départ et cet après-midi à Grenoble. J'ai fait le choix de l'arrivée : une nouvelle chambre, des voix inconnues et que tu t'endormes en sachant que je suis là. Et on a plus peur le soir que le matin. Je t'ai préparé ton petit sac à dos avec tout le nécessaire pour rapatriée : des papiers d'identité, un pull, une culotte et de l'eau par habitude. En mettant des Doliprane, je me suis trouvé bête mais je les ai laissés. Et trois paquets de M&M's.

Sur ta table de chevet, il y avait une partie de ton dossier médical. J'ai lu la dernière ligne. *The patient is fit to fly*. La patiente est apte à voler.

Je t'ai dessiné vingt fois ton voyage : Bolzano, Vérone, Paris, Bron, Grenoble. Vingt fois, je te perdais au-dessus des Alpes. Je t'ai dit la vérité et je suis parti. J'ai regardé l'hôpital, j'ai revu le bus, l'hélicoptère, des voitures arrivaient en quatrième vitesse et prenaient ma place. Quitter cet endroit relevait de l'euphorie autant que de la tristesse, ici on t'a sauvée et pouponnée, ailleurs seront-ils à la hauteur ? J'ai dit au revoir à la colline de vigne, elle se présentait sous sa meilleure lumière. Quand on le quitte, un paysage fait toujours ça, il déploie ses charmes les plus grands et, déjà, les raisons pour nous manquer.

Les premiers kilomètres, je roulais doucement pour nous séparer moins vite, et passé un point indéfini, je me suis mis à foncer – tu dirais à toute berzingue –, à hurler et à massacrer « Harvest » de Neil Young. C'était très perturbant d'éloigner mon corps du tien et de décider moi-même de l'impossibilité d'accourir si besoin. À la fois rentrant chez nous, je me rapprochais de toi. Je me suis arrêté sur une aire d'autoroute entre Milan et Turin pour passer la nuit. J'aurais pu rouler jusqu'à Grenoble mais je tenais à pouvoir revenir si ton vol était annulé, ton état serait évalué jusqu'à la dernière minute. Je ne l'ai pas fait exprès mais à cette aire, nous nous étions déjà arrêtés, au retour des Dolomites, Sylvain, toi et moi. Les gens ouvraient les portes avec les coudes, avec les pieds, nous rentrions avant que les frontières ne ferment à cause du Covid, l'Italie était le foyer européen de l'épidémie, ce qui nous avait valu le statut de patients zéro en Savoie et une forte popularité au village. Aux toilettes j'ai ri tout seul, ça fait du bien de rire. Je me suis souvenu que nous avions pissé, Sylvain et moi, à deux urinoirs voisins et que seule ma chasse d'eau s'était déclenchée. Je lui dis qu'il fallait qu'il s'avance pour être repéré et ce fut le fou rire du jour, nous les garçons, on se mesurera nos petits machins jusqu'à ce qu'ils sèchent. Avant de m'endormir, j'ai tourné la tête vers l'est et je t'ai souhaité bonne nuit par le ciel. Ne parvenant pas à fermer l'œil, j'ai sorti un de ces magazines qu'on emporte en voyage mais qu'on ne lit jamais, trop occupés à vivre. Un article sur la restauration de Notre-Dame où il était question des arcs brisés, ces éléments de son architecture et qui l'ont maintenue. Brisé, quel joli mot pour qui s'oppose à l'écroulement. Toi, tes arcs, ce sont ceux de ton courant nerveux, ils sont brisés pour de vrai. Les médecins m'ont souvent parlé de tes arcs, prions Notre Dame ou la prochaine mésange qu'ils soient aussi les piliers de ta conservation. Je pourrais feuilleter un magazine de pêche à la truite, il me parlerait de toi.

Le matin, j'ai appelé pour m'assurer que tu étais partie. Dans notre lit, il y avait une coccinelle que j'ai rendue aux herbes hautes du Piémont.

Sur les routes de Maurienne et du Grésivaudan, c'était moins drôle.

Je retrouvais des endroits connus. Ici, il va falloir faire face au passé et ce ne sera pas la plus minuscule des bagarres. Partout ce voile : là nous sommes venus, je te revois et nous ne savions pas encore. Mais tu es passée en ces lieux. Durant quelques heures, disons deux jours et trois nuits, j'ai cru à ce que tu meures, tout allait dans ce sens. Cette idée, je l'ai cousue en moi et elle suffit à rendre fabuleux tout endroit où nous sommes allés ensemble. La station essence de Crolles, juste après le péage quand on vient de Chambéry, je m'y suis arrêté pour ça. Quand nous avions une soirée à Grenoble, nous y passions et on se faisait beaux. Vers les machines à café, je te revois. Il fait de ce préfabriqué sans âme le plus grand des palais.

On m'avait dit que tu arriverais au CHU de La Tronche à 15 h 30, j'avais tes étapes minutées dans un mail. Il est 18 heures, tu n'es pas là et bien entendu, les pires hypothèses culminent et bâillonnent toute autre explication. Définitivement, le vague est préférable. Pour occuper mes inquiétudes, je suis allé vers ton service, au septième étage. À chaque fois que j'entendais parler français, je me retournais. J'ai pris pour la première fois des ascenseurs dont je connaîtrai bientôt chaque annonce, je me suis présenté à l'accueil, tu es attendue, la surveillante m'a montré la chambre où tu seras seule et pour me rassurer m'a dit qu'en trente ans de carrière, elle n'avait jamais vu un rapatriement à l'heure. Je lui ai demandé quels seraient les horaires de visite. De midi à 20 heures. Nous multiplions par deux notre temps de vie en commun.

On m'a montré l'ascenseur par lequel tu allais arriver et je me suis assis par terre. J'ai fermé les yeux, je me suis assoupi quelques minutes, je ne désespère jamais de me réveiller un 12 août au matin.

Et tu arrives.

Accompagnée d'un médecin, d'une infirmière, d'un brancardier, dans une coque gonflée plaquée à ton corps. Tu m'aperçois, tu me dis coucou, immédiatement gaie. Tu ne t'attends à rien, mais que j'apparaisse après chaque porte que l'on t'ouvre, en Italie, en France ou sur l'Île aux enfants semble tout à fait normal. C'est drôle comme tu fais, tout ce qui vient vers toi t'égaye mais rien ne semble t'étonner. Il m'arrive d'envier cette part d'innocence que charrie ta conscience au rabais. Mais immédiatement, une part de moi m'invite à prendre tout le reste et je me ravise. J'essaie de banaliser nos retrouvailles, je ravale mes sanglots et je te souris.

– Ça va ?

– On a bien rigolé !

– Ça oui, confirme le médecin.

– On a vu le lac Léman et la tour Eiffel.

Les visages se tendent pour te transférer du brancard à ce qui sera ton lit. Cette tension est très contagieuse et vient jusqu'à mon ventre. Pas loin de dix personnes s'affairent autour de toi et coordonnent leurs gestes, on dirait que Monna Lisa rentre d'Italie.

Un interne vient te voir et ferme la porte pour un premier examen. En sortant, il me dit que tu t'en es bien sortie. Bien, je ne sais pas.

Je peux entrer te voir. On ne rigole plus. Moi, j'ai en charge tes pleurs et ce titre, je ne le lègue à personne. Tu es morte de trouille, tu ne sens plus tes jambes et tu ne parviens à aucune contraction. Pour toi, c'est fini, c'est à cause d'un faux mouvement dans l'avion. Je reprends les explications de l'interne et les conséquences de plusieurs heures dans une coque qui sclérose autant qu'elle protège. Demain, ça ira mieux, je t'avais dit ça hier. J'attends presque une heure que tu t'apaises et que tu fasses plus ou moins semblant de me croire. Tu t'endors épuisée.

Je pourrais aller dormir chez dix copains, je me replie dans le van. Grenoble l'été, c'est une fournaise, mais parler aux autres serait plus étouffant encore. Je suis rincé, ce rapatriement, je m'en suis fait un monde et il en était un. Mamie Simone dirait : « Voilà une bonne chose de faite. » Mais elle ne sait pas. Elle te croit encore en voyage dans ta caravane. Elle t'imagine libre et c'est mieux ainsi. En 1945, elle a perdu une fille, Danielle, trente et un ans plus tard elle a reporté son amour sur sa petite-fille Mathilde. Parfois, aimer, c'est ne pas dire.

J'ai enfin eu Christophe Rulh au téléphone. Il a une voix calme et ce qu'il faut d'accent pyrénéen pour rappeler que la vie peut être drôle. Les Pyrénéens sont comme les Québécois, le plus illustre des docteurs ou le plus zélé des croque-morts, quand il nous parle, on attend une blague. Nous convenons de nous voir dans la semaine. « Vous avez fait le plus dur, reste le plus long », me dit-il. Elle est si passe-partout, cette sentence de médecin, qu'elle s'est faufilée par une venelle dont je croyais être le seul à connaître l'accès. Je l'accueille.

J+17

Dans le hall de l'hôpital se font face, à droite le bureau des sorties, à gauche celui des entrées.

On dirait nous car voilà ce que nous sommes : un tube. Dans lequel entrent des matières et duquel elles sortiront, souhaitons-le sans tracas. Toi, tu t'alimentes de mieux en mieux mais les évacuations sont délicates. Celle des solides, tu ne la sens venir qu'au dernier moment (ce qui te classe dans la division des chanceuses), alors il te faut appeler en urgence une aide-soignante collée à dix autres tâches qui te place un bassin en plastique sous les fesses avec grandes précautions pour ne pas toucher ta colonne puis la rappeler cinq minutes ou une heure plus tard pour cette demande d'un autre âge : être essuyée et libérée des encombrants. Tout cela cause un mal horrible à ton corps cristallisé. Tu sors de cet acte banal humiliée, harassée et craignant déjà la fois prochaine. Tu avais retrouvé l'appétit et ta première idée est de ne plus rien avaler. Imagine-t-on tout ce qu'il faut de dotations pour aller seul aux toilettes ? Non et c'est heureux, sinon nos journées ne seraient que rituels de gratitude. Mais par endroits, souvenons-nous de la majesté du quelconque.

Pour le liquide, une sonde s'en charge, il est question de la retirer si tes sphincters reprennent de la vigueur. Huit fois sur dix, il faut la remettre et régresser, le retour de l'autonomie s'accompagnant de celui des infections. Après les M&M's, ce sont les jus de canneberge qu'en prévention je dévalise au supermarché. Dans les rayons, parfois on se dit, *C'est fou tous ces produits inutiles*. En vérité, ils attendent notre tour.

De notre naissance à notre mort, ce qui entre et ce qui sort est une préoccupation. L'un ou l'autre se dérègle, l'équilibre se rompt et ça nous fait une obsession vitale, souvent à juste titre. Voilà à quoi, ma grande dame, tu es réduite : un tube. Mais préférons : un être de passage.

Ce matin, patientant de te voir, j'occupais un fauteuil du Relais H, au creux de mes mains un café brûlant, tiède, enfin froid. Matthieu est entré dans la salle. Il est un ami de la vie d'avant, au classement qui ne vaut rien, l'un des plus chers. Lui, Charlotte et leur petite Louise habitaient il y a peu au Québec, bientôt à Quimper et, pour ma veine, aujourd'hui aux portes de Grenoble. Il est le premier que je revois ici et ce ne pouvait être mieux. C'est un gars épais mais qui ne roule aucune mécanique sauf celle de ses yeux qu'il dédie pleinement aux autres. Sa gueule cabossée de vivre fort n'a rien à faire avec sa voix douce. Il est tout et son contraire, ce qui signe les êtres entiers.

Il a surgi du couloir comme on reviendrait du passé. Elle est si lointaine, ma vie d'avant, que je l'avais oubliée, dont les cœurs gros qu'elle abrite. Et son apparition, le même sourire qu'il y a huit mois, m'intime de croire qu'elle se prolongera.

J+18

Une des aides-soignantes s'est moquée de ton bien-être. Depuis le 12 août, elle est le premier soignant indélicat.

Elle se fiche de placer correctement le bassin pour tes selles, elle te mutile le bas du dos. Quand elle entre dans ta chambre, tu es horrifiée. Elle prend son service une heure avant que je ne te quitte, je sais que tu vas passer la nuit aux mains de cette diablesse. Je lui ai dit gentiment qu'avec son collègue des jours précédents, nous avions trouvé la méthode pour que l'acte soit doux et épargne tes cicatrices encore vives. Elle m'a répondu que je n'allais pas lui apprendre son métier. Lui ai-je dit que c'était mon intention ? Les gens m'épuisent à répondre à côté. Elle porte la méchanceté sur sa sale tronche, je me fous de son enfance, de son salaire ou de son mec infidèle. Les associations sont bien faites, elle est en binôme avec une infirmière dont l'argument, face à l'expression de ta douleur, est que tu devrais mesurer ta chance de ne pas être tétra. Que dit-elle aux tétraplégiques ? Il n'y a que les morts pour la faire taire. Je l'ignore à ce jour, elles seront les deux seules abruties sur les plus de cent à s'être occupés de toi. L'une avec ses mains, l'autre avec ses mots.

Il ne suffit pas aux ignobles d'être ignobles, ils voudraient en prime que l'on se taise. La courtoisie n'agissant pas, je leur ai signifié, un, que j'allais me plaindre à la direction, ce levier hiérarchique qu'en temps normal j'exècre, deux, que si ça continuait, je leur péterais la gueule à la sortie du CHU. Elles ont dû voir que mes yeux ne mentaient pas et elles ont désormais en charge l'autre aile du couloir.

Dès lors que l'on t'atteint, je dispose d'une seule chimie : transformer la tristesse et la peur en ressentiment puis en colère. Avidement. Croire qu'ainsi on peut punir la bêtise, c'est une autre bêtise car au contraire elle se repaît de nous voir touchés. On se défoule, c'est tout. De la vulgarité, de la brutalité et de tous les autres fiels, on ne dira jamais assez de mal, mais ce faisant, on en parle déjà trop. Je n'ai que cela pour l'instant. Je ne voudrais pas y céder car sans nous le dire, cette méthode s'établit pour toujours. De faute de mieux à favori, il n'y a qu'une vie. La rancœur s'installe comme façon d'être au monde et nous ne saurons plus nous en échapper puisque avec elle nous ne ferons qu'un. Or l'issue n'est jamais de ce côté. Je le note sur mon carnet : *penser à ne pas abuser de la rogne, préférer ses antidotes, la joie, le mouvement et la créativité.* Un chien, un livre, une forêt ou un plus malheureux que soi, nous trouverons sans peine. Mais en attendant, rugir et mordre jusqu'au sang.

J+19

En voyant le chef de service et son aréopage entrer dans ta chambre pour la visite régulière, je ne peux m'empêcher de penser à l'étudiant en médecine que j'étais. J'occupais brillamment la dernière place de cette cohorte et je n'entrais quasiment dans aucune chambre. Quand enfin je le pouvais, c'est que le médecin et ses sujets en étaient sortis, je disais bonjour à son occupant, je lui parlais du temps qu'il faisait ou du livre qu'il lisait et je reprenais ma queue de peloton. Avec Clément, un autre étudiant aussi passionné que moi, on nous appelait « le gruppetto ». Ce titre de spécialiste du couloir m'allait très bien et l'envie de gravir les échelons pour me dresser au sommet de la pyramide jamais ne m'effleura.

Ces visites me semblent toujours autant dédiées au culte du chef. Un homme blanc, ses cheveux aussi, parle et la caravane acquiesce. Mais vu d'où je le regarde aujourd'hui, je suis très heureux qu'il ne doute pas de ses talents.

Une infirmière profite de ce moment collectif pour te faire boire un médicament qui ne semble pas à ton goût et face à cette assemblée sérieuse, tout en me regardant, tu t'écries :

– Pouah, c'est pas pour les gonzesses !

J'éclate de rire. Parce que cette appréciation n'est pas tout à fait adaptée à la solennité dictée par son acteur principal. Parce que je suis en déficit d'éclats de rire. Parce que rire, c'est cracher à la tête du malheur. Parce que tu l'as dit sans intention et de tous les comiques, l'accidentel est le plus délicieux. Parce que ces mots, c'est tout sauf toi et que tu imites très bien, qui, je l'ignore.

Depuis ton retour parmi nous, c'est comme si en plus de bouts de chair et d'os, tu avais laissé des morceaux de pudeur dans la montagne italienne. Tu dis ce qui te passe par la tête.

Le plus souvent, c'est enchanteur, il s'agit des belles choses. Plus que la tête, c'est ton cœur qui s'exprime sans rideau. Aucun mot, aucun sentiment n'a sa bride. Tu dis. Et sans attendre qu'en retour on te dise la pareille. Tu offres. Tu dis que tu m'aimes, notre vie aussi et ses bonheurs élémentaires. Car d'une minute à l'autre, tu le sais désormais, les mots peuvent s'enfuir et ne plus repasser. De là d'où je t'écoute, ces pensées fusées embellissent mes jours et jamais je n'aurais pensé que tu puisses les rendre plus radieux encore. Il y aurait donc grâce aux chutes des rehaussements. Nous sommes si peu aptes à dire ce qui compte, si experts à diluer l'essentiel dans le futile, à glisser nos vérités sous la liste des courses. Et toi, tu découvres tout. C'est une ébriété charmante. Celle qui me présente directement à toi et dont je vais tenter d'être digne.

D'autres fois, ce n'est plus vraiment toi ou je me l'étais caché. Tout sort dont la sécheresse et un tas de venins. C'est si rare, si loin de toi que ça me saute au cœur. Certaines soirées d'avant, je t'ai vue saoule et tu prenais encore garde à ce que tes mots ne blessent pas. Il y a mille substances que j'aimais en toi, ta délicatesse était ma préférée, et là tu mords volontiers et l'on dirait que tu aimes ça. Seras-tu toujours cette personne ? Je pourrais être heureux de vivre une histoire avec une autre femme mais c'est toi seule que je voudrais revoir.

Et si un jour cette part cassante de toi s'évapore, celle de l'amour sans filtre la suivra-t-elle ? On ne peut pas tout avoir, paraît-il.

J+20

Nous avons déjeuné avec Christophe. C'est ainsi que j'appelle désormais le docteur Rulh. Il n'est guère plus âgé que nous, il n'y a pas si longtemps, les enfants s'appelaient Patrick, Michel ou Christophe. Il a plus la dégaine d'un gardien de cabane que d'un directeur de thèse, surtout il a le regard des hommes ayant décidé de ne pas choisir ce qui peut semer du bonheur en eux. Il a suffi d'une bière pour se tutoyer, sans doute d'avoir usé nos frocs dans les mêmes renfougnes et corné les mêmes pages des mêmes livres. Ce n'est que plus tard que j'apprendrai qu'il est aussi poète, éditeur, musicien, jardinier et qu'il est tombé un jour des montagnes jusqu'à ne plus se relever, son corps et certains de ses rêves – parmi les plus beaux – rompus pour toujours. La vie est un sujet qu'il connaît bien. Nous

nous sommes retrouvés dans ta chambre, il voulait nous connaître en même temps, il a coupé ta viande et t'a regardée sourire, comprenant tout de tes forteresses. Puis nous t'avons laissée et il a bien vu comme ça m'était difficile.

Nous avons mangé au Détour, brasserie blottie au milieu du jardin botanique de la faculté de pharmacie, ici on oublie la ville. Les étudiants mangent assis sur l'herbe, les profs à la terrasse du restaurant, chacun enviant la place de l'autre. Nous avons pris le plat et le dessert du jour, comme la vie est facile, il n'y a rien qu'à parler sa langue, tout de soi est compris et tout ce que l'on demande est exaucé. Pour la bière, c'est toujours le même strabisme, un bout de moi refuse et celui s'employant à vivre lui dit de se taire et de boire pour deux.

Il m'a essentiellement parlé de toi. Pas une fois il n'a pioché ces mots rassurants qui ne font qu'inquiéter. Il m'a parlé de ce qui est commun aux autres accidentés et de ce qui t'est propre. Il m'a parlé de tes jambes dont la gauche qui prend du retard, moins sensible et sans véritable contraction, il ne faudrait pas que ça s'éternise, il n'est jamais bon signe que le corps repousse à deux vitesses. De ton choc au crâne et de ses conséquences invisibles. De tes pipis, de tes cacas qui ne sont pas des simples ennuis. Des hauts et des bas à venir et du deuil à entreprendre des permanences. De la vie future, abîmée et sublimée. De l'échelle du temps qui se récite en mois pour sûr, en années inévitablement. De la clinique du Grésivaudan qui n'est pas l'établissement où il travaille mais qui serait adaptée dans ton cas, du peu de places disponibles et des confrères qu'il y connaît. De ces prochains tuyaux dont on va sans doute te libérer, le drain thoracique et la sonde urinaire. De ce que l'on commence à traduire de ton dossier italien et que j'ai bien fait de ne pas comprendre là-bas comme toutes tes côtes cassées, vingt, les seules indemnes étant les flottantes, qu'il est bon de flotter. Il m'a dit aussi qu'à ce jour tu surpassais tout ce que l'épreuve te proposait comme raison d'abdiquer.

Il a parlé de nous comme de deux trains qui passeront aux mêmes stations mais jamais en même temps. Que le premier attende le second est vain, le réseau étant le même, il y aurait risque de collision. Et qu'il lui raconte d'avance la beauté ou la laideur des gares n'apportera rien puisque avec son retard, le second transporte aussi son idée du monde. Je lui ai dit que sans le connaître, j'avais déjà eu cette image des trains à Bolzano.

Et il a parlé de moi. De moi-même. J'avais oublié être. Comme je ramenais tout à toi, il m'a souri et m'a demandé si je croyais m'en sortir comme ça. Ça m'a rappelé Ozbolt, mon prof de philo au lycée.

Quand il m'ordonnait de passer au tableau pour résumer ce qu'il nous disait depuis une heure, je prenais un chemin de traverse, narrant les stratégies amoureuses de Schopenhauer ou le zozotement de Kant. Je croyais ferme en ma stratégie de diversion. À chaque fois, il me laissait finir, souriait un peu et m'interrogeait : « Sapin, vous croyez vous en sortir comme ça ? » Selon ce que je ressentais de son degré d'irritation, je disais « oui » ou « pas vraiment ».

Christophe, lui, n'était pas du tout agacé. Il a parlé des mois à venir. Il m'a dit que le camion était un parfait refuge pour s'abriter des premières salves. Non, il n'a pas dit ça, il sait ce qu'est la guerre. Il a dit : « Les premiers jours. » Mais les refuges, s'ils protègent, deviennent des grottes où l'on s'enferme et dont on ne revient plus. Peut-être, ce n'est que son avis, faudrait-il se mêler à nouveau aux gens ? Il existe cette Maison familiale hospitalière où les accompagnants peuvent loger, le personnel y est doux, on s'isole si on le souhaite, on échange si besoin. Il savait que j'aurais un geste de retrait, je l'ai eu mais l'idée était lancée. Il m'a dit que l'on négligeait presque toujours le trauma de ceux qui restent debout, surtout quand ils ont vu l'autre tomber. Je lui ai répondu que j'avais encore en moi cette certitude d'être veuf, et pour y avoir cru quelques heures, tout me semble à jamais déformé.

– C'est ça dont je te parle. Ces idées qui passent dans le corps et dont on croit s'être débarrassé quand tout va mieux mais qui ressurgiront à la moindre broutille et te couleront au fond. Ne néglige pas les émois filants.

C'était très joli. Les autres médecins disent stress post-traumatique. C'est un mot toujours trop grand et dont on n'ose se revêtir si l'on ne dansait pas au Bataclan ou si rien de notre corps n'est en miettes.

Les médecins adorent les mots longs. Ça les rassure, ils se disent qu'ils n'ont pas fait toutes ces études pour rien. Quand tu t'étais fait opérer du genou en 2013, tu récupérais mal, le chirurgien t'avait dit que tu faisais de l'algoneurodystrophie. Ce mot-là, il est très long. Tu lui avais demandé de quoi il s'agissait, il t'avait répondu qu'on ne savait pas vraiment. Tant de lettres pour le doute, c'est charmant. D'ailleurs, les patients, ça nous rassure aussi, ces grands mots de l'académie, ils sont si grands qu'ils parlent de milliers de malades, ça ne doit pas être si grave.

Nous nous sommes dit que nous allions nous revoir. Il ne m'a pas souhaité bon courage, ça m'a touché.

Je lui ai demandé pourquoi il faisait tout ça. Aussi s'il existait pour de vrai car je dirais qu'il habite Orion et qu'il descend quelquefois commettre le bien. Avec comme voisins orionnais le cafetier de la roulotte, la médecin aux yeux d'Antarctique et la nonna de la laverie. Ceux qui par leur seul regard vous arrêtent le cœur, non pour vous abattre mais vous retenir. C'est pour cela que je doute de le revoir. Il n'existe pas ou plus que nous tous réunis.

Il n'a pas répondu.

Les poètes ne répondent jamais aux questions, ils sont là pour que jamais nous ne prenions ce pli mortel de ne plus nous en poser.

Dans quelques jours, j'irai déjeuner chez lui. En réalité, il a une maison, avec quatre murs et un toit. Il habite sous une falaise. Elle pourrait s'écrouler, elle le protège. Jeanne, sa petite dernière – « ce coup-ci, vraiment la dernière » – me montrera sa chambre à l'étage. Elle me demandera de coller des étoiles sur le mur, au-dessus de son lit. Huit grandes et trente-deux petites. Je suivrai précisément ses consignes dites à la tétine : « celle-là à droite », « l'autre un peu plus haut », « non, pas là ». Dès que j'aurai une idée, elle n'en voudra pas. Au final, ça fera un joli W vert phosphorescent et qui chaloupe. Puis elle me construira une cabane avec trois petits matelas, un abri anti-chagrin. Faire rempart, tradition familiale.

J+21

Passer l'après-midi auprès de toi est un bonheur car une des mécaniques du bonheur est d'être précisément à l'endroit où l'on souhaite se trouver.

Je te regarde vivre. Il n'y a plus au monde que ce spectacle. Tu ne te plains jamais. Seuls les rictus de douleur se désolent pour toi. Ni d'être allongée depuis des centaines d'heures, ta peau craquelée, par endroits déchirée. Ni de ne pas savoir si tu marcheras à nouveau. Ni d'avoir mal au moindre éternuement. Ni d'être douchée, torchée, piquée et palpée par les mains d'un autre. Ni d'être si loin de la vie normale. Pourquoi nous plaignons-nous à longueur de journée ? Sans doute car nous ignorons le pire. Toi, tu fréquentes ces zones où les jérémiades sont si déplacées qu'elles sont indisponibles.

Pour tout cela, je t'admire. Et ce n'est pas tout à fait aimer. Du moins, je craignais que l'amour en fût affaibli. Mais j'ai passé la nuit dernière à disséquer l'amour. Ça ne se fait pas mais il le fallait. Avant minuit, j'étais perplexe. J'imaginais qu'il était un tout fait d'éléments divers tels le désir, la complicité, le respect, l'admiration et d'autres ingrédients propres à chaque histoire, dont les proportions varient au cours du temps mais sans grande bascule. L'écoute aussi. Je pensais : si l'un de ces composants prend une place exagérée, alors les autres se ratatineront, le tout vacillera et l'amour s'effondrera. Promu au titre principal d'admirant, je t'aimerais moins. Et moi, je veux t'aimer comme avant car en plus de m'occuper à plein temps, c'était passionnant.

Mais à 1 heure du matin, après quelques pas dehors, j'ai eu la vision de l'amour comme une planète. Arrive un moment où vous scrutez à ce point le ciel qu'il vous parle. Les autres sentiments, l'admiration ou celui que vous voulez, sont en réalité ses satellites, ils lui tournent autour telles des lunes, alternent leur passage, veillent sur l'astre central, lui confèrent ses brillances et le protègent des pluies noires. Mais ils ne le composent pas, ils le révèlent. L'amour, lui, existe à part, servi par le mouvement des autres mais fait de lui seul. S'il meurt, il le fera tout seul.

Je me suis endormi sur cette idée. À mon réveil, elle n'avait pas fui, effacée par aucun rêve – je ne rêve toujours pas, je n'ai que des visions. J'ai fait mes séries d'abdominaux, je suis allé au bar à salades du Relais H, j'ai pris des oignons frits en quantité absurde et j'ai rejoint ton service, porté par l'idée de pouvoir t'admirer sans que cela nuise à t'aimer. Tu m'as montré, pas peu fière, un pansement sous ton sein gauche. On t'avait enlevé le drain thoracique. Nous revenons à l'air libre.

Vers 21 heures, on frappe à notre camion, toujours aussi mal garé à deux pas du CHU. C'est Christophe et Jeanne, venus à vélo, elle dans son siège. Il vient m'apporter et me signer mon arrêt de travail. Car oui, quand votre femme presque meurt, il faut dire à l'administration pourquoi vous ne serez pas au travail. Que ça n'ait aucun sens ne suffit pas.

– Jusqu'à quand ?

– Aux vacances de Toussaint, c'est bien, non ?

– Tu fais comme tu veux, moi j'allais te mettre Noël.

– Mets Toussaint, on verra après. Merci.

Christophe, lui, sait déjà. Qu'en juin je n'aurai pas bougé d'ici.

Pour m'aider, il me dit qu'en tant que père il ne voudrait pas d'un prof comme moi pour sa fille et que je n'ai pas à me tourmenter avec ça, c'est de l'énergie gaspillée.

Comme il fait bientôt nuit, je lui prête une frontale. Son stylo ne fonctionne pas, il n'avait pas vérifié, c'est aussi pour ça que je l'aime bien. Je lui en trouve un. Il écrit sur le document les raisons de mon absence. *Syndrome post-traumatique aigu*. Sur ses épaules, Jeanne fait la macaque, lui passe devant et repasse derrière. En regardant le croissant de lune, elle nous dit qu'il y a dans le ciel une part de melon. Christophe ne néglige rien, ni l'espiègle joie de sa fille ni ce que dit de moi cet arrêt de travail. Il se consacre à tout. C'est beau à voir, presque trop. Elle rit. Elle pense que son papa me fait un dessin. La vie se poursuit et se fiche bien de la mort.

J+22

Mes parents sont venus mardi. Nous nous sommes retrouvés sur le parking de Decathlon, un haut-parleur chantait les promotions sur les paddles, nous avons un peu hésité puis nous nous sommes pris dans les bras très fort. C'était modeste et puissant comme dans un film de Ken Loach. Dans leurs yeux, je revenais des tranchées. Ils avaient les rides d'avoir eu peur et des éclats de soulagement ; leurs visages, je pourrais les lire sans me tromper d'un épisode. Ma maman avait rempli des Tupperware des plats que je préférais à l'école primaire, pour elle le sacrifice le plus accessible est de ne plus se nourrir. Nous avons pris un café avant d'aller te voir, ils hésitaient à être heureux. Avant chaque geste, avant chaque mot, ma mère se demandait si elle faisait juste, si elle disait correct et Jean-Pierre s'en inspirait. Nous t'avons retrouvée, moi en éclaireur pour m'assurer que tu étais en état. Tu étais heureuse, se revoir, c'est une branche de revivre. J'ai reculé d'un pas, toute la chambrée souriait et minimisait ses larmes. De t'avoir crue morte, mes parents t'ont trouvée très vivante.

Ton frère aussi est venu et nous avons échangé nos soupirs de soulagement. Quand nous étions trop près de parler des choses, nous plaisantions. Manu, David, Étienne, les premiers cercles accourent cette semaine. Manu emploie de vieilles tournures savoyardes ; avant, quand il nous disait de passer chez lui, il disait « Venez seulement », ça voulait dire sans chichi et nous aimions ces mots qui se souviennent de l'essentiel. Quand je te vois, j'ai envie de te dire « Vis seulement », ce sera bien assez.

Tous ceux qui passent m'estiment fort et fragile. Le Fergus est notre camp de base des retrouvailles, il y a des plats à partager, aussi des sourires, aussi de la peine. Ils viennent dans ta chambre sur la pointe des pieds, ils chuchotent comme dans les mises en bière puis, te découvrant moins détruite qu'ils ne le fantasmaient – c'est comme si tu te reposais –, les blagues repassent. Faire comme avant, ça fait tenir et pourrir en même temps. Je commence à mesurer le rythme d'une visite : le premier quart d'heure, tu irradies de bonheur et selon le temps que ça dure, selon les mots ou les regards, tu fatigues ou tu te crispes. Certains le voient et te laissent.

Je te demande par des chemins détournés si ces visites te font du bien. « Ça dépend. » Je reçois des dizaines de message de compagnons programmant la leur, nous sommes riches d'eux, d'autres meurent de solitude et d'aucune épaule sur laquelle poser leur tristesse, d'aucun rire dans lequel s'abîmer. Mais une région de moi dit que l'on peut aussi pâtir du monde et de ses gestes estimables. De cette manière qu'ont certains d'entrer dans la peine des autres sans s'essuyer les pieds. Je ne sais pas encore qui ni comment mais je le ressens : certains seront à tel point à côté de la plaque qu'ils te causeront du mal. C'est à moi que va revenir, et pour des mois, le rôle de trieur, de modérateur et pour les plus insistants celui de menteur et de videur. Je ne l'ai pas encore vécu, je ne saurais dire ce que seront les manques ou les outrances mais ça arrive et rien de l'intensité des relations passées ne saura nous l'annoncer.

Au départ de ton frère, une aide-soignante nous dit : « Vous avez de la chance pour les visites, il y a quelques mois, il fallait s'habiller de la tête aux pieds, charlotte, surchaussures et toute la panoplie ! Avec cette chaleur, vous imaginez ! »

Elle m'est venue en aide. Voilà précisément ce que quelques-uns ne parviendront pas à réaliser : se déshabiller.

Ils seront couverts de leurs certitudes, de leurs projections et ne sauront s'en dévêtir. La visite se déroulera comme ils imaginaient qu'elle se déroulerait. Ils nous donneront des leçons d'optimisme forcené ou ils s'effondreront, revendiquant leur part supérieure de chagrin et leurs pleurs comme offrande. Ils n'attraperont rien dans la chambre qui pourrait infléchir leur ligne droite. Et face à ces oublis de l'autre, aussi camouflés soient-ils, aussi chaleureuse soit leur source, aussi charitable soit leur fin, je n'aurai ni patience ni indulgence.

Dire non à la bonté est un geste contre nature mais il peut soutenir les vies fragiles.

D'aucuns me trouveront injuste et diront que je décide de tout. Or, depuis le 12 août, c'est à peu près rien.

J
10 h 53

À la Malga non plus, rien de la vie ne s'est mis en pause. Hier, aujourd'hui, demain, dans la vie douce, on croit ces trois-là liés sans histoire.

Les gens regardent plus en l'air que d'habitude. Certains, des hommes, montrent Henne du doigt, ils savent ce qui s'est passé et le commentent pour la terrasse entière.

Dans la voiture, les secouristes semblent moins tendus. Je pourrais me dire que c'est lié à ton état et aux dernières nouvelles. Et me le redire. Mais leur satisfaction est celle du travail bien fait, ils en ont le droit ; la blessée est dans l'hélico, son compagnon récupéré, ils ne pouvaient pas faire mieux et quand j'aurai le dos tourné, peut-être se taperont-ils dans la main.

Nous nous arrêtons en freinant fort, les essieux grincent toujours, on distribue de la poussière à toute la terrasse. Les clients m'observent, leur histoire tient un personnage, ils me plaignent muettement et je les crois sincères. On m'avait décrit cette sensation de l'accidenté, le regard des autres vous place au centre du monde et vous, vous n'y êtes déjà plus.

Le passager me demande si ce sont bien nos vélos, là-bas, les deux blancs, et si on les met dans le 4 × 4. J'opine, je n'ai plus de son. Il revient vers moi en me demandant si j'ai la clef du cadenas.

C'est vrai que tu les avais attachés. Tu disais : « On ne sait jamais. » Et moi, je pouffais. Jouer les poètes, c'est facile. Mais tu t'en fichais bien de mes soupirs et tu avais raison. S'aimer, c'est tout l'inverse d'être pareils. Ces clefs toutes petites, tu ne me proposais plus d'en prendre le double car c'était signer leur perte au fond de la machine d'une lavanderia quelconque. Mais pourquoi je pense à toi à l'imparfait ? Rien ne l'exige. Sur ce point, je peux agir. Dans nos vies, quoi que l'on prétende, la grande part, environ quatre-vingt-quinze pour cent, c'est le sort qui en décide. Ça commence au premier cri. Nous ne faisons que voguer de parcelle en parcelle de l'existence, la fortune, bonne ou mauvaise, ordonne ses azimuts. Mais une fois échoués, il reste un espace ténu où nos actes convaincus peuvent contrer l'inexorable et infléchir la suite. Sur cet îlot, un des pouvoirs, c'est la pensée et les mots précis qu'on lui associe. Ils peuvent jusqu'à modifier la vie, on ne mesure pas leur puissance. Parmi eux, il y a le temps et l'usage qu'on en fait. L'imparfait n'a rien à faire ici, je ne lui concède aucun centimètre. Présent, futur, présent, futur, voilà tout. J'inviterai le passé pour un seul de ses charmes, me souvenir de ce qu'il adviendra de nouveau. Ces fichues clefs, donc, tu les as avec toi, encore, toujours et leur avenir s'envisage. Je dis au secouriste qu'il peut couper la chaîne, il sort une pince à laquelle aucun lien ne résisterait et je garde le cadenas.

De la grande pièce sombre de la Malga sortent la dame et la petite fille.

Elles se tiennent au pas de la porte. En un pas vers l'arrière, elles peuvent se cacher. Et d'un vers l'avant, me prendre dans leurs bras. Leurs cœurs sont courtois.

Elles, je dois leur dire.

– *La mia moglie è caduta.*

– *Sappiamo. Auguri.*

C'est la première fois, ce mot, dans quelques heures il me sauvera la vie.

Les yeux de la petite à la fleur me disent qu'elle ne comprend pas tout à fait mais qu'elle trouve cela injuste et qu'elle est triste, qu'elle t'aimait beaucoup et que ce soir dans son lit elle pensera très fort à nous pour te revoir. Voyant nos vélos ce matin, elle avait dû te préparer son bouquet de fleurs sauvages et son caillou plat. Dans sa vie plus tard, j'ignore ce que le tamis de la mémoire lui offrira, mais la première rencontre avec la mort, il est rare qu'on la laisse sur le bord du chemin.

Chaque jour, on doit la presser de grandir, elle résiste de toute sa fraîcheur et d'un seul coup, nous l'avons fait vieillir. Je suis désolé, petite, car, sais-tu, s'il y avait un seul âge à choisir, quitte à y être réduit, moi, ce serait l'enfance et pour toujours.

Nous chargeons les vélos et mon parapente, nous repartons. La petite tient d'une main le tablier de la dame, de l'autre elle me fait un signe discret du poignet et de ses doigts fins qui pianotent l'air. Elle ne sait pas si on salue les gens malheureux. Elle me sourit un peu, la détresse elle découvre et c'est bien ainsi, les grands ont tous la même tête d'abattus solidaires. Son innocence, je lui en vole un bout que je glisse au fond de mes poches. Je n'ai pas la force de les saluer. J'ignore si je reviendrai un jour ici. Soit je fuirai pile aux antipodes, vers l'île Chatham, soit je viendrai ici bâtir une stèle, soit nous viendrons arroser au schnaps ta renaissance, soit cet endroit vivra bien sans nous mais rien avec la Malga ne sera plus jamais tiède.

Nous nous remettons en route. Le type d'à côté me redonne une tape sur l'épaule. J'y pense, s'il t'était arrivé ça dans les montagnes bulgares où nous étions il y a peu, aucun secours, tu serais morte. Au fin fond du Péloponnèse, pareil. Et donc ? Je n'ai pas l'énergie de chialer mais je voudrais. Je veux rappeler Sylvain. Ou Seb. Ou Jean-Michel. Mais je vais m'effondrer, c'est toujours comme ça, les larmes, on les retient fermement et il suffit qu'on vous propose un peu d'amour pour tout lâcher.

Je le ferai en bas quand je serai seul, il y aura bien un moment où je serai seul, je veux dire isolé.

Descendre en 4 × 4 une piste caillouteuse, si l'on ne fait rien, c'est se cogner la tête au plafond, à la vitre. Les autres amortissent, moi je heurte tout. Puis je pose la tête contre la fenêtre, elle frappe à ma tempe et je laisse défiler le chemin en sens inverse de ce matin. C'est comme revenir à toi. En y croyant très fort, peut-être remonterais-je le temps jusqu'à notre réveil. Je te dirais de ne pas t'en faire, il pleut et nous volerons une autre fois.

– Tu es sûr ?

– Oui.

– Alors je redors un peu.

Une journée merveilleusement normale s'ouvrirait. Et nous durerions.

Les secouristes avaient repéré notre van sur le parking. Nous nous garons à côté. La vallée entière semble au courant. C'est dur, si dur, de revoir ce qui fait notre maison joyeuse depuis des mois. Ils m'aident à remettre les vélos à l'arrière, j'oublie d'enlever les roues avant, je suis déjà parti. J'essaie de me raisonner, rien n'accélère le temps, de faire vite encore moins. Je balance ma voile. Le secouriste cajoleur me tend un papier avec le numéro de téléphone de l'hôpital de Bolzano. Je peux les appeler quand je veux, il pense que tu es déjà arrivée mais qu'il faut attendre pour avoir des nouvelles. D'ailleurs, ils ne m'en donneront peut-être pas par téléphone, sûrement pas si je suis en train de rouler.

Nous nous disons au revoir. Et moi, merci. Je me sens comme un enfant. Et la vie me demande de grandir d'un coup.

Son regard me dit : Tout n'est pas fini, ça ne fait que commencer, la pièce a été jetée en l'air mais compte sur les hommes pour la faire tomber du bon côté, parfois tu voudras que tout se termine, tu vas être seul, très seul, des personnes dont c'est le métier vont faire leur possible mais l'essentiel, c'est elle, c'est toi, c'est vous qui le ferez, les corps ont leurs limites mais l'amour, pas tant que ça, nous qui côtoyons cette fine lame entre la mort et la vie, nous avons vu des retournements auxquels nous avons encore du mal à croire, d'ailleurs qui que tu sois et quoi que tu aies fait jusqu'alors des prières, sache-le, croire n'est pas interdit.

Et je pars. Jamais je n'aurais imaginé que d'ici, je fuirais.

J+23

Pour la première fois, hier soir, tu as regardé la télévision. Cinq minutes, à peine. Après, ta tête a dit stop. Tu es passée de chaîne en chaîne sans trop d'idée. Sur TéléGrenoble, il y avait notre ami François dans son film sur l'Everest. Tu me dis qu'en premier ça t'a fait drôle puis vraiment du bien de voir une tête connue même si tu n'as pas tout à fait compris ce qu'il faisait dans ta chambre à cette heure-là. Parfois les emmêlements de ton cerveau prennent le bon chemin et filent droit vers le cœur.

Demain, c'est lundi et tu t'en vas. Tu quittes le CHU, moi je disais Michallon, ça faisait moins grave.

Avant, quand tu partais de quelque part, tu m'envoyais un message : « Je pars. » Invariablement, je te répondais : « Tu ne m'aimes plus ? » C'est encore un peu tôt.

Ton dossier italien est traduit, les bilans ont été faits, la surveillance vitale n'a plus lieu d'être. On peut dire que tu progresses. À partir de maintenant, il faut te confier à des équipes dont le métier est de rebâtir une vie après que leurs collègues l'ont sauvée. Nous saurons alors si les premiers ont bien fait.

Tu es prise au Grésivaudan comme on le serait à Harvard, toute l'équipe du service est ravie pour toi. Les deux affreuses ne boudent pas leur plaisir, à l'abri derrière leur haine. Elles, je ne les aime pas ; ne pas aimer est inutile sauf quelques fois. À les observer, je comprends qu'une de leurs jouissances est de voir les vies légères s'appesantir, celles des autres femmes, c'est délectable. Quand l'une de ces rêveuses s'écrase, elles la piétinent comme on se venge. Chaque semaine, il en tombe une. Je suis tenté d'aller leur redire mon dégoût d'elles mais ce serait comme pisser face au vent. Je préfère déposer un panettone aux autres, les majoritaires.

Au Grésivaudan, on trouve deux étages, un pour les lésés médullaires, un pour les lésés cérébraux, tu as l'embarras du choix. Tu seras au premier, celui de la moëlle.

Tu entreras en brancard avec la minutie que ton dos réclame. Un jour, tu en partiras. Comment, personne ne peut le dire. De là-bas, soit on ressort parallèle au sol comme si rien ne s'était passé sauf d'y avoir cru, soit on a conquis de haute lutte la position assise, soit on a grandi d'un mètre et on tourne les talons. Je suis allé voir le centre ; sur le parking, il y a plus de places pour handicapés que pour les autres. J'ai vu aussi, dans le jardin, un parcours varié fait d'escaliers, de pentes et de sols distincts sur lesquels des êtres de tous âges réapprennent à marcher, ça m'a paru si loin de toi.

Quand bien même elle durera des mois, cette étape sera la dernière. Le dernier transfert, le dernier établissement, le dernier numéro de chambre, les derniers horaires de visite, la dernière vue depuis ta fenêtre.

On te parlera moins du lieu d'après. Retrouver le présent, dont nous nous sommes violemment séparés, il y a là comme une saveur sucrée. Quelque chose du pain perdu, ces petites joies du dimanche soir confectionnées avec les restes.

J+24

Ta chambre est la 117. La 112 est occupée et c'est tant mieux. La tienne donne sur le parking. Tu aurais préféré l'aile côté parc ? Tu me dis que non, côté parking, si tu m'appelles dans la nuit, je pourrais surgir à ta fenêtre et cette possibilité, aujourd'hui, vaut tous les séquoias du monde.

Nous pouvons être ensemble de midi à 20 heures. Un tiers de jour.

À ton étage, il y a surtout des jeunes, leur vie pliée de l'avoir trop étreinte. Pour la plupart, c'est une histoire de liquide : un fond de lac trop mince, trop de culs secs, sa propre sève éruptive. Ils discutent dans les couloirs, ils blaguent, leur jeunesse résiste. D'autres chambres sont fermées. Nous allons l'apprendre, plus on désespère, plus on verrouille sa porte. Les soignants marchent moins vite qu'à l'hôpital. En deux petites heures, une partie de l'équipe est venue t'accueillir : infirmier, aide-soignant, kiné, ergothérapeute. Le médecin qui s'occupera de toi est le docteur Gogo. Aucun scénariste n'oserait appeler Gogo un médecin en charge de redonner l'élan fonctionnel à ses patients. N'étant pas tenue d'être crédible, la réalité est la plus inventive des fictions, elle ose tout. La voix de cet homme, son regard, le rythme de son corps, tout est doux. La dureté est assez là. Il a l'air très jeune, on dirait qu'il a fait médecine au collège. Dans quelques semaines, nous irons dans son bureau qui lui ressemble : une petite table qui ne vous tient pas à l'écart et aucune photo d'exploits qu'il aurait accomplis.

Avec son interne, ils t'ont demandé en quelle année nous étions.

– 2012.

Tu as reculé de dix ans. Par oubli, par peur ou par envie, toi seule le sais. Que dirais-tu si l'on pouvait remonter le temps ? Tu me demanderais si je connais la fin. Et si nous y allons tous les deux.

On t'annonce la venue prochaine d'une diététicienne, d'une psychologue et d'autres spécialistes. Chacun se présente par son prénom et son sourire. On ressent qu'ils ont l'habitude des compagnonnages au long cours et que leur rapport aux jours, aux semaines et aux mois s'est construit au rythme des corps décideurs : tenter d'agir sur le temps mais ne pas prétendre en faire l'économie. Comme s'il était leur pire ennemi et leur plus fidèle allié. Pour toi, ils parlent de six mois à un an. Tu as entendu six mois, j'ai entendu un an. Tu as un nouveau bracelet hospitalier, celui-ci t'appelle Couble. Jusqu'à ton nom, tout de toi retourne à l'enfance.

La patience des lieux n'interdit pas l'action. Après que les brancardiers t'ont placée dans le lit avec délicatesse, deux femmes de l'équipe viennent t'asseoir au bord du lit. Avec le même soin décidé. Elles sont rieuses et concentrées, de passage mais avec toi. Pour moi, c'est devenu une obsession, pour elles un but, peut-être même qu'une étape : que tu te dresses et que tu marches. Avant, nous marchions pour aller quelque part ou pour faire quelque chose, désormais l'idée seule de la marche suffit. Toi, tu es trop faible pour espérer, marcher n'est pas un projet, à peine une préoccupation. Depuis bientôt un mois, tu n'es qu'alitée, le passage assis est un manège, tu tiens tout juste cinq minutes, tu as la nausée, on te recouche. Les filles disent que cinq minutes sans vomir la première fois, c'est un bon début. Tout paraît inatteignable. Dès que j'effleure l'espoir que tu marches, il recule d'un pas. Mais c'est un changement de dimension et l'on comprend l'idée d'ici : agir. Pour nous le confirmer, on affiche le programme de ta semaine sur le mur en face de ton lit, c'est ton premier planning depuis des mois, le futur réapparaît. Ce voyage en bord de lit m'a fait apercevoir un bout de ton corps, tu n'es qu'une fine chair balafrée et j'en suis terrifié.

Je passe plus d'une heure pour te rassurer qu'ici rien ne change ; à la moindre envie : appuyer sur le bouton rouge. Et à cet étage, aucune sorcière, seuls les anges.

Vers 19 heures, tu es crevée, je ferme pour une première fois la porte de la 117 en te disant à demain, ici nous allons rester. Je salue le gardien, nous nous tutoierons bientôt.

Avant de t'endormir, tu m'as dit deux phrases, la première m'a fait quitter le sol de bonheur, la seconde m'y a rabattu violemment.

« On va y arriver. »

« Je voudrais que tu restes. »

J'ai fait comme toi. J'ai changé de lieu.

J'ai quitté mon abri à quatre roues. En réalité, les abris n'existent pas. Soit les frayeurs cessent, on sort de l'abri et il redevient ce qu'il était : un camion, une église, un fourré. Soit l'on s'y terre et ça fabrique un tombeau.

Je dors désormais à la Maison familiale hospitalière dont le premier attrait est d'être à cinq minutes de toi. Deux s'il fallait accourir. C'est un vieux bâtiment aux simples vitrages, la nuit on entend hululer le dehors. On m'a donné une chambre avec vue sur le jardin, au deuxième étage, avec douche. La 25. C'est une petite chambre, à peine plus grande que le van, c'est parfait, les grandes pièces, c'est pour les jours sans peur. Il y a deux lits jumeaux que j'ai réunis pour qu'aucun ne soit vide. Et qu'au premier matin j'ai de nouveau séparés, il n'y a rien plus vide qu'un grand lit seul. Si je me dresse sur l'appui de fenêtre, je vois tes murs ; quand tu seras en mesure de te tenir debout, nous regarderons le même ciel. Il y a une grande salle commune pour les repas, un salon télé, un jardin et de quoi laver son linge. On peut se faire à manger ou commander ses repas et si l'on met dans le frigidaire collectif ses propres aliments, il faut les placer dans un sac avec une étiquette à son nom. L'inquiétude est partageable, pas les yaourts.

Deux femmes de ménage se relaient, l'une a un joli accent d'Amérique du Sud, l'autre, je dirais tunisien. Une directrice s'occupe des chiffres mais elle part bientôt en congé maternité. À l'accueil s'alternent des bénévoles, souriantes et attentionnées, il n'y a que des dames. Lorsque nous lierons connaissance, j'apprendrai qu'aucune n'a été épargnée par les drames. C'est ainsi lorsqu'on a souffert, la vie d'après, soit on se raidit et on s'isole, soit on s'ouvre en douceur aux maux des autres. Dans tous les cas, on fait ce qu'on peut. Deux étudiants logent ici à moindre coût, en échange de quoi ils s'occupent du petit-déjeuner et d'ouvrir à celles et ceux ayant oublié leur clef.

Pour le tarif, ce n'est pas donné. Pourquoi le serait-ce ? Parce que depuis la nuit des temps, le soin, la solidarité, l'entraide, la sauvegarde et d'autres démarches à haute valeur ont été prises en charge par des gros cœurs n'attendant rien en retour. Le monde s'y est habitué, néglige ses soignants et s'offusque dès qu'il s'agit d'attribuer un prix à leurs gestes sauf s'il n'est pas grand-chose. Pour ne rien entendre du monde, il suffit à sa fenêtre, vers 20 heures, d'applaudir très fort.

Il faut régler chaque semaine. Entre nos salaires à moitié et ces loyers en plus, notre compte bancaire s'assèche. Nos mamans nous font des chèques avec des zéros gros comme leur amour impuissant.

Pour l'instant, sont là une dizaine de pensionnaires, des accompagnants, des malades en cure de chimio ou des jeunes femmes à la grossesse surveillée. C'est peu, me dit-on à l'accueil, il faudrait plus de monde. Lorsqu'on croise un autre occupant, on se sourit tendrement. De son malheur, on ne connaît pas la taille, mais on lui dit que l'on sait qu'il aimerait être ailleurs.

Notre camion est garé sur le parking en face de l'établissement. J'aurais, comme toi, aimé une vue sur le parking. Ça n'a aucun sens de le quitter, depuis le 12 août il s'est comme humanisé, les nuits de folie j'entendais son cœur de tôle. Il est à portée de manque et je sais qu'à la première insomnie, je pourrai aller la prolonger chez nous. La dame de l'accueil m'a indiqué que chaque matin, sauf le dimanche, j'aurai à rentrer un code dans l'horodateur et placer le ticket sous le pare-brise afin de bénéficier du stationnement gratuit. J'ai dit quelque chose comme « Trop bien », satisfait que les routines administratives m'imposent une visite quotidienne au van. Si l'on mesure le désarroi de l'autre à la démesure de ses enthousiasmes, alors cette dame dont les yeux ne lâchent jamais les vôtres a dû vivement s'inquiéter. D'ailleurs, elle a pris ma fiche cartonnée pour y noter trois mots.

J+31

En Italie, il n'était pas visible et je m'arrangeais pour l'éviter. Ton corps.

Depuis quelques jours, je l'aperçois, dévoilé par ta blouse ouverte dans le dos, présenté par tes rares mouvements et par le fait que tu ne cherches en rien à dissimuler cette chose qui ne t'appartient pas. Cette blouse, c'est moins ton armure que la mienne.

Je ne le reconnais pas. Ce n'est pas qu'il soit différent, altéré ou déformé. Ce n'est pas lui. Je t'observe et je ne vois rien de ton corps d'avant qui pourrait m'assurer que c'est le tien. Ta peau fine délabrée est comme un parchemin ; elle recouvre des os tordus et fracturés. On dirait qu'un gypaète s'est occupé de ton squelette. Entre tes os et ta peau, rien, pas de viande. Partout sur toi : des cicatrices (j'ai vu celle de tes lombaires), des bosses, des creux, des croûtes. Tu sembles construite de rien, tout ton corps s'est éboulé. Tu n'es qu'une mosaïque d'ecchymoses bleues, jaunes et violettes, comme trempée dans le moût de raisin. Des trous aussi, nombreux et par lesquels le mal peut t'envahir.

Il m'arrive de baisser les yeux. On ne sait plus regarder les corps abîmés, les chantiers de reconstruction sont dissimulés sous des bâches de luxe, on découvre le tout une fois que c'est beau. Le fixateur externe sur ton avant-bras redouble cette vision d'une chose détruite, raccommodée et qui tient par des ficelles. Tu pèses quarante-cinq kilos ; pour le savoir, on te monte avec un fauteuil sur un plateau balance, on te recouche et on pèse ton fauteuil seul. Tes jambes sont deux baguettes. Même si on rétablissait le courant dans tes nerfs, je me demande comment tu tiendrais debout.

Tu es une sculpture de granite et de verre. À chaque petit geste, on croit que tu vas te briser et te répandre en poudre d'os. On devrait disposer de milliers d'autres images car la faim rôde partout mais c'est aux détenus des camps que tu me fais penser, dans nos mémoires d'élèves à qui on a appris les horreurs de la guerre, dans nos vies protégées du marasme, c'est notre référence d'un corps qui n'en a que le nom. Ta tête rasée sans doute. À évoquer la douleur universelle, la mienne se calme.

Ce corps n'est pas le tien, j'ignore s'il est celui d'une femme. Il me glace et plus que sa vision, c'est d'être effrayé par elle qui me terrorise. Rien de la vieillesse ou d'un autre poison lent ne m'a préparé à ce spectacle. La dernière fois que je l'ai vu, c'était un 12 août. Tu changeais de tee-shirt en haut de la Cima Henne avant de décoller. Il était bronzé, musclé, sec et désirable. Tu t'es essuyé le torse et l'abdomen, tu as pincé la peau de ton ventre en disant : « Il faudrait que j'arrête la bière », et comme je n'ai rien répondu, pensant aux femmes rêvant de ce ventre, tu as ajouté : « Et le saint-marcellin. » C'était ton corps. En quelques jours, on ne se ressemble plus. Je ne suis pas convaincu que tu te trouverais belle ainsi décharnée. Si tu revis, nous chérirons le gras.

Ton crâne rasé est traversé sur toute sa longueur par une énorme balafre. Quelqu'un pour te sauver la vie t'a ouvert la tête sur-le-champ. Je ne comprends toujours pas comment ton casque, lui, ne présente aucune trace du choc. Soit il t'a sauvée de mourir, soit de peur, il s'est tiré avant. Dans quelques jours, j'oserai passer la main sur la surface de ton crâne, le Chemin des Dames, voilà ce qu'il m'évoquera, la guerre toujours la guerre. Tes mâchoires sont saillantes, tes joues creusées et tes yeux marron noyés dans l'ombre des orbites. Tu sors d'un combat, les autres suivent. Mais tu sais quoi ? Je te trouve très jolie. Ton regard, ton sourire ont résisté à l'entreprise de dévastation. Si tu repousses, tes racines se tiendront là, à l'endroit précis de tes éclats.

Pour accroître ce sentiment de dénuement, ton corps a perdu ses deux principales ressources : le mouvement et l'autonomie. On te lave, on t'essuie, on t'habille, on te déplace, je coupe ta viande. Le moindre pli d'un drap est une souffrance dont tu ne parviens pas à te soulager sans l'aide d'un autre humain. Pour éteindre ta chambre, Kim, l'ergo, t'a confectionné une baguette, atteindre l'interrupteur t'est impossible. Chaque jour, sans le savoir, nous empilons des milliers de gestes merveilleux.

Une fois le matin, une fois l'après-midi, on t'enrubanne dans une sorte de hamac – l'équipe appelle cet engin *les rails* – et avec une télécommande, on t'extrait de ton lit, on te hisse comme une grue le ferait et on te dépose dans un fauteuil. C'est le transfert. Tu es un sac inerte de gravats. Puis tu restes assise le plus longtemps possible. Dix minutes la première fois. Quelques semaines auparavant, tu marchais sur les crêtes fines du Grossglockner, tu sautais de bloc en bloc comme une danseuse du vide et tu riais plus haut que les oiseaux. Une autre Géo Trouvetou, Laura, t'a calé des mousses sur mesure pour que l'assise soit supportable. Tu tiens maintenant une heure dans ton fauteuil électrique avant d'avoir trop mal ; au début tu dis : « Ça va mieux comme ça, merci », puis tu respires fort, puis tu pleures en silence, puis tu pries qu'on te libère. Mais c'est un progrès, voilà l'une des rares vertus de partir des profondeurs, tout menu mieux est une élévation.

Quand je te vois souffrir à ce point, un bref instant je m'en veux d'avoir agi pour te sauver. Dans la montagne et quand les médecins, à demi-mot, me demandaient s'il fallait tout faire, j'ai toujours choisi pour toi et opté pour la vie. Quel égoïste. Me serais-je entêté si on m'avait posé la question de ta mise à mort ? Combien de fois avions-nous scellé ce pacte et à chaque peur, à chaque bonheur immenses, l'avions-nous ratifié encore ? Promets-moi, s'il m'arrive quelque chose, de ne laisser personne s'acharner. S'il te plaît. Promets-moi, au nom de l'amour véritable, de m'éviter une vie déchue. Promets-moi de me laisser plonger dans les eaux calmes et noires. Promets-moi d'être libéré de moi.

Nous y voilà. Et je recule.

Touchant du doigt la preuve ultime de mon amour, au seul prétexte de ne pouvoir vivre sans toi, ce pacte, je lui fais déshonneur.

Quand je te regarde, j'essaie de ne pas paraître abattu par l'étendue de tes dégâts, le désenchantement est une épidémie rapide. Car toi, à ce jour, inconsciente, sage ou simplement ravie de vivre, ton apparence, tu sembles t'en moquer. Seules tes jambes sont revenues à ton schéma corporel et tu voudrais qu'elles battent davantage. Nous nous y employons, tu contractes, je te masse, les meilleures fois tu replies ta jambe droite toute seule. Comme une grande, me dis-tu.

Bientôt, nous a dit l'ergo, tu pourras te déplacer où tu veux en fauteuil électrique. Dont ta salle de bains et son miroir. Tu trouveras face à toi une dame abîmée qui pourrait te faire peur. N'aie crainte, ne t'enfuies pas, supporte son regard. Comme tous les êtres du miroir, elle ne fait que passer.

J+42

Myriam nous a envoyé un message. La connaissant, elle a dû l'écrire et l'effacer cent fois, si inquiète d'être à côté. À la fin, elle a écrit : « Aimez-vous de patience. » Si elle s'est trompée, c'est beau. Si elle ne s'est pas trompée, c'est beau.

J+45

Elles sont revenues. Semblables et différentes. Les routines.

Pour toi, je ne pense pas que ce mot soit le bon. Si *routine* tient à l'idée de répétition, soit, on peut répéter l'épatant. Si cela a trait au contenu banal d'une tâche ou au refus de l'idée de progrès, ce n'est pas pour toi. Chaque jour en effet, tu mènes un combat, plutôt une épreuve car ton adversaire, il ne s'est toujours pas fait connaître. Tu enchaînes les séances de réadaptation, entre chacune tu te reposes jusqu'à tomber de fatigue. Aujourd'hui, tu parviens à plier tes deux jambes sur commande ; à la piscine ou sous le portique des kinés, on t'a tenue debout et l'envie d'y revenir seule t'a happée ; tu retiens tes urines assez longtemps pour que Vanessa n'ait pas à courir ; tu as pris un kilo, essentiellement de camembert ; tu trouves six mots de la ferme en une minute. Tout cela est loin de faire une vie acceptable, mais pour qui s'est perdu dans le noir, c'est éblouissant.

Chaque journée est une prouesse et les répéter n'en rabaisse aucune. Tu aurais le droit à ton jour sans mais tu n'en fais pas usage. Toi qui étais lasse de cette tyrannie de notre époque, présenter sans cesse, pour tout, à tous, la meilleure version de soi-même, voilà que tu l'entreprends au quotidien.

Chaque journée, tu avances d'un pas, découvrant ce qu'il te reste, parfois tu te figes mais tu ne tournes jamais le dos. Tu ne t'embarrasses pas de l'espoir. Espérer, c'est attendre. Et toi tu fais en sorte.

De mon côté, je ne gravis que des collines.

Le matin, je me lève vers 5 heures. À la première seconde, tu es là. J'essaie de ne faire grincer aucune marche de l'escalier – la troisième après le premier étage en descendant, s'en méfier – et je sors courir, la forêt et la nuit, ces fidèles gardiennes du silence, sont là toutes proches. Aussi, il y a d'être dans le noir et dans le noir, la vérité se sent bien. Je cours comme un chien fou, je pourrais le faire des heures, je ne sais si je fuis ou si je reviens mais je le fais avec énergie. C'est prodigieux, courir. Je change de fatigue, je retrouve les arbres avec qui nous avions cessé net nos discussions, je me dissous dans la minute et dans ce qu'on appelle la nature. Toutes les forêts du monde nous disent : « Patiente et tiens-toi debout. » J'ai grand besoin d'appartenir à plus vaste et de vivre parmi les immuables ; chez les petits hommes découvrant leur fragilité, j'imagine que se frotter à l'éternité est un refuge classique. Pour cela, il n'y a pas mieux que courir dans les bois, sortir sur les crêtes au levant, voir Grenoble s'éveiller et le soleil revenir. Je vais dans ces endroits seul, je veux dire sans m'emmener moi-même, je veux dire en laissant les peurs à la Maison. Quand enfin je m'essouffle, je pense à ton endurance et j'accélère. Le plus souvent, je ne pense à rien. Si je me mets à penser, c'est pour remercier la vie ou l'insulter, j'espère qu'elle se rend compte qu'elle s'est trompée en s'attaquant à toi. Parfois, je croise une frontale s'agitant dans l'obscure forêt, quelqu'un à qui cela fait du bien de s'extraire un temps du monde.

Je rentre à la Maison, je retrouve des femmes et des hommes aux petites nuits, impatients et inquiets de retrouver les leurs. Je prends mon petit-déjeuner plutôt seul, je me douche, je prépare mon pique-nique pour midi avec toi, je vais placer mon ticket de stationnement du van dont j'oublie chaque jour le numéro d'immatriculation. J'attends que tu me fasses un signe, souvent c'est un texto. Avant, quand nous nous laissions des messages, c'est que nous étions séparés. Depuis peu, c'est d'être ensemble, il ne faut jurer de rien. Je te réponds. Malgré l'envie, rarement je t'appelle, je sais comme parler te fatigue et comme cet appel pourrait mal tomber dans ton organisation du matin, chaque tâche t'engloutit. Je t'écris *À tout à l'heure*. Et si tu m'appelles, ton nom s'affiche sur l'écran, je laisse un peu sonner comme on le fait pour être sûr et je m'assois.

Après, je vais en ville, ça me rapproche de toi. C'est le matin, il y a du monde, chacun s'agite. Cette vie de ruche m'efface et me distrait. Les récréations de l'école me disent le temps. J'observe les gens ; ils sont très occupés, ils sont aussi pleins de gestes inutiles et c'est très apaisant, depuis des semaines c'est comme si tous les gestes étaient tenus d'avoir une fonction, principalement celle de survivre. La Tronche est une petite ville bourgeoise de la banlieue de Grenoble, y vivent des familles en mesure d'y vivre : de vieux parents en Burberry et de jeunes parents à vélo cargo. Au centre du bourg, il n'y a que des jolis commerces pour bien aller, bien manger, bien se coiffer et bien fleurir sa maison. Dont une épicerie italienne, La Grignetta. Depuis peu, m'a-t-on dit, avant c'était un bar, Le Petit Nice. On me dirait qu'elle a ouvert le 12 août au matin, je croirais à cette apparition. Je conçois tout à fait que le monde autour de soi change au gré de nos besoins silencieux, soudainement si besoin, non par soumission ni par célébration de notre importance mais pour nous convaincre qu'il se tient plus en nous qu'autour. Sont installées quelques tables, on peut y boire un café, céder le midi aux arancini, aux panzerotti, à la parmigiana. L'ambiance est douce. Les étagères sont remplies de trésors, on se tient au cœur de l'abondance. Ici, je suis moins triste qu'ailleurs. La patronne est généreuse, à chaque client elle fait goûter un bout de fromage ou de charcuterie, demande des nouvelles des petits et se souvient des réponses. Avec le café, posé joliment sur la sous-tasse, un amaretto à chaque fois différent. Et des cafés, elle m'en a déjà plus offert en deux semaines que tous les tenanciers de mon village depuis vingt ans. Je l'appellerai bientôt Séverine puis Sev. Un matin sans vente, elle me parlera de la Sicile, de la mafia grenobloise, de son enfance et des souffrances qui l'en privèrent. De ces histoires qui ridiculisent votre peine.

J'aime bien venir chez elle, j'accueille sans méfiance le fait d'être heureux une heure ou deux. J'espère toutefois ne pas prendre goût à être seul ni m'habituer aux rugosités de la vie. Je me mets à une table au fond de la boutique, j'observe les clients plus ou moins conscients de vivre, puis je rêve ou j'écris. Tu as bien fait de me pousser à écrire, c'est m'offrir de me sentir responsable d'une chose en particulier et de pouvoir agir sur cette chose. C'est plus concret qu'on ne l'imagine, écrire. On retrouve chaque jour son atelier, son bloc de pierre, on taille, on n'est qu'à cela et le faire nous constitue. Un matin tôt, j'étais assis à ma place, Séverine me demanda ce que j'avais prévu de faire jusqu'à midi. « Je dois m'occuper d'une phrase. » Son sourire en réponse me disait, tu sembles aller mieux. Je relis les pages noircies depuis le 12 août. Au début, des faits, rien que des faits, des notes rien que des notes, toi rien que toi. Depuis peu, des phrases, des ratures et le développement de mon état. Une partie de moi voudrait-elle en faire un livre ? Je m'y oppose, avec vigueur. Ici, le livre n'a pas sa place, il te négligerait, souffrir ne saurait être un spectacle. Et écrire ton histoire serait te figer quand tout de toi recouvre le mouvement. Non.

Parfois, disons deux matins sur trois, David passe à la Grignetta. Il vient y chercher moins des spaghettis que de l'affection. Il virevolte, il part courir, rouler, grimper ou en revient déjà, il a la vie que nous avions et c'est une sensation bizarre d'être confronté à ce qui ressemble déjà à un souvenir. Dans son sac à dos, on trouve toujours de la joie. Je sais qu'il m'en accorde une large part car il a ses solitudes et elles lui rongent la vie plus qu'il ne le montre. Pour un bien-aimé, il aime à son tour. Nous parlons de tout, des essentielles inutiles et de leur rôle dans nos vies. Il prend toujours garde de ne pas comparer nos malheurs, je trouve ça très touchant quoique vain. Nous parlons aussi des bêtises, des farces et du cœur des filles qui nous occupe bigrement. David remplit mes vides, babille comme l'enfant qu'il n'a cessé d'être, s'emploie à lutter contre l'atrophie de mes muscles zygomatiques et c'est un geste précieux. Car certaines mines tristes, quoique la vie revienne, nous entaillent la face pour toujours.

Et dans un monde tenté de faner de désespoir, qui pollinise le refus de se rendre ? Les visages éclatants.

À David comme aux autres, je parle essentiellement de toi et de tes fragilités. Ça doit me faire du bien. Mais souvent, je m'arrête. Net. Je me souviens d'une nuit à Bolzano où j'avais réfléchi à l'amour que je te porte, craignant que trop t'admirer l'abîme. Je me méfie désormais de deux autres copies de l'amour. Il y a d'être celui qui veille sur toi, rien que cela, ce n'est plus tout à fait de l'amour, je ne suis ni ton garde du corps ni ton auxiliaire de vie. Il y a aussi de parler sans cesse de toi et à travers toi, évoquer les frousses immenses et les destinées singulières. Quand je le fais, sans même exagérer la réalité, je vois mon auditoire fasciné de romanesque et je m'écœure. Tu n'es pas mon sujet.

Ensuite, je me rends à la clinique. Je trépigne d'impatience, j'espère te retrouver radieuse et si ce n'est pas le cas, nous ferons corps. J'ai encore très peur des annonces terribles, en ce moment elles rôdent autour du retour ou non de ta marche et ce n'est pas un petit carrefour. J'arrive vingt minutes en avance dont plusieurs à retenir ma respiration, je discute avec les gens de l'accueil, Pascale, Dominique ou Nassima. Quand je franchis le seuil de la porte, c'est comme si je changeais de monde. Dehors, replié sur ma peine, je ne vois que des êtres plus heureux. Dedans, te voyant mobile parmi les immobiles, je m'estime le plus chanceux. Mesurer le monde et la place qu'on y occupe, c'est faire un pas.

Dans le couloir menant à la 117, je sais déjà. Quelque chose dans l'air tremble et me dit comment tu vas. Je te retrouve convaincue ou abattue, je me penche vers toi, nous nous serrons fort, tu me déverses en vrac tes angoisses et tes triomphes. À la Patafix, je colle sur le mur en face de ton lit les lettres et les cartes reçues le matin. Nous l'avons baptisé mur de soutien. Ici, on ne cloue ni ne punaise car l'idée, c'est bien de partir. Certains nous envoient des photos d'eux avec toi, datant d'un an ou de dix, elles te gênent, nous les mettons sur les côtés du mur. D'une photo, on ne peut que disparaître.

Nous mangeons ensemble et nous faisons la sieste, toi dans ton lit et moi dans un fauteuil moelleux que Laura l'infirmière a eu la gentillesse de me dégoter, certaine qu'il s'en tiendrait ici des centaines. Au début, je m'assoupissais dans ton fauteuil électrique mais j'ai arrêté. Je le trouvais confortable et c'était injurier ta douleur. Au cours de ces siestes, il t'arrive de dormir calmement. Te regarder dormir sans rictus est un spectacle étincelant. Et si je veux monter encore, je me dis que c'est un peu parce que je suis là.

À chaque venue d'un soignant dans ta chambre, tu le remercies de tout ce qu'il fait pour toi, et à sa sortie tu me demandes si tu l'as bien remercié.

L'après-midi, tu reprends tes séances, je t'attends dans la 117 ou je flâne dans le parc à la recherche de Yako, le chien des lieux dont la nonchalance est le plus efficace des calmants. J'entends parler les jeunes accueillis ici, dans l'autre bâtiment du parc. Boulimiques, anorexiques et autres vulnérables. Ils sont faits de rêves, de fureurs et ne semblent pas prêts à transiger, ça leur coûte beaucoup mais ça les rend très beaux.

Entre chacune de tes séances, selon ton état, nous parlons ou nous ne faisons rien. Nous commençons à habiter ici. Ce n'est ni accepter ni s'habituer à cette situation. Nous la tolérons, avec elle nous composons.

En fin d'après-midi, une fois ou deux par semaine, tu as des visites. Tu pourrais monter une chocolaterie. Quand nos proches arrivent, tu es heureuse, quand ils repartent, tu es heureuse. Voir ceux qui t'aiment te porte. Sourire et faire des phrases t'accable.

Je récupère ton linge sale, tu dînes et je pars en sachant que nous nous revoyons le lendemain, cette donnée sidérante. Quelquefois, je reviens deux minutes plus tard en jouant à l'infirmier, je frappe à la porte, j'appuie sur le distributeur de gel hydroalcoolique, je me frotte les mains :

– Oui, Mathilde, vous avez sonné ?

Soit tu ris, soit tu dors déjà et je ris en solo.

Sur le chemin du retour, je téléphone à nos parents. Ta mère sur le parking, la mienne sur le chemin de la Concorde, et s'il me reste du tonus, ton père ou ton frère chemin de l'Église. Ils attendent cet appel et bien que les routines s'installent, je sens qu'ils décrochent ouverts à la possibilité de l'effroi.

Je retourne à la Maison. Si c'est après 20 heures, je dois utiliser le badge pour entrer. Je me rends dans la salle commune où, selon les soirs, dix à vingt personnes dînent. À chaque fois, je projette d'aller manger seul dans ma chambre et je me ravise, trouvant ce choix inélégant. J'ouvre le frigo et selon le nombre de nouveaux sacs étiquetés, je sais si la journée s'est remplie d'autres inquiets. Avec quelques-uns là depuis plus longtemps, on se salue et on se demande comment c'était aujourd'hui. Bientôt, je serai le plus ancien pensionnaire. Les nouveaux, ils ont ce regard des gens hébétés qui, ce matin ou hier, équeutaient tranquillement les haricots. Je craignais que cet endroit soit le bureau permanent des pleurs et d'avoir du mal à m'en extraire. En fait, dans la société de l'inquiétude, c'est comme partout. Certains semblent s'excuser de tout, se cachent dans les coins de la maison seuls avec leur tristesse muette, et d'autres estiment que la leur doit occuper toutes les pièces, racontant à qui veut l'entendre l'état dans lequel ils sont et semblent se réaliser, presque s'épanouir. Il est des vies auxquelles le malheur redonne corps.

Nous nous laissons un petit message de bonne nuit, je m'endors tôt et je dors peu. Mais ça va. Ça va même mieux la nuit, peut-être parce qu'on s'y défait des apparences. Dont celle de l'optimiste.

Je lis une bonne partie de la nuit, je ferme les yeux par obligation, les ouvre par trépidation, je ne fais toujours pas de rêves, j'ai peur qu'ils me parlent mal, parfois je retourne au camion. On dirait que je n'ai plus besoin de dormir. La vie est en sable et à certains moments de son déroulement, on a tellement failli la perdre, on veut tant la retenir que rien ne passe entre nos doigts. Pas un seul grain. On ne dort plus. Ce serait de l'eau, ce serait pareil. Pas une seule goutte. On construit à la hâte un barrage de vitalité et de vigilance accrue. C'est ce que me dit la psychologue de Crolles que j'ai vue une première fois sur les conseils de Christophe. Dans son cabinet, il y a une photo des Abruzzes.

Voilà nos semaines aux rengaines qui, s'il n'y avait pas les maux et les doutes, pourraient sembler douces. Le samedi, le dimanche, c'est relâche quoique tout geste banal te demande de la discipline, des efforts démesurés et souvent des larmes. Pour l'instant, nous occupons ces deux jours libres par du repos et par cette gymnastique fondamentale : considérer ce qui a été fait, s'en réjouir – rien ne l'interdit – et tenir les suites à distance. Le dimanche soir, tu prépares tes affaires selon le planning affiché. Je ne t'avais jamais vue brûler du lundi.

Au beau milieu de ces répétitions, le 14 septembre, est venue cette autre que j'ai cru ne jamais revoir : ton anniversaire. Un gâteau chacun, ton préféré : le royal. Avec ses trois couches, légère, mousseuse et biscuit. Juste à côté de la Grignetta, il y a la pâtisserie Del Vecchio, tiens donc. Notre ange gardien ne chôme pas : transformer un PMU poussiéreux en épicerie italienne, changer la décoration de la psychologue et redire partout l'Italie joyeuse. Je ne serais pas surpris dans les prochains jours de tomber face à Santa Maria del Fiore en lieu et place de l'église de La Tronche. Tu me dis que tu n'en as jamais mangé d'aussi bon, toi qui tiens le classement officiel du meilleur royal au monde. Pour le coup, c'est vrai, ce n'est pas parce que tu reprends goût à tout.

J+48

Tu es allée au bloc aujourd'hui. On ne compte plus les fois.

Ils ont enlevé le fixateur externe, cette sorte d'antenne râteau qui traversait ton avant-bras et donnait l'impression que tu n'étais plus faite de choses humaines. Cette libération est saisissante mais ce soir, de ton bras gauche, tu ne te sers pas mieux, impossible de tenir une fourchette ou de feuilleter un livre, en somme de te nourrir seule.

De ces étapes visuelles, on attend trop ; biberonnés à l'image, on lie volontiers le spectaculaire et la vertu. En réalité, tenter de recouvrer un corps fonctionnel est une lutte comme les autres et aux mêmes balancements. Il y a les moments forts et les invisibles avancées. Les premiers occupent l'espace et la rétine du monde pour que les seconds œuvrent sereinement à leurs discrètes tâches. Ils se couvrent l'un l'autre et se servent. Ce que dans la nature on appelle symbiose.

J
11 h 24

Je suis seul dans le van.

Jamais je n'avais fait un kilomètre ou une nuit sans toi.

À cette minute, personne au monde ne sait où je suis et ce que je fais. Quelle sensation délicieuse ça pourrait faire.

Ça cliquette et ça vibre de partout. Je n'ai rien rangé de l'habitacle, nos tasses tombent, les tiroirs claquent. Nous calions tout, au moindre bruit nous nous arrêtions et nous ajustions sinon, kilomètre après kilomètre, ça nous picorait la tête. Mais le pénible, je l'apprends, n'existe pas. Il y a le vital ou l'insignifiant.

Cette route, je la connais, elle est celle des bonnes humeurs, Rio Bianco, Lutago, San Giorgio, Brunico, devenue celle de la terreur. Sylvain a essayé de m'appeler. Je l'ignore mais il est avec Seb et Soph, leurs voiles tranquillement posées sur un sommet des Pyrénées, à quelques minutes de décoller. Juste avant, il a regardé son portable et il a vu que j'avais tenté de le joindre. Seb a regardé le sien, mes appels manqués et il a dit : « Ce n'est pas son genre d'appeler le matin et d'insister, ça pue. » Ils me rappellent. Je les sens loin, trop loin. Je pleure, ça y est je pleure, je leur raconte, je leur dis que j'ai besoin de parler, c'est tout. Ne venez pas, je voudrais qu'ils soient déjà là. Ne venez pas.

– D'accord, mais on va te rappeler.

En langage de l'amitié, ça veut dire : Nous sommes déjà en chemin, nous allons traverser la France puis un bout de l'Italie, dans la minute et l'évidence, mais nous t'allégeons du sentiment d'être fautif.

Je tente d'appeler l'hôpital. Le numéro n'est pas valide, il n'aboutit à rien, j'essaie cinquante fois.

À Lutago, je m'arrête dans un magasin de sport. La semaine dernière ici, nous avions ri ; il y avait des dizaines de chaussures brillantes aux couleurs baroques et nous avions demandé au vendeur où se trouvait le bowling le plus proche. Ta gaieté est comme un ciel de traîne. Je ne fais preuve d'aucune politesse, je bouscule les clients, parmi tous les sans-gêne du monde, qui sait, certains sont en train de perdre leur femme. On ne sait rien de l'enfer des autres. Aucun ne proteste, mon visage effrayé, c'est mon laissez-passer. L'employée tente d'appeler à son tour, pas mieux. Elle demande au patron, qui fait le lien avec l'hélicoptère et le 4 × 4 toutes sirènes dehors. Il enlève un zéro à l'indicatif et ça fonctionne. Je reprends le téléphone, je sors du magasin, je dis merci.

À l'hôpital, tu es enregistrée. Tu as été admise aux urgences.

– *How she is?*

– *Il medico ve lo dirà al vostro arrivo. Qui non abbiamo informazioni mediche. Non vada troppo veloce, faccia attenzione, la stiamo aspettando.*

J'imaginais bien que l'on ne me donnerait aucune nouvelle par téléphone et en voiture mais je l'espérais.

À San Giorgio, je passe devant le café Zinta. Nous en avons passé des nuits ici, le van près de la rivière, le café à l'ouverture, les artisans qui le prenaient au zinc en vitesse, un cornetto dans une serviette en papier et nous qui adorions faire un peu partie des usages du lieu. C'est cela voyager, c'est s'ébahir de l'ordinaire des gens. Et le soir, revenant de montagne, des antipasti à n'en plus finir. De retour au camion, pas besoin de manger, nous disions-nous. Et nous mangions.

Je roule mal, vite, je double, je hurle, je frappe le volant. Parmi tous les chauffards du monde, qui sait…

Pour ne pas avoir peur, je pense à nous mais une de ses complices, l'angoisse, monte comme l'eau dans la cave, indifférente à mes manœuvres.

À cette seconde, ceux qui nous aiment sont en train de boire un verre, de marcher sur la plage, de cueillir des fleurs ou de prévoir Noël. Ou de se gaspiller en disputes. Qu'ils vivent encore un peu.

Et toi, où es-tu, qui est autour de toi ? Jamais nous n'avons eu vies si distinctes. Toujours je savais où tu étais, même à peu près, sauf dans tes songes, là où se terre l'absolue liberté.

Entendre ton rire exubérant, voilà ce à quoi je rêve. Lui que je croyais éternel. Quand l'air de rien nous nous draguions et que tu riais à pleines dents, je t'assurais que tu en avais plus que les autres humains. Alors nous les comptions, les tiennes, les miennes, ça nous faisait nous toucher. S'il te plaît, ris.

Et si tu étais morte ? Et s'il existait un protocole hospitalier interdisant d'annoncer les morts par téléphone surtout si les vivants roulent au milieu d'autres vivants. Il y aurait une logique. Mais j'ai vu les yeux du secouriste collé à sa radio, j'ai entendu la voix de la standardiste, je l'aurais su, non ? Il existe cette langue universelle, incorruptible, qui vient du myocarde, que ces gens parlaient, et de toi, ils parlaient comme une vivante. Je ne peux pas m'être trompé. Tu es en vie.

Tout traîne. La route est longue, la route est lente. Hier, nous sommes allés repérer un atterrissage dans une vallée voisine. Entre Bressanone et Brunico, ça bouchonnait déjà, nous roulions au pas, nous écoutions Cat Power et on s'en moquait.

Nous regardions autour les gens râler, se presser et leur drôle de rapport au temps. Les rêveurs, ça trébuche un jour ou l'autre.

Une heure quarante-cinq plus tard, j'arrive à l'hôpital.

Du monde, partout du monde. D'habitude, nous entrons prudemment dans la fièvre des villes.

J'ai mis le GPS pour ne pas me tromper, se moquer des outils modernes, volontiers se perdre, c'est une occupation des jours heureux. Je me gare n'importe où, il doit y avoir des règles. Je cours, mes jambes ne peuvent que ça, je m'égare, je rate des panneaux, je ne fais rien lentement, je trouve enfin l'accueil, je dis qui je suis, ton mari. Ils savent. Je cours vers les urgences, *Emergenze*. Je balaie du regard, vite, tout le monde et partout. Là, un type me repère de loin, me connaît-il, lui a-t-on dit, c'est un gars de la Croix-Rouge, c'est écrit sur sa veste. Il sait. Ses yeux sont ceux des clowns tristes. Je me dis : *C'est le premier venu*. Il me prend par le bras. Autour de nous, ça s'agite, tous les êtres en blouse marchent vite, un papier à la main, et entrent dans des box, comme des sas vers on ne sait où. Ils en ressortent, ils parlent avec d'autres plus ou moins en chuchotant, parfois ils accélèrent le pas et se mettent à crier. J'entends une infirmière dire *il marito della politraumatizzata* à une autre, on me regarde avec quelque chose de l'apitoiement, personne n'envie ma place. On croirait un mauvais film, mais au cinéma les personnages meurent et les acteurs rentrent chez eux.

Le gros type à la voix douce m'emmène dans un bureau à l'écart. Sur le mur du fond, le poster d'un lac. Les architectes de l'hôpital, un matin de réunion, se sont dit : *Il faut penser à des pièces où annoncer la mort*. Il m'assoit, me lâche enfin le bras, me tend de l'eau et du sucre. J'aurais préféré être abattu sous l'arbre.

– *How she is? Please, please, tell me.*

– *The doctor will arrive.*

La mort, ça s'attend.

Si tu es morte, j'espère que tu as pu penser à un moment de joie et à un autre de grâce. Tu en avais des tonnes. Finir sur ça. Que ton âme meure en dernier.

Et que tu es morte vite.

Si tu es morte, tu ne le sais pas.

Un bout de moi hurle, l'autre est tendre.

Je passe quinze minutes la tête entre les jambes, je demande un seau. C'est comme si de la lave allait sortir de ma bouche.

Enfin, un médecin entre. Je lui donne vingt-cinq ans. C'est vendredi, j'espère que les bons toubibs, les vieux, les chefs ne sont pas déjà au lac de Côme. Je me lève, je veux être à sa hauteur. Je pense très fort à toi et à l'impossibilité que tu ne sois plus. Je m'accroche à l'idée qu'il n'est pas interdit de croire et que les optimistes ne sont pas nécessairement punis de l'être. Il se pourrait même que la vie se prolonge chez celles et ceux ayant vis-à-vis d'elle un minimum de conviction.

– *When she got out of the helicopter, we did a full body scan. Your wife's vital prognosis is in balance, I am clear with you. The priority was to treat a very serious cerebral haematoma. It's done. The hours to come are decisive. Another very serious point is a very complicated fracture of her L3 vertebra with a suspected bone marrow rupture. There are other severe injuries, including a large haemopneumothorax, but these two points are the most important. I'm sorry.*

J'ai compris le sang dans ton cerveau, ta moelle sectionnée, tes poumons trop remplis de tout et ton corps en morceaux. J'ai compris la possibilité du pire et sa proximité.

J'ai compris qu'il ne servait à rien de tout dire et que nous verrions si besoin au fur et à mesure. S'il est dix raisons de mourir, la première suffit.

J'ai compris qu'il était désolé et un médecin n'a pas à l'être.

Tu es en vie, c'est déjà ça.

N'est-ce pas ce qui pouvait t'arriver de pire.

J+56

Aujourd'hui, tu es allée dans le parc de la clinique. Hormis les brefs transferts d'établissement à ambulance, c'était ton premier dehors et celui-ci, tu l'as demandé.

C'est déjà l'automne. Tout se métisse, les premiers gels et la chaleur, le sombre et la lumière, le vert et le roux, des prémices et des fins.

Nous nous sommes mis sous l'arbre, le gros entre le terrain de sport et la bibliothèque, là où l'écureuil roux et le brun se livrent à de furieuses batailles. Nous avons peu parlé, tu étais à autre chose. Tu regardais en l'air, tu tournais la tête, tu visitais. Tu as fermé les yeux et tu as pleuré, deux larmes coulant soigneusement sur ta joue gauche, rondes, lentes, appliquées à ne pas tomber. C'était d'être en vie. Que tu naisses une seconde fois n'était pas prévu. Vous vous étiez perdus de vue, c'est le vent que tu retrouvais. Ils feraient ça dans un film, on dirait que c'est trop. En réalité, il n'y a jamais d'excès dans le ravissement d'être en vie. Surtout s'il conjure la peur d'en avoir été privé.

Ce vent sur ton visage, il fait partie des merveilles oubliées. Par toi, cernée de quatre murs depuis des semaines, par moi qui le fréquente chaque jour. Tu me dis que ça te fait chaud et froid sur le nez.

– Tu veux dire tiède ?

Non, chaud et froid, en même temps et pareil. Et, dis-tu, c'est comme si tout le vent du parc passait par ton visage et qu'il en ressortait plus calme. T'étant absentée des choses communes, tu en parleras désormais mieux que quiconque. Tu le diras avec les mots qui te viennent.

Regarder l'être le plus cher de mon monde, avec qui nous avons mené une vie que les autres disaient aventureuse, pleurer d'une caresse du vent est un effondrement qui élève, je ne sais pas comment dire. Un jour, rappelle-toi, une corniche avait cédé sous tes skis à l'aiguille des Glaciers. En tombant vers les mille mètres de vide, elle aurait dû t'emmener avec elle mais elle t'a propulsée vers le haut comme si, se brisant, elle te redonnait la vie, il n'y avait aucune raison que cette cause produisît cet effet, et pourtant. C'est cela de te voir traversée par le simple et gigantesque effleurement du vent, c'est assister à l'improbable effet.

Je me demande si tu es heureuse, là dans le parc, parce que nous cultivions déjà le bonheur d'être en vie. Je crois que nous mesurions ce privilège d'exister comme nous existions. Nous n'étions pas heureux par mégarde, à ce titre les joies sommaires tenaient les premiers rangs. Nous nous serions passés d'une morsure de rappel. Mais l'idée de cet héritage, de ces ruines de pierre claire sur lesquelles rebâtir, ça aurait de l'allure.

– Non, ce n'est pas lié à avant.

Tu ne te souviens pas assez des vents doux, des pieds nus sur l'herbe, du bruissement des rivières et de notre petit faible pour les choses banales.

– C'est parce que tu as eu peur de tout perdre ?

– Non.

Tu n'en as pas eu le temps.

À réfléchir, me dis-tu, c'est quand même en rapport avec le passé car ces scènes comme le vent te disent vaguement quelque chose.

– Elles ont dû rester en moi.

Mais c'est surtout attaché à après. À la possibilité de les revivre.

Il y aura mille retrouvailles. De compagnies si familières que tu as égaré votre première rencontre.

– C'est comme si on me donnait une deuxième chance.

– De vivre ?

– De ne pas oublier.

Tu les attends, tu n'en fais pas la liste, elles adviendront et tu les recevras. Une retrouvaille par jour, ce serait un bon rythme. Tu vois, me répètes-tu, c'est en lien avec avant autant qu'avec après, c'est sans doute ce qu'on appelle le présent et c'est pour cette raison que tu l'absorbes à ce point.

J'imagine que ces rencontres sont sublimées, parce que tu les gagnes de haute lutte, que l'acharnement fait une partie du prix.

– Non.

On dirait que j'ai toujours faux. Tu m'expliques : il arrive que ces jonctions se fassent par hasard, au détour d'un couloir sans larmes ni sueur. Comme le sourire de Laura. Je ne m'y attends pas, on se croise, il balaye son visage et vient jusqu'à moi. J'avais oublié les sourires et c'est dommage.

Il ne s'agit que des belles choses alors : la poésie du ciel, la tendresse des hommes.

– Pas seulement.

Tu m'expliques, encore : les toilettes par exemple. Elles ne sont pas le lieu des épiphanies, pourtant pouvoir s'y asseoir depuis ton fauteuil et uriner seule, devant ce prodige, il t'arrive de pleurer. Ni par mélancolie, ni par fierté, ni même par promesse, mais par rapprochement de ce qui te constituait et par ce recollage inouï : toi avec toi.

Elles arrivent, les prochaines retrouvailles. Conquises ou fortuites. Douces ou râpeuses. Certaines te diront le chemin parcouru, d'autres celui qui reste. Le premier café dehors, au club de tennis, rue Doyen Gosse, ce nom qui dit l'ancien et le nouveau. La première pluie, le brancardier qui remontera le drap pour protéger ton visage et toi qui le rabattra pour retrouver l'eau. La première main sur la tôle du camion, je pourrai t'extraire du fauteuil et te porter jusqu'à sa banquette mais tu voudras attendre. Le premier chien, Thelma, sur tes genoux. Le premier enlacement debout, tu me tiens, je te soutiens. Le premier cauchemar d'une chute sans fin. La première nuit ensemble à Boulieu.

Ces petites choses simples dont l'assemblage fait la vie luxueuse.

Un matin d'hiver à la Maison, un patient venu de Tahiti pour une opération du cœur verra pour la première fois de sa vie de quarante ans tomber la neige. Il restera de longues minutes collé à la vitre froide, embuée bientôt de sa stupéfaction, les autres, les habitués, passant près de lui sans lever la tête, sans voir ce qu'il voyait. Je le regarderai, heureux, envieux, incapable de me souvenir de ma première rencontre avec la neige. Tant de nos premières fois se sont évaporées, l'enfance est une patrie lointaine. Les jours d'après, s'il neige encore, sera-t-il autant subjugué ? Non sans doute, les habitudes sont de farouches ennemies mais qu'importe, sa première fois, il l'a avec lui.

Toi, tu vas revivre des premières fois, intimement et pour toujours. Tu les as fréquentées, égarées pour la plupart, tu ne les savais pas si précieuses, tu vas les retrouver par hasard, les guetter ou te rendre vers elles. Chacune, tu pourras la blottir en toi et me raconter.

Il y en a une dont j'attends le récit plus que les autres.

Qui se souvient de ses premiers pas ?

Tu n'as pas bougé du vent. Il a forci, il remue la cime des arbres et fait tomber des trésors pour l'hiver des deux écureuils. Il y en a assez pour deux mais chacun veut pile celui de l'autre.

Je te sens heureuse de renouer avec cette force : la sensibilité. Les êtres sensibles ont plus de chances d'être malheureux mais il arrive que ça les sauve.

J+57

Tu as besoin de sous-vêtements accordés à ton nouveau corps et qui ne t'irritent pas.

Nous profitons d'un samedi. C'est ta troisième sortie. Je pousse ton fauteuil dans les rayons de Decathlon. Pour accéder au rayon femme, il faut passer par celui de la montagne et tout ce matériel dont nous connaissons chaque usage. Toi, tu regardes devant et tu as raison.

Quand un être figé dans son siège fournit tant d'élan à un autre debout, la vie semble montée à l'envers.

J+59

À midi, quand je suis monté te voir, j'ai retrouvé Laura qui se dirigeait vers la 118 pour un soin. Avec Laura, nous avons dû nous connaître dans une autre vie.

En arrivant vers ta chambre, elle me dit :

– Tu vas devoir attendre un peu, y a la présence.

Quel mot parfait pour cette lumière rouge timide me disant qu'on est auprès de toi.

J+61

Aujourd'hui, je suis nul. Une minute dix, une minute vingt, pas mieux. Je te donne si peu d'air. Je me suis mis en tête que pour chaque dizaine de secondes au-dessus de la minute, c'était une semaine de progrès sans recul pour toi. Chaque jour, je promets d'arrêter ces équations débiles. Si je m'obstine, je suis proche de tomber dans les vapes. Sur le parking de la clinique. On a connu défi plus héroïque.

C'est souvent le cas le lendemain d'une bonne nouvelle, je ne réussis pas. Le cœur doit reprendre de l'épaisseur. Il ne s'en cache pas et ça comprime les poumons.

Car hier, tu as marché.
Seule.

Sans bras qui te tiennent.

Sans sangles qui te suspendent.

Par la seule force de l'eau. C'est fou ce que fait l'eau. Vive, elle donne la lumière aux villages. Calme, elle tient debout les fragiles.

Tu me racontes. Tu as mis un pied puis l'autre sur le sol de la piscine. Un pas, ça démarre de la hanche, le genou suit puis se fait dépasser par le pied qu'il faut poser en son milieu et le plus à plat. Là, le bassin avance, le poids du corps se place juste au-dessus de la jambe. L'autre jambe a pris du retard, alors sa cuisse se met en tension. On dirait un élastique. Tu la laisses se replacer presque toute seule et là, l'autre hanche prend le relais. Ainsi de suite. Et si tu fixes devant toi, et si tu restes droite, et si tu souffles bien, et si tu alternes des contractions et des relâchements, et si des docteurs ont remis le courant dans ton corps, alors tu sais quoi ? Tu marches.

En me racontant, tu avais les yeux tout écarquillés, on aurait dit Giosuè Orefice.

– Et tu sais le mieux ? Je sentais sous mes pieds les joints du carrelage. C'était comme une chatouille.

C'est merveilleux ce que tu vis. Ai-je le droit de considérer cela comme enviable ? Tu explores des dimensions intérieures que je n'approcherai jamais. Tu dialogues avec ton corps comme les nouveau-nés le font sans nous en dire un mot. Tu fais un voyage ample, précis, inconnu et solitaire. Je n'aurai plus qu'à me laisser guider.

D'où ce cœur aujourd'hui qui s'étale et me bloque à une minute.

Il m'en reste dix pour améliorer mon record.

J'entends frapper à la vitre. Je ne tourne pas la tête, c'est pour un autre. Les coups redoublent, songent-ils au calme des patients ? Je lève les yeux vers la cursive vitrée. C'est un groupe de trois. Devant je reconnais Cyrielle l'interne, qui me fait des grands signes des bras, Lise la kiné est derrière dans un fauteuil électrique et un patient en tee-shirt bleu se tient entre les deux, debout sur un déambulateur.

Je ne comprends pas, elles me saluent follement.

Cyrielle insiste. D'un mouvement du visage, elle m'indique le patient qui les accompagne. Il se déplace à petits pas sérieux et ne se décentre pas de sa tâche. On dirait un enfant appliqué et chancelant.

C'est toi.

Je ne crois pas à ce que je vois. Je vérifie. Cette tête rasée, ce short noir trop grand, ce tee-shirt avec un poisson dessus.

C'est toi.

J'entre, je salue à peine Pascale, je monte l'escalier quatre à quatre et je me retrouve derrière ce prodigieux peloton. Je te dépasse pour te montrer que je suis là. Tu souris sans tourner la tête et tu l'agites plusieurs fois comme pour dire oui oui oui, c'est vrai c'est vrai c'est vrai. Je n'ai jamais vu acquiescement plus éclatant. Lise te dit de te redresser, tu prends une allure fière. Vous refaites un tour pour me permettre d'y assister, cette tentative a été programmée entre 11 heures et midi afin que j'en sois le témoin.

Nous continuons dans le couloir vers ta chambre. Je marcherais des jours. L'image du couloir de Bolzano me revient, les soins intensifs, à droite les fenêtres à briser, au fond la porte et son pouce levé ou non. Mais nous sommes à la clinique du Grésivaudan, on entend, on voit du monde, leurs déplacements et le bruit de ceux qui vont manger, qui reviennent de séance ou qui sortent vers le parc. Et la lumière abonde. Et les fenêtres sont à gauche. Sur certains sommets foulés ensemble, comme cette aube claire à Bionnassay, je pensais avoir atteint le plus haut degré de vibrations, qu'au-dessus le réel ne pouvait pas proposer mieux. Ce n'était rien à côté de ce lino plat.

Idéalement, auprès de cette puissance, il faudrait être composé de plusieurs soi. Le premier, au ras du sol, éprouve le moment jusqu'aux entrailles, se laisse traverser par chaque seconde et n'examine rien d'autre que de les vivre. Le deuxième n'a d'yeux que pour toi, celle que la vie voulait expulser et qui a mis son pied dans la porte. Lui flotte. Un troisième, équipé d'un sismographe dernier cri, étudie les battements de ces quelques minutes et dit aux autres qu'on tient là un record. Un autre plie joliment cet instant, le range dans l'armoire à mémoire, et quand viendront les hivers, il n'y aura pas plus doux que se couvrir des souvenirs de cette joie. Un cinquième envoie un télégramme de remerciements au pilote de l'hélicoptère, à l'homme de la roulotte, à la médecin aux yeux d'Antarctique, à la fortune et à toutes les particules qui ont agi en souhaitant que chacune le reçoive en même temps. Et les cinq de se réunir.

Des soignants quittent leur bureau, des patients s'extraient de la pièce du repas, certains alertés par le bruit sortent de leur chambre. C'est l'étage des yeux humides. On entend des bravos, des applaudissements dont la plupart viennent de fauteuils qui roulent. J'ai le temps de penser qu'il en faut du cœur, et des tonnes, pour célébrer chez l'autre la survenue de sa propre chimère.

Puis nous tournons à gauche dans ta chambre, tu t'assois précautionneusement sur ton lit. Tu souffles fort. Tu as tout dépensé. Lise et Cyrielle te disent à demain et s'en vont vite, elles savent que ces secondes ne repasseront jamais.

Nous nous retrouvons seuls, il ne faudrait qu'éclater de joie. Et je pleure. Et je m'en veux de t'avouer mes peurs immenses.

– Tu sais, je sais.

Tu ne pouvais pas mieux dire.

Pour nous sortir de là, je te dis que si ça continue, entre l'eau d'hier et les anges blancs du jour, nous allons finir par croire aux forces du baptême. Je te regarde, les sentiments de fierté et d'appartenance me sont étrangers, et je suis fier de t'appartenir.

– Il n'y a plus qu'à parcourir le monde à rebrousse-poil.

D'où te vient-elle ? Cette phrase, je l'avais chuchotée au creux de ton oreille lors de tes heures sans conscience. Jamais avant je ne l'avais prononcée.

Nous sommes deux mois après le jour le plus noir de mon existence chanceuse. À la minute près. Et voici le plus heureux. À Christophe ou au docteur Gogo, il me faudra demander si nos cœurs sont conçus pour de si grands écarts.

En te voyant marcher, je me suis dit que l'essentiel était fait et que le reste allait suivre. C'est le tort de ceux pour qui la vie se résume à l'usage du corps.

J+74

Il reste tant de morceaux de toi à reconstruire mais voilà, tu peux désormais te déplacer. J'attends que tu sois d'humeur aérienne et je te dirai que tu fais un merveilleux chantier mobile.

Si tu avances quelques mètres en déambulateur, le reste du temps tu te déplaces encore en fauteuil. Dans la clinique et surtout dans La Tronche quand, le week-end, nous sortons boire un café. Dans ce coin plein d'hôpitaux, bien d'autres sont en réparation, les gens d'ici pourraient s'y être habitués. Pourtant, deux fois sur trois, ils font pareil : leurs yeux qui n'avaient rien à faire se fixent sur cette femme si jeune et pensent *la pauvre*. Puis, sur eux, cette moue de pitié qui compatit, tout en craignant la contagion. Quand je les fixe à mon tour, leur tête tourne d'un coup d'un cran comme celle des poules. Avant, nous étions comme les autres.

J+85

Ta maman et Jean-Luc ont quitté leur île et sont venus nous voir. Ta maman, on l'appelle Doune. Dans ta famille, les filles ont des surnoms, Nanette, Nine, Nève, Tortue, Kako et c'est très joli. Avec Doune, vous vous êtes tripotées comme on fait quand on sait mal dire qu'on s'aime. Nous sommes tous montés dans le van. Dans les yeux de Doune qui blaguent toujours, j'ai vu comme il lui aurait été insupportable de te perdre.

J+86

Dans les forêts de La Tronche, sur la crête du mont Rachais, il y a cet endroit où, à chaque fois que je vais y courir, je dépose six bouts de branche trouvés sur le parcours. Un pour toi, un pour Ïko, un pour Ubac, un pour Cordée, un pour Frison et un pour qui veut vivre. À y retourner sans cesse, c'est devenu un tas de bois conséquent. Ce matin, il avait été tout retourné, ses branchages éparpillés, la plupart disparus. Je pourrais me dire que c'est l'acte d'un homme méfiant et voulant qu'au bord du chemin tout soit rangé. Je préfère penser que c'est l'hermine venue se servir en matériau de construction avant l'hiver. Que mes pensées vers toi lui fournissent un abri est une idée plaisante.

J+98

Il y a du monde ce matin à la Maison.

C'est le début de l'hiver, les corps faiblissent et les chambres se remplissent.

Nathan, le futur diabétologue, a installé les sets de table en papier et le buffet du petit-déjeuner :

du pain, un thermos de café, un autre d'eau chaude, des rectangles de beurre avec un dessin de vache, des dosettes de confiture groseille ou abricot et un distributeur de céréales qui se coince aux premiers corns flake. J'aime quand c'est lui qui s'en charge car il le fait avec Popote, son Jack Russell de six kilos dont la présence en ces lieux est à demi tolérée, donc bénie. Son passage anime à grand bruit la pièce vide du matin, les sets, les tasses, les couteaux et les cuillères ne sont pas tout à fait alignés et c'est bien comme ça. Bientôt Popote devra retourner dans les étages et ne pas trop faire parler de lui, la chambre 25 est une de ses cachettes les plus sûres, dont son lit jumeau tout vide.

J'ai quasiment terminé mon thé quand une dame à la voix trébuchante pointe du doigt la chaise libre face à moi et me demande :

– Vous attendez quelqu'un ?

Spontanément, je dis non. D'un point de vue de la réalité physique des êtres, c'est la bonne réponse.

J'aurais pu dire oui tant je suis en attente de toi. En attente de nos pieds se frottant, en attente de nos rires se parlant, en attente de voir le même aigle, en attente d'être deux dans ce monde.

Mais en y pensant, je ne t'attends pas car nous sommes déjà ensemble et nous n'avons jamais cessé de l'être. Quand tu étais dans l'hélicoptère, j'étais là. Quand je me perds dans les bois, tu es là.

« Non, allez-y, madame, la place est libre », disait donc la vérité.

Que tu ne sois pas là ne me rend pas incapable. Il n'y a rien que l'un faisait et que l'autre délaissait, ces attributions de rôles, ces distinctions d'un autre âge. Savoir que tout s'échange et se répartit rend la vie facile. C'est ce partage qui me manque.

Je me sens seul. Les accompagnants sont seuls. Boire un café seul, dormir seul, se balader seul, tout ça ne vaut pas grand-chose. Je sais que chez certains, rien n'est plus populaire que jurer son bonheur d'être seul. Ils n'ont jamais essayé mais ils adorent, oubliant que les véritables solitudes sont subies, durables et sans écoute. Je sais qu'entre hommes accoudés au mess des prétentions, les mécaniques roulent mieux si l'on brame son ennui d'avec bobonne. Essayez l'autre voix. Attendez une troisième mi-temps, attendez que l'on frappe fort sur le zinc et dites comme votre femme vous manque. Tous les autres riront, si vous insistez, riront de vous. Toi, tu me manques. Et je t'attends. La vie m'enseigne qu'aimer, c'est surtout ça.

Cette grande difficulté à vivre sans toi, elle me saute à la gorge dans une situation surtout.

Pour les nouveautés.

Voir pour la première fois un jardin, un tableau ou l'ours brun, perd en fièvre si l'on est seul. Une bouche à demi bée, on dirait qu'elle bâille. Depuis que tu t'es écrasée dans les rochers, j'ai rencontré des êtres, des lieux, des parfums, sans toi. Tous valaient le détour mais sans le partage, on ne voit que ce qui nous manque, rien ne flatte le cœur. Nous pourrons y retourner mais c'est passé. Nous avons vu Séverine, elle a presque fermé sa boutique pour faire tenir ton fauteuil électrique, mais j'aurais tant aimé que nous entrions par hasard ensemble à la Grignetta. Quand tu le pourras, je t'emmènerai voir Grenoble depuis la Bastille quand le soleil chasse la brume, tu verras c'est beau, mais comme j'aurais aimé découvrir cette fête dans tes yeux. Tu sais, ces éclats synchrones, ce jeu des pupilles : je regarde, tu regardes, on se regarde, tu as vu ce que j'ai vu et on n'en revient pas tout à fait. Seul, on remarque plus mais il manque un reflet. Pour être heureux, il me suffit d'une chose : être avec toi. Ce n'est pas beaucoup mais c'est immense. Au point que je me demande s'il est bien raisonnable que la texture de sa propre vie dépende à ce point d'un autre que soi.

Sur ce point de remettre à plus tard les découvertes, je dispose de trois techniques. Soit je ne vais pas où on me dit d'aller voir comme c'est beau. Soit je ne lève pas trop la tête, les beautés sont partout.

Ce n'est pas refuser de vivre, c'est remettre. Soit je compte très fort sur le sort qui sauf un matin d'août a tout compris de notre histoire. L'autre soir, il a agi. David m'a pris par la main, m'a jeté dans le tramway et m'a emmené au Ciao a Te. Faire barrage à ma solitude, voilà son œuvre du moment et il y excelle. Tu vas voir ce que tu vas voir, il n'y a pas mieux comme resto italien, même Séverine le dit. C'était son cadeau et on ne refuse pas, au nom de l'amour, une autre de ses formes. À notre arrivée rue de la Paix, au 2, le patron nous a indiqué que c'était complet. David a dit « Fait chier » ou quelque chose comme ça du désabusement, j'étais triste pour lui qu'il ne puisse aller au bout de son attention et pour nous soulagé.

Quelquefois, j'ai peur de me tromper. Si j'acceptais mieux de vivre, peut-être te hâterais-tu de me rejoindre.

Quand je pars de ta clinique, c'est immédiat, cette solitude saute dans ton sac de linge sale et s'accroche à moi. Jusqu'alors, je ne l'avais jamais fuie. Je l'accueillais, il arrivait que je la cherche, elle m'offrait ses lectures honnêtes du monde dont celle de voir au fond de moi. Nous vivions en bon voisinage car nous pouvions nous quitter et nous retrouver. L'écriture par exemple, c'est cela, elle entre dans la vie de celles et ceux ayant une faiblesse intermittente pour la solitude. Mais cette fois-ci, elle s'est imposée brutalement et n'alterne avec rien. Surtout, ce n'est pas de la foule qu'elle m'arrache mais de toi.

Tu attends que je parte pour fermer ton volet. Avant cela, tu attends de me voir au parking, depuis peu tu parviens à te lever de ton fauteuil, tu te tiens au mur, tu entrouvres ta fenêtre de dix centimètres – c'est ce que tu peux faire de mieux à l'étage des êtres tentés de sauter –, tu glisses ton bras et tu me salues de la main.

C'est étrange ce à quoi d'être seul nous fait penser. Je me dis que tu es à la prison de la santé. Or tu n'as rien commis de mal.

Depuis quelques jours, à cette heure, il fait nuit. Sur le chemin du retour, on voit l'intérieur éclairé des maisons. On voit des familles, des couples, des tables mises, partout des plusieurs. Les gens à l'intérieur des maisons, on dirait toujours qu'ils sont heureux. Dans certains foyers, déjà un sapin clignote. Nous, chaque jour on se laisse et j'ai cette sensation qui se trompe d'être le seul homme seul.

J+111

C'est le 1er décembre. Parmi l'amoncellement de boîtes de chocolats, on t'a apporté un calendrier de l'Avent. Tu te plies au jeu. Première case : deux chocolats.

– C'est rare, deux, non ?

– C'est pour démarrer fort.

Un pour toi, un pour moi. Sur le papier du mien, on dirait un dessin de fleur, naïf et sans message. Sur le tien, le dessin d'un être qui chute et cette phrase : « *Be proud of who you are.* » Jusqu'au plus commercial des objets, on voudrait que tu n'oublies pas la grande dame que tu es.

J+119

L'assurance est venue te voir. C'est un être humain. Il s'appelle monsieur Bacquié. Il t'a donné sa carte de visite avec son numéro, un vrai qui commence par 06. Il s'est assis à côté de ton lit, a ouvert son attaché-case qu'il a gardé sur ses genoux, en a sorti un bloc papier orange et un stylo bleu.

Son regard te disait que tu avais eu un accident grave, très grave mais qu'il en arrivait chaque jour. Il ne minimisait rien, il te remettait dans la vie.

– De quoi avez-vous besoin, madame Sapin-Defour ?

Je crois que c'est de cette question que tu avais besoin. Il t'a dit qu'il pouvait s'agir aujourd'hui d'argent et, dans plusieurs mois, d'un chausse-pied ou d'une brosse de douche. Et que de retour à

Beaufort, s'il le fallait, tu pourrais bénéficier d'une femme de ménage une fois par semaine. Tu m'as regardé et tu as dit : « Non merci. »

Monsieur Bacquié est resté deux heures. Il sera à la retraite dans un an mais d'ici là il viendra te voir avec son successeur pour faire la transition. Je ne sais pas s'il faut s'en réjouir mais que tu aies affaire à une personne et pas à une plateforme, comme toutes les scènes désuètes, je la trouvais réconfortante.

En le regardant, je pensais à la Renault 9 rouge de mes parents, l'autocollant MAIF collé sur le pare-brise arrière et aux luttes sociales de mes grands-parents dont monsieur Bacquié est l'héritier.

Et moi, hormis moi-même, pour qui je me bats ?

J+123

On m'avait donné rendez-vous à l'hôtel Le Littré à 10 heures. J'ai pris le train de 5 h 47 à Grenoble. Puis la ligne 14 puis la ligne 4. Arrêt Vavin. Mes éditeurs m'avaient dit que je passerais à 11 h 10 avec les représentants. Nous avons discuté un gros quart d'heure du livre à venir, il sort le 29 mars, j'ai répondu à quelques questions et reçu quelques enthousiasmes. Nous sommes allés déjeuner à la Table des Copains. Champagne, plat, dessert.

C'était très agréable. De retrouver le temps social, ces horaires dictés par ce que l'on a à faire et à y gagner. Ce temps contraint, bizarrement, me libérait. Ce temps pressé m'apaisait. Et je n'étais pas réduit à ton accident puisque, hormis deux ou trois personnes dans la confidence, aucun ne savait. Je faisais si semblant qu'à certaines minutes je crois avoir oublié.

À 14 h 30, tous sont retournés à l'hôtel pour d'autres présentations de livres. Je pensais être pris plus longuement, mon retour était programmé à 18 h 14. J'allais pouvoir flâner dans Paris. J'ai regardé ma montre, en courant vite et bien je pouvais attraper le train de 15 h 14 et te retrouver à la clinique avant la fin des visites.

Depuis ta chute, ce 13 décembre devait être le premier jour sans nous voir. C'est raté.

J+125

Depuis trois mois que tu es au Grésivaudan, tu es la reine du troc. Tu récupères des objets qu'on t'attribue. Un fauteuil électrique. Un fauteuil manuel. Un bassin. Une blouse. Des cannes anglaises. Une planche de transfert. Tu t'en sers le temps qu'il faut et tu les échanges contre d'autres. Une chemise. Une brosse à dents. Une fourchette. De simples chaussures. À chaque troc, tes acquisitions sont de plus en plus légères. C'est en somme l'histoire du progrès que tu nous récites. Parfois tu vois passer une de tes anciennes choses, utilisée par un autre, tu reconnais une étiquette, une couleur ou une paire dépareillée. Tu souris sans nostalgie et tu souhaites à son nouveau détenteur de s'en passer aussi vite.

De la chimie, tu t'allèges aussi. De quatorze comprimés le soir, tu es descendue à quatre. À chaque délestage, tu souffres davantage car cette pilule devait bien servir à quelque chose, et tu continues.

Dans cette cure d'allègement, ton corps obéit à la dynamique inverse et c'est ce qu'il faut. Tu manges sérieusement. Ta tante Nine t'envoie des colis comme au soldat, à l'intérieur du saucisson, de la confiture d'oranges amères et des bichons de chez Guerpillon ; de ceux-là, j'attends que tu te lasses pour croquer dedans mais à ce jour, ton appétit emporte tout. Ton corps retend sa peau, tes muscles se réveillent ; tu vas te peser en marchant, tu en reviens avec les félicitations de Vanessa l'aide-soignante. Quand nous en serons à classer gaiement les bizarreries de cette période, nous nous souviendrons que grossir d'un kilo peut déclencher la liesse.

Ton moral est plutôt bon. Tout dépend du rétroviseur. Quand je te vois refaire, pour moi, ce ne sont que des embellies. Pour toi, c'est changeant. Refaire ce dont tu étais incapable il y a un mois te remplit de bonheur. Mais trois mois plus tôt, tu le faisais mieux et sans mal. Seule toi disposes de ce double rétroviseur à caravane et selon ton entrain, tu jettes un œil sur l'un ou l'autre des miroirs. Mais parce qu'en tombant du ciel, tu as tenu fort contre toi ta joie de vivre, en priorité tu vises la partie réduisant l'angle mort.

Ta joie t'appartient. Ta joie d'avant pouvait passer pour un accessoire attendu des vies gâtées et de ceux habitués à l'être. Or elle persiste, elle résiste aux brisures du corps et à l'endormissement d'un tas de rêves. C'est que la joie n'était pas dans ta vie, dans ton chalet joli, dans tes prouesses sportives ou ton cercle d'amis mais elle vivait en toi sans se soucier du dehors. Ta joie de vivre n'a rien à voir avec les raisons qu'on imagine. On peut empiler tous les chiffres qu'on veut, c'est après la virgule qu'elle se joue, là où on dit *et des poussières*. Et cela, on ne l'apprend qu'aux grands tris.

Mais tout n'est pas rose. Tu es à plat comme un enfant en pleine croissance mais ne disposant pas du magma d'énergie que la vie offre une fois et pas une de plus. Des douleurs crurales t'arrachent chaque jour des larmes, tu perds l'équilibre, tu angoisses de retomber, l'insensibilité de ta peau t'expose à des blessures, à des brûlures. Tu voudrais dans un même élan plus et moins ressentir. À chaque progrès réalisé, tu accèdes à de nouveaux objectifs et leurs nouvelles difficultés : marcher avec un déambulateur, te réjouir de passer aux béquilles et de nouveau t'efforcer. Tu voudrais de la stabilité, en même temps que tu crains ce jour où tu stagneras. Mais tu t'accroches, comme ce sourire le plus souvent sur ton visage, et tu ne cèdes pas un pouce de terrain à l'impossibilité de vivre.

Ta conscience du monde, du temps passé et à venir, et de ta place parmi eux revient par bribes et pour l'instant dans un ordre protecteur. Tu prends note que tes efforts payent, que tout ne vient pas d'ailleurs et l'essentiel de toi. À ce jour, ton esprit retient moins les pertes que les gains et même si elle est involontaire, cette façon de mesurer la vie te porte. Les soignants te disent comme tes progrès sont spectaculaires, les plus jeunes disent « C'est ouf » et ça te fortifie. Par fierté non. Par satisfaction retrouvée de pouvoir agir sur le déroulement de ta vie. Alors oui, parfois mais pas trop, des bulles de lucidité se mêlent aux sanglots qu'elles provoquent : tu ne trouves pas tes mots, tu te souviens mal, serviras-tu encore à quelque chose et regarde à cause de moi comme la vie s'est appauvrie. Dire *Ce n'est pas grave* serait la pire de mes réponses. Je te dis tes progrès autant que tes lacunes, que tu avances à grands pas et que le cerveau suivra. Dans leur poussée, les neurones sont plus timides que les muscles. C'est le docteur Gogo qui nous l'explique avec ce ton bien à lui, à la fois distant et précis, doux mais n'épargnant aucune vérité et ponctué comme des virgules par des petits éclats de rire rappelant à qui l'aurait oublié que la vie se prolonge. Quand il te félicite pour une de tes avancées, tu attends qu'il sorte de la 117 et, contractant tes quadriceps comme une haltérophile, tu chuchotes fort « go go gadget-aux-jambes ». Je chante en moi : *Mathilde est revenue*. Voilà de quoi nous nous contentons.

Au milieu de ces semaines qui passent et comme pour valider tes améliorations, nous retournons régulièrement au CHU.

Je t'accompagne dans l'ambulance. Les mêmes qui te transféraient de brancard à lit comme une statue d'émeraude puis installaient la rampe pour ton fauteuil t'ouvrent désormais la portière. La vie s'allège jusqu'à la cylindrée du carrosse. Certains se demandent si c'est bien toi. Tu leur montres ton bracelet d'hospitalisée, cette identité qui ne te quitte plus depuis août.

Au CHU, il s'agit de revoir le neurochirurgien pour faire le point sur ta moelle et les hypodensités de ton cerveau, l'ORL pour ces acouphènes qui pourrissent tes silences, le chirurgien orthopédique pour l'évolution de tes fractures, dont ton bras gauche douloureux et difforme. Et un tas d'autres spécialistes puisque tout ton corps, dur et mou, a été lésé. Et pour les traumas de l'âme, ce vent dans soi, des psys.

Les ambulanciers font ton entrée et nous laissent ensuite libres dans l'hôpital. C'est un bonheur d'un autre temps, nous marchons ensemble dans les couloirs, nous prenons l'ascenseur et si le temps nous le permet, un café au Relais H. Les renaissances ne se jouent pas en des lieux prestigieux, quoique si car par elles ils le deviennent.

Mais là s'arrête notre ressenti commun. Pour le reste, nous vivons des expériences contraires.

Pour toi, la balade serait presque plaisante. Te voilà sortie de ton planning quotidien, tu découvres et tu redécouvres l'hôpital, tu marches, les examens sont le plus souvent prometteurs, les paroles élogieuses, et il n'y a pour l'instant pas de grande décision à prendre. Notamment celle d'être de nouveau opérée.

De mon côté, ce n'est pas tout à fait loin de la terreur. Ici le stress du rapatriement, là celui de tes infatigables douleurs, ailleurs ce sera la hargne contre les deux malfaisantes. Chaque étage, chaque angle de mur, chaque odeur, chaque affiche est associé à une émotion vécue et plutôt sombre. Elle ressurgit dans la seconde, fidèle, précise, viscérale jusqu'au rythme de la respiration. J'aurais juré du plaisir à retourner dans des lieux graves armé désormais d'un peu plus de légèreté mais non. Les lieux aspirent notre émotion native, les effrois du premier contact, s'en tapissent et puissamment les recrachent à chacun de nos retours quoique nous nous tenions à distance d'eux, quoique la vie s'apaise, quoique nous feignions l'indifférence. La frayeur aussi a sa demi-vie. Cela cesse-t-il un jour ? Si les murs le veulent et à cette simple condition.

Toi, tu te balades ici librement. Tu pourrais aller boire une bière à la Malga sans vaciller. Car en ces lieux maudits, les prairies du ruisseau blanc ou les ascenseurs Chartreuse, tu es passée comme une fée. Et tu reviens là, à demi dormante. Tu pourrais revenir partout. Sauf si ton corps, lui qui sait tout, refuse.

La même histoire se joue quand le médecin t'examine puis prend la parole. J'ai tellement eu peur. Qu'on m'annonce ta mort. Qu'on te dise amorphe, assise ou muette pour toujours. Tu entres dans une pièce pour un audiogramme et je crains que tu n'en ressortes condamnée. J'ai tellement eu peur. Aujourd'hui, l'échographie de l'articulation distale de ton petit doigt produit le même effet. Celui d'attendre une réponse imposant à ta vie de prendre une direction. Celui d'être désarmé. Celui de l'annonce. Cette façon qu'il a d'ouvrir la porte, ce regard du médecin, cet *alors* liminaire, j'ai essoré ma capacité d'y faire face. La trouille se fiche du contexte et de l'échelle de Richter, elle monte d'un jet irraisonnable et secoue tout. Un jour, ces peurs se tasseront-elles ? Reviendront-elles à leur juste valeur ? Je vous en conjure car j'aurais perdu là ce qui fonde la raison fondamentale de vivre : ne pas craindre.

À la fin, c'est invariable. Le médecin nous dit de venir, nous nous asseyons, je te souris comme si, tu attends la nouvelle rassurante et moi l'effondrement. Et tu l'emportes. Il nous dit que tu reviens de loin, ces replis de la vie où ton corps est allé. Nous appelons les ambulanciers sur leur portable, nous nous retrouvons sur le parking du CHU et nous retournons à la clinique.

– Alors, ça s'est bien passé ?

Je te laisse répondre car après tout, c'est toi dont on parle.

Sur la route du retour, je me dis qu'en réalité, nous sommes dans ces couloirs moins étrangers que ce que je ressens.

Nous avons en commun, peu importent les causes, d'être un peu perdus. Toi d'avoir inondé le cerveau, moi d'avoir vidé le cœur.

Tu sais, l'hiver, à ski, ce jour blanc. Nous glissons, nous nous arrêtons. Nous essayons de voir où nous nous trouvons mais nous ne savons pas si nous montons ou si nous descendons, si nous sommes sur le sol ou dans le ciel.

Le risque alors est de se perdre, mais si nous nous perdons ensemble, quel est donc ce risque ?

J+128

On regarde la finale de la Coupe du monde de football dans la 117. France-Argentine. À chaque but, l'étage s'enflamme. Demain, les résidents parleront avec les soignants, avec les visiteurs, avec les ambulanciers d'un même événement. Pour revenir au monde, le récit commun n'a pas son pareil.

Les Français ont perdu. C'est dommage mais ce n'est pas grave.

Ce qui me soucie davantage, c'est l'utilisation mécanique de ces cinq mots. Pour toute déconvenue, de la plus futile à la plus dégradante, s'il ne s'agit pas de mourir, voilà ce qui sort du cœur puis de la bouche : ce n'est pas grave. Directement, sans plus passer par la pensée. Le plus souvent, comme pour cette affaire de tirs au but, ça va de soi. D'autres fois, il se joue des pertes plus profondes, la vie est intègre mais elle est abîmée et toujours : ce n'est pas grave. Quand plus rien ne l'est, c'est un détachement tel qu'on dirait une débâcle.

Considérer que rien n'est grave dès lors que la vie se poursuit, se tient-on là du côté de la sagesse ou de la reddition, je ne suis pas de taille pour répondre. Et ces cinq mots venus de Pavlov me semblent justement à nos côtés pour ne pas que nous nous la posions.

J+131

Ce soir, en sortant de la clinique, je suis allé voir la montée du Père Dumas, à Corenc. Hier, pour ta séance de sport adapté avec Anne, tu as monté les trois cent quarante-huit marches de cet escalier de ville. « Sans me tenir à la rambarde ! » J'en ai compté trois cent quarante-sept, j'ai dû oublier la première. Puis j'ai fait une pause au camion avant d'entrer dans la Maison. Il est mon reposoir. Je m'y suis allongé et j'ai écouté la compilation que j'écoutais chaque matin à Bolzano. Maalouf, The Offspring, Kate Bush et quelques autres. Dans nos boîtes à musique s'entassent des titres par milliers, mais quand le sol se dérobe, c'est une poignée de refrains fidèles que nous appelons à l'aide. Immédiatement, leur écoute m'a transporté là-bas, à Bolzano. Replonger dans l'état de tes premières heures, de tes premiers jours. Source inépuisable de tristesse. Source inépuisable d'allégresse. Mais je ne sais jamais à l'avance dans laquelle je vais plonger.

J
14 h 31

Existe-t-il un lien entre la proximité de la fin et le retour dans le passé ? Un frottement indécis à entendre. J'ai très peur de cela, mon esprit ne me sert que des souvenirs d'enfance et à chacun d'eux je rembobine ma vie d'un cran. Trente ans, vingt ans, quinze ans… Là, je n'ai que lui comme image, ce grand type en costume beige remontant de la crique de l'épave, le regard perdu, hurlant « *Aiuto* », prêt à tout léguer pour que la vie d'un autre s'allonge. *Le Grand Bleu*, j'ai treize ans, je cherche Enzo, le mien d'Enzo, dans les couloirs gris de l'hôpital, quand surgira-t-il pour me donner de l'air ? Si je recule encore, la Saint-Nicolas ou le vélo à roulettes rue du Fayt, que restera-t-il de toi ? Plus mes naissances m'appellent, plus la mort t'approche. Freiner d'urgence et m'opposer au passé, voilà le premier mouvement à entreprendre. Ou, quitte à remonter, pousser jusqu'à cet âge où l'éternité ne faisait aucun doute.

Le type de la Croix-Rouge semble plus désolé qu'il y a une heure, ses paupières et sa voix sont descendues. En prêtre, il serait parfait. Encore de l'eau, encore du sucre, encore sa main sur mon épaule. Le prochain qui me touche… Je me remets à mesurer ; les cloisons du bureau sont les mêmes, la photo du lac est la même et moi, je ne fais que baisser. Il me dit qu'exceptionnellement, compte tenu de la situation, je vais pouvoir te voir. Je n'ai rien vu venir, il me dit ça comme ça, cette annonce me foudroie. Deux fois. Je vais te voir, peut-être te toucher la main, te dire des mots. Ça, c'est la foudre joyeuse. Mais il y a l'autre, leur charité funeste, le monde t'ondoie et te libère. Alors je retombe. Le choc électrique sur votre cœur, le geste ultime, c'est cela, *bam* votre corps se raidit d'espoir, *bam* il s'affaisse d'avoir cru.

Il me précise qu'avant d'aller te voir, « un officiel » va me rencontrer pour que je puisse récupérer tes papiers. Qu'est-ce que cette histoire vient faire là ? Ta vie se joue en minutes et nous allons perdre ce temps ? Ce gars des bureaux entre, il a la tête de ceux qui font signer des feuilles A4 et les tamponnent avec une négligence automatique, il a une voix d'expert-comptable terrible de monotonie ; je vais adorer le détester, il en faut aussi, de la colère, pour tenir, il paiera pour les autres : le vent, l'Italie et ceux restés vivants.

À la main, comme il irait aux poubelles, il porte un sac plastique transparent. Je m'attends si peu à cette vision que je ne le vois pas d'emblée.

À l'intérieur, tes affaires. Ton casque. Ton bandeau. Ton pantalon déchiré. Tes chaussures délacées. Ta veste découpée. Sachez-le : un jour, les vêtements que l'on sèche au soleil et qui accrochent les pollens deviennent des habits de mort qu'il faudra brûler au risque de se consumer soi-même. Partout du sang, au moins un litre déjà séché et passé à autre chose, t'en reste-t-il assez ?

Il pose à mes pieds tout ce qu'il reste de toi. Face à ce que représentent ces tissus, il devrait s'incliner et il te néglige. Il m'aurait exhibé ta tête au bout d'un pic, ça n'aurait pas été moins cruel. Il est ces instants rares où une partie de nous vit d'une manière absolue ce qu'il vit, jusqu'au tremblement des viscères, et l'autre se détache, observe et n'est pas tout à fait persuadée que tout cela soit réel. Ces affaires, tu les avais préparées hier, c'est ta façon de gagner deux minutes de sommeil. Comment peut-on imposer ce tableau ? Un jour, un décideur a considéré qu'un sac transparent était la meilleure idée pour contenir les reliques souillées. À côtoyer chaque jour la mort, n'ont-ils plus conscience de la violence de ce geste et de ce que signifie être en vie ? Pensent-ils que je suis devenu insensible à ce point ? Ou est-ce un protocole validé par une cohorte de psychologues pour faire entrer celui qui reste dans le deuil ? Dans cet horrible sac, je reconnais ta petite trousse à pharmacie. Du Doliprane, de l'arnica et des pansements. « On ne sait jamais. »

Cet homme gris me dit de le suivre, je dois signer des documents pour récupérer ton téléphone et tes papiers. Quel drôle de monde. Pour retrouver ce qui te couvrait la peau et coulait dans tes veines, on me jette un sac aux chevilles mais pour une chose et un autre bidule, il faut soigner la délivrance. C'est donc cela, l'identité d'un être, une fiche perforée parmi d'autres.

J'ai oublié de remercier le type de la Croix-Rouge, ses mots et ses yeux étaient gentils. Sur l'instant, tout à notre désolation, on ne l'accueille pas à sa juste valeur, on a même perdu les outils pour la détecter mais la gentillesse nous tient à bout de bras. En chemin, le monsieur des autorisations croise une infirmière ; elle sait. Elle lui redit que je peux te rendre visite, que c'est important de le faire. Je comprends l'italien juste ce qu'il ne faut pas. J'erre dans des couloirs, des bureaux, j'entends rire, je trépigne, je fulmine, la photocopieuse ne fonctionne pas, j'ai très chaud. Puis il n'y a plus de papier. Puis ce n'est pas le bon format. D'habitude, ces choses-là, je m'en moque, je me désole du temps qu'on leur accorde mais je ne m'agace pas, ça n'en vaut pas la peine, les gens qui s'énervent m'énervent.

Le papier sort enfin, je signe. On me parle comme si je m'inscrivais sur les listes électorales mais après tout, comment pour ces personnes faire autrement que se tenir à l'écart des drames ; s'ils devaient écoper chacun d'eux, ils pourriraient du dedans. En échange du paraphe, j'ai ton téléphone, intact et allumé, je vérifie : tu n'as pas essayé de m'appeler. Je ne sais pas si ça me soulage, il y a tellement que je ne sais pas. Tes papiers, ta carte de santé européenne, cette précaution pour laquelle j'avais un peu trop ri. Et ton collier de Nafplio, coupé et que je m'empresse de mettre autour de mon poignet. Je le serre fort pour qu'il colle à mon pouls.

Nous allons nous voir.

Je mémorise le chemin, les étages, les couloirs, les autocollants de pieds au sol, le sens de circulation hérité du Covid, l'axe du soleil à cette heure, les noms de services, de docteurs. Si je retourne te voir, je saurai par où passer, je ne perdrai aucun temps. Une porte battante automatique. Elle s'ouvre, vite puis lentement, et vient claquer sur une ventouse, ça fait un bruit d'usine. *Terapia intensiva.* Avant la deuxième, on tourne à droite, cinq mètres et à gauche. On accède à un couloir d'une vingtaine de mètres. Ma première fois dans ce couloir. La mort a une odeur. Rien sur les dix premiers mètres sauf des fenêtres qu'on ne peut pas ouvrir, d'où j'aperçois notre camion, et des affiches que je connaîtrai bientôt par cœur. Du lino gris au sol qui colle à chaque semelle. Trois sièges au fond, c'est peu, ici personne ne s'assoit, on marche, on crève. Au fond, une porte pleine ne s'ouvrant que de l'intérieur. L'homme frappe, la porte s'ouvre, je me dresse pour tenter de t'apercevoir.

– *Il marito della donna francese.*

Une dame, c'est une infirmière, sort dans le couloir, le type part et me salue, ce soir à sa femme il dira que sa journée a été comme d'habitude. L'infirmière me prend par le bras comme on le fait des enfants tristes, m'emmène un peu plus loin, me dit qu'elle s'appelle Francesca, qu'elle est infirmière. Elle chuchote, comme si les mots bas faisaient moins mal.

– *La situazione è drammatica...*

Je n'entends pas la suite. Elle me fixe de ses yeux doux. Si l'on s'en sort, je promets de ne plus user de ce regard ; pour qui la reçoit, la bonté automatique est un poignard. Cette voûte du corps, ces fins de phrases à plus petite voix que le début, ce visage manifestant la défaite et nous, ne souhaitant qu'être rehaussés. Je vous en conjure, humains heureux, ne vous enfouissez pas avec nous, creusez jusqu'à notre sous-sol si cela vous chante mais ramenez-nous à l'air libre. Elle me dit de patienter. Je marche, je marche, si je m'arrête, je passe à travers le sol.

Ce soir, nous avions réservé au Schönberg, pour deux, la table près du bar, les pâtes aux poires te tentaient mais tu aurais fini par prendre une quatre fromages : « Les pâtes, on peut les faire à la maison, non ? » Pour demain aussi, nous avions des projets, dont celui prodigieux de ne rien faire. Et voilà où nous en sommes. La vie n'est plus la même qu'hier. C'est comme ça tous les jours mais cette fois-ci, c'est un peu trop. Qu'aurions-nous fait d'autre si nous avions su ? Jusqu'à présent, les malheurs en montagne nous avaient frôlés, ceux des copains nous avaient saisis, là nous nous noyons, c'est notre tour. Nous voilà de véritables aventuriers, nous tenons notre drame. Je teste chaque fenêtre, s'ils ont oublié d'en verrouiller une, je me souviendrai d'elle sans faute.

La porte s'ouvre à nouveau. Une autre dame me demande mes documents de vaccination contre le Covid, je les ai dans mon portefeuille, quelle fée les a mis là ? Charlotte, masque, surchaussures et j'entre dans cette pièce. Je découvre une quinzaine de lits, parallèles, entre chacun des paravents. Sur chaque lit, un être vivant, un drap sur le corps, le visage pas encore couvert mais sur lequel rôde la mort ; survivre ici tient dans un demi-mètre de tissu. C'est une pièce silencieuse et pleine de bips. Les soignants ne font pas cas de mon entrée, ils passent leurs journées au milieu des alarmes et ne s'alarment de rien. Certains malades – on dit comme ça ? – ont deux monitorings, d'autres plus, le nombre d'écrans semble dire le sérieux. Tous ont un tas de tuyaux qui rentrent ou sortent d'eux, ils sont des pieuvres, rêvons qu'ils soient pourvus de trois cœurs. Leur restant de corps est branché à une machinerie pneumatique qui fournit, élimine, compense, maintient, supplée et préserve. Une gare de triage avant la mort, voilà l'effet immédiat que cela me fait. Qui des quinze va sortir, va y rester ? Est-ce à ce moment de la vie qui s'effiloche que l'on paie ses fautes, que l'on est couronné de ses grandeurs ou la force suprême n'est-elle finalement qu'une affaire de saturation d'oxygène et de taux d'urée ? On a souvent dit de toi que tu étais de bonne constitution, voilà le moment d'en faire usage.

Toi, tu es vers la gauche. Le quatrième lit en partant du mur. Tu aurais pu choisir, tu te serais mise ailleurs, au bout, tout près des bords de fuite.

Tu as quatre écrans rien que pour toi, des tubes d'air, de sang et de substances, un gros tuyau dans la bouche et plus de matériel que les autres. Tu es la plus équipée et celle qu'on surveille sans pause. Tu bipes fort. Des sparadraps tiennent tes yeux fermés. Je ne sais pas si tu es dans le coma toute seule ou si on t'y a placée.

« Bijou, bijou », Bashung est entré avec moi. *Te réveille pas surtout, le temps ça pourrit tout, y a des feux rouges partout.*

Ton crâne est enrubanné. Tu n'as pas le teint des autres allongés, tu as bonne mine, ma petite bohémienne, on dirait la jonquille au beau milieu d'une ronceraie. Je m'attendais à te voir défigurée et soudain devenue pâle mais la peau parle plus volontiers du passé. Sous le drap blanc, ton corps n'est que charpie mais ton visage est intact. C'est une politesse du vent et des rochers de ne pas avoir touché à ses traits fins. Quand on jouait pour de faux à la bagarre, dans le joyeux désordre et les coups les plus bas ne s'immisçait qu'une règle : pas la tête.

Je m'approche de toi comme pour un premier rendez-vous quand tout de la vie me suggère qu'il pourrait s'agir du dernier.

J+138

Aujourd'hui, dans les couloirs, tu es tombée. Sans conséquence mais tu es tombée et, de ta hauteur ou du ciel, dans des rochers ou dans la mousse, tu ne veux plus tomber.

Ça t'a fait pleurer de peur. Comme un tendre héros de série B, j'ai juré de ne jamais plus te laisser tomber. Je me suis trouvé idiot mais tu as relevé le niveau :

– Tu sais, depuis l'accident, j'ai l'impression que je vis loin du sol.

J+141

Avec Christophe, nous nous sommes retrouvés au Café de France. C'est un rendez-vous régulier. Nous faisons le point. Quand je lui demande comment il va, il s'arrange toujours pour que je lui parle de nous, il est expert en renversement. Dans ce sens, c'est rare.

Il a pris le plat du jour et moi l'assiette végétarienne. Élevé au confit, je le soupçonne de ne pas comprendre que je me nourrisse comme un canard.

Avant que l'on ne se quitte, il a dit une chose qui est restée en moi. Il aime faire ça, l'air de dire au revoir, il m'accroche une pensée durable dans les cheveux et il tourne le dos.

– Tu sais, plutôt que de se focaliser sur ce qui est encore perfectible chez Mathilde, on peut aussi penser à tout ce qu'elle n'a pas eu.

– Comme ?

– La mort. La végétation. La paraplégie. La méningite. L'incontinence. Le Covid et les visites interdites…

Je n'avais jamais pensé la vie par la liste des évitements. J'aurais trop craint de les défier. Mais tentons cette vision renversée. Après tout, si je me souviens bien, le produit de deux négatifs est toujours positif.

J+150

Dès les heures italiennes, on m'a posé la question :

– C'est bien votre femme qui est là ?

Les premières fois, je ne comprenais pas. Tu combattais à ce point en faveur de la vie et il me fallait te reconnaître comme on irait à la morgue. Pour fuir, je disais oui.

Plus tard au CHU, encore à la clinique, on m'a demandé si je t'avais retrouvée. On me parlait de toi comme d'une voiture et de ce qui, en elle, était ou non d'origine.

Cyrielle fut la première à mettre des mots sur leurs craintes ; venant juste d'apprendre, les internes expliquent mieux et ne sont pas lassés de le faire.

Elle m'a dit syndrome frontal. Notamment après un choc, le cerveau souffre et dérègle l'être qui l'héberge. Ça se traduit de mille façons. Par un tas de mots rares et leur *a* privatif : aboulie, apathie, anosognosie… Ou par de l'excès : impulsivité, moria, hyperémotivité… Il n'y a pas de lien entre avant et après : des doux deviennent durs, des secs se mettent à aimer, des généreux se replient. Celui qui change ne le sait pas mais pour les autres autour, c'est souvent trop. Rarement la vie s'embellit. L'être médian qu'on a connu s'est éclipsé. L'idée qu'un individu ne soit plus tempéré est séduisante car on en crève, d'être tiède, mais les médecins, eux, le savent : à vivre tous les jours, les trop-pleins et les vides deviennent invivables et cette charmante évaporation de l'être familier fait céder jusqu'au plus aimant. Quelques mois auparavant, on priait tous les dieux pour ne pas le perdre. Il est revenu mais il nous manque. C'est une disparition à retardement et, pour survivre, on se dit que c'est un autre qu'on quitte.

Dans nos premiers échanges, Christophe voyait que j'étais obnubilé par ta mécanique. Il y avait toi et tes jambes, je ne songeais qu'à ta marche. Il ne s'y opposait pas, il me parlait de muscles, de tonus, de puissance et de souplesse. Il me laissait penser qu'une vie n'était qu'affaire de poulies. Mais, l'air de rien, il m'évoquait l'histoire d'un autre, marchant à nouveau, courant, volant même mais dont les sautes d'humeur et le langage asséché l'avaient figé, l'obligeant à fuir le monde, obligeant le monde à le fuir. Il me le faisait de sa voix douce qui sans le dire vous persuade. D'autres fois, il me parlait du cerveau comme de la Terre, de ce que l'on sait de ses territoires, des ressources de chacun d'eux et des conséquences d'un séisme dans telle zone ou d'une inondation dans telle autre. Aujourd'hui, tu t'assois, tu te lèves, tu marches et tu accélères. Et moi je lève les yeux, concevant désormais qu'il se tient là-haut, posée sur le corps : une tête. Pour me parler de tes variations, Christophe invite Verlaine et me parle d'une Mathilde qui pourrait me sembler ni tout à fait une autre ni tout à fait elle. C'est plus joli que syndrome frontal. Sûr de moi, je lui dis que c'est avec la monotonie que je suis fâché, pas avec le changement, et que je te suivrai quoique tu varies. Des promesses de candide, il en a vu passer.

L'attention des soignants aussi s'est centrée sur ton cerveau. Ton planning en témoigne, l'orthophoniste et la neuropsychologue ne te lâchent plus. On veille à d'autres de tes déséquilibres. À cet égard, le corps est plus honnête. Il donne des indices et l'homme dispose d'outils mesurant des centimètres, des kilojoules et d'autres progrès objectifs. Le cerveau est plus secret, il avance ou stagne à sa guise et masqué. On peut compter le nombre de fruits ou de fleurs dits en une minute, les centilitres de larmes et les heures de sommeil, mais c'est à peu près tout. Comment à la fois chérir les mystères de l'âme et regretter qu'on ne puisse relever chaque jour sa température ? Pourtant, c'est bien cette brume qui fait et défait la nature d'un être et le rend plus ou moins accordable.

Pour en revenir à leur satanée question, oui, c'est bien toi.

Dès la première minute, j'ai su que c'était toi. S'il s'était agi d'une autre, effrayé, je n'aurais pas pu leur mentir, j'aurais hurlé *Où est-elle* et j'aurais tout renversé pour te retrouver.

On ne parle pas de ce que les médecins nomment le cognitif : la fluence verbale, la fatigabilité, la mémoire, ancienne ou immédiate, la détermination spatiale, la capacité d'organisation. Ça, ce sont des mathématiques, leur désordre va jusqu'à pourrir la vie mais leur reconquête se conçoit. On parle de ce qu'on nomme le caractère, la personnalité, cette identité vague mais disant précisément de qui il s'agit.

Quand tu as ouvert les yeux, j'ai vu dedans. Tes premiers mots, je les ai entendus. Elle était là, ton ossature, cet alliage indéfinissable que je reconnaîtrais parmi la foule. Pour chaque individu que nous connaissons, il y a comme cela quatre, cinq mots qui nous viennent et, s'assemblant dans un ordre précis, font que c'est lui. Autour, l'habillage varie mais cette essence, c'est lui, rien que lui, ces grains de beauté au bas du cou. Toi, dès les premières lueurs, j'ai revu ta douceur, comme tu envisages les autres, ton horreur du mensonge, ta fascination pour la nature et ton envie de joie, tressées comme avant et qu'aucun orfèvre ne pourrait reproduire. Je t'ai reconnue, aucun doute, les pierriers de Henne ne t'avaient pas changée. Ta bonté aussi, je l'ai retrouvée, et la voir m'a dit comme tu étais vivante, car la bonté n'est jamais une reddition.

Aujourd'hui encore, je leur dirais oui. Tu es là. Mais je vois des ombres désormais. Comment les nommer ? Des humeurs, des démesures, des abandons, des troubles, des tris. Ces ombres passent, te changent un instant puis disparaissent. Si elles restent trop, il m'arrive de ne pas me souvenir de toi. Depuis le 12 août, si c'est bien toi, tu oscilles davantage. Tu t'exclames, tu t'emportes, tu t'effondres, parfois tu agresses. Tu explores le voisinage de toi-même. Pour l'instant, tu reviens. En toi vivent des Mathilde. Une qui me manque, une que j'admire, une qui m'effraie, une que j'aime, une que je découvre, une que je retrouve. Si j'ai besoin que tu t'unisses, je n'ai pas peur car, malgré ces estompes, ton essentiel est là et il domine. Je t'attendrai le temps qu'il faut.

La perte la plus féroce avec laquelle cohabiter est ton manque de confiance. C'est une infirmité dégueulasse. Qui t'a mis dans la tête que tu avais commis une faute en tombant du ciel, et que pour elle tu serais condamnée à tout mal faire. Cet après-midi, comme tu me l'avais demandé, j'ai apporté des cookies de chez Del Vecchio pour que tu les offres aux soignants. Jusque-là, c'est toi. Dix fois, tu es revenue à la 117 pour me demander comment faire : je les pose sur leur bureau, je leur donne à tous, à chacun, je leur dis merci, comment vont-ils le prendre, vont-ils penser que je réclame un traitement de faveur ? Toi qui tenais notre monde, tu vacilles au moindre geste. Ce week-end, temps de permission, au bar La Renaissance – qui croira que nous sommes entrés là sans connaître le nom de ce bistrot ? – tu as voulu régler les cafés. Tu m'as demandé comment il fallait faire. Payer avant, après, saura-t-il combien ça fait ou dois-je lui dire le chiffre ? Une grande partie de ma vie, je t'ai vue combattre les grands doutes et les terrasser. Voilà qu'un café te noie. Tu t'es approchée du bar comme d'un tribunal. Ta vulnérabilité te faisait belle mais j'ai pleuré de l'intérieur.

Il n'y a pas que des pertes. Il y a ces gains merveilleux à voir et dans lesquels s'engouffrer.

Quand tu as bu ta première bière au Katana et que la serveuse est venue prendre la commande du déjeuner, ce n'était pas le moment de choisir, tu lui as demandé gentiment de prendre cinq minutes afin de considérer une à une les gorgées. S'il vous plaît, madame. Chaque chose en son temps et ne laissons rien ni personne nous en dépouiller. Avant, tu remuais davantage passé et futur, tu mélangeais ces lointains, tu enlevais ta veste tout en marchant, tu te lavais les dents en fermant les volets et désormais émerge en toi cette vive lenteur ne s'adonnant qu'au présent. C'est très bon pour le cœur. Le tien et son satellite.

Quand nous nous retrouvons à plusieurs dans ta 117 et que la gaieté l'emporte, le bruit t'effraie, je te regarde t'isoler, je suis le seul à te voir faire. L'injonction à tenir un rang ne t'intéresse plus, tu te floutes, tu te délies ; tu le pourrais, tu disparaîtrais et tu mettrais à ta place quelqu'un qui te ressemble, personne ne le verrait, pourtant chacun te dévisage. Dans la rue, c'est un même retrait, sensible, vigilant, animal, tu es là mais pas entière. On dirait les biches revenues en ville pendant le Covid, on n'a d'elles que des images de silhouettes fuyantes. Passer inaperçue t'occupe à plein temps. J'entends Cabrel qui te connaît : *Ça s'voit que tu viens de chez les anges, t'es belle comme tout, ça s'voit que nos manières te dérangent et ces lumières partout.* L'absence, on en parle comme d'un symptôme, or c'est la vie qui abonde. Je te regarde vivre, je pressens que tu vas moins encore t'accommoder de la surface des choses et que tu trouveras refuge dans les calmes du dehors et dans la profondeur silencieuse d'une poignée d'êtres. L'absence, c'est joli. Si ton salut est la forêt, je serai un homme heureux, je suivrai ta fugue sans faire de bruit. Les spécialistes diront que nous prenons nos distances, oubliant que s'éloigner, c'est se rapprocher d'ailleurs.

Mais le reste, la matrice, c'est toi, irréductiblement toi.

Si des plus gros bouts de toi s'étaient décrochés, qu'aurais-je fait ? Qu'est-ce qui fait un être dissemblable et moins aimable ? Qu'est-ce qui garnit ou enlaidit une personne ? Où se trouve la frontière au-delà de laquelle tu deviens trop étrange ? Je n'ai que des questions car, à ce jour, je n'ai pas à me les poser. Et si tu te mettais à haïr la montagne ? Et si tu devenais cupide ? Et si tu t'entichais de l'extrême droite ? Et si tu voulais aimer plusieurs hommes à la fois ? Et si. Serais-je assez audacieux, honnête ou égoïste pour te quitter ?

Un jour, des docteurs avertis ouvriront la tête des humains et diront : « Il vous reste trente pour cent d'enthousiasme, votre bienveillance est descendue à douze, votre avarice est à quarante-neuf et la rancune à l'égard de votre belle-sœur à soixante-treize, que voulez-vous que l'on fasse ? »

D'ici là subsiste cette chose mystérieuse qui trie l'essentiel de l'accessoire et qui fait que je t'ai retrouvée.

J+157

J'ignore comment vient la folie. Si l'on naît avec ou si la vie la glisse en nous. Ça commence peut-être avec une image qui entre dans nos têtes, qui n'en ressort plus et qui expulse toutes les autres. Une image fixe, une photo. Ou plusieurs images qui s'animent, un tout petit métrage. Ces gens dans la rue qui secouent la tête en psalmodiant une langue, ils sont sans doute en train de négocier, ils les supplient de partir.

Il y en a deux qui rôdent autour de ma tête, elles entrent quand elles veulent, elles passent, pour l'instant ressortent, mais je suis sûr qu'elles cherchent un coin où se nicher. J'ai très peur qu'elles s'installent. Quand elles entrent, j'appelle des pensées joyeuses, les effaroucheuses qui foncent comme des faucons sur les indésirables, ça fonctionne plus ou moins. Nous en avons parlé avec la psychologue, je pensais que c'était rare, c'est très courant et ça ne s'appelle pas encore la folie. Par contre, dit-elle, il faut s'en méfier. Car la folie, comme la solitude ou la Sibérie, tant qu'on n'y a pas séjourné, on dit que c'est joli mais c'est austère.

Pour m'en débarrasser, je dois raconter ces deux images tout en fixant une baguette qu'elle tient, soit fixe soit virevoltante. C'est un exercice plus difficile qu'on ne le pense, ça ne se fait pas de parler à quelqu'un sans le regarder dans les yeux.

Je ne veux pas connaître les fondements scientifiques de cette méthode, il n'y aurait pas mieux pour en douter. J'ai compris que parler tout en roulant des yeux, ça rangeait les souvenirs traumatiques au bon endroit de ma demeure, un cagibi, loin des pièces de vie, fermé à double tour mais où, s'il le fallait, je pourrais me rendre.

Pour la première image, un petit film de dix secondes où je suis avec les secouristes sous l'arbre à attendre que ceux de l'hélicoptère nous disent si tu es morte, des promeneurs tranquilles autour, ça a marché dans la journée même. D'accord, ce n'était pas de la folie mais c'est un peu de la magie et cette dame à la baguette, une magicienne. Désormais, ce film, je peux le visionner quand je veux, à distance, et n'en retenir que ton attachement à vivre.

La deuxième, il a fallu batailler. Pourtant ce n'est qu'une photo. Tu es dans les rochers, ton corps désarticulé, les cailloux et l'herbe éclaboussés de ton sang, ta voile déchirée. Elle est un peu floue mais on distingue tes yeux qui n'attrapent rien. Tu ne bouges pas, c'est le principe d'une photo mais tu sembles plutôt morte. Il n'y a aucun son, c'est le principe de la photo ; les derniers bruits, ton crâne se brisant, viennent juste de passer. Il a fallu batailler car ce n'est pas un souvenir, mais un songe. Une vision. L'hélicoptère est arrivé avant qu'elle ne se réalise. Elle a sauté dans ma tête dès les premières foulées vers toi et ne m'a plus quitté. L'imagination est inarrêtable, rien ne lui dicte où se tenir. Plus on la juge extravagante, plus elle prend ses aises. Elle nous fait marquer l'essai à la dernière minute de la finale de la Coupe du monde de rugby, le stade entier se lève, ou elle tue violemment celle qu'on aime, la vie entière s'éteint. Elle est la plus têtue de toutes, on a beau lui dire qu'Antoine Dupont est là pour ça ou que tu es bien vivante puisque tu es en train de me sourire, elle poursuit. Ce qui n'a pas existé fait des obsessions vivaces.

Mais nous avons réussi, le film de l'arbre et la photo des rochers sont posés là, sur les planches poussiéreuses du cagibi, entre le vieux moulin Peugeot de Simone et les cerises à l'eau-de-vie. Un jour peut-être me demanderai-je où j'ai bien pu les ranger. Je t'interrogerai, tu n'en sauras pas davantage et nous ferons deux heureux petits vieux.

J+165

C'est l'heure de la sieste, tu t'es endormie. Je te regarde, je pourrais m'y livrer tout le jour. Il y a ces scènes, on surveille qu'elles ne s'enfuient pas.

Nous n'avons jamais vécu autant à l'intérieur, nous avons des peaux d'informaticiens.

Dehors, un groupe est assez bruyant, je jette un œil au parking, prêt à demander de faire moins fort. C'est ton voisin de la 118 et deux personnes, il a son premier cours de voiture aménagée. Par là, on te dit : *Jamais plus tu ne te dresseras*.

J+170

Dans tes cartes reçues aujourd'hui, il y a celle de Lola et Théo. Des mots de tes élèves, tu en reçois chaque semaine. Dire à sa prof d'EPS qu'elle manque n'est pas un exercice facile, la plupart, pour franchir le pas, se regroupent par classe et disent nous.

Tu te souviens de certains prénoms, de certains visages, d'autres sont restés dans les rochers du Haut-Adige.

Tu es arrivée au collège de Beaufort en 2011. En sixième, les élèves t'appellent madame, en troisième Mathilde. Entre, ils jouent dehors, apprennent et s'emplissent de mille raisons de croire en eux. Quand je suis arrivé dans ce même collège, j'étais le mari de et ça m'allait très bien. Si j'avais eu des enfants, j'aurais été heureux qu'ils t'aient en cours. Ils t'auraient eue comme mère, ce qui n'aurait rien gâché.

Plus encore que moi, tu aimais notre mi-temps annualisé : six mois au collège, six mois en voyage.

En plein milieu de notre périple, à Riva di Tures, à quelques kilomètres de Rio Bianco, tu avais ouvert discrètement ta boîte mail du boulot, tu savais que ce geste exposait à des gages diaboliques. Je t'ai vue rire un grand coup.

– Je suis passée à la hors-classe !

Tu m'as dit que tu me paierais un coup le soir puisque tu gagnais mieux ta vie que moi. Et tu as ri encore.

– Moins je travaille, plus je suis promue ! Il faut que je m'arrête pour de bon.

Ni toi ni moi ne savions que le ciel écoutait.

J+178

Le manque de montagne agit, je ramène tout à elle.

Les matins à la Maison, on dirait les matins d'un refuge. Se succèdent plusieurs vagues de petits-déjeuners, une gardienne s'active et ça sent le café. Les visages sont tendus, quelques-uns s'appliquent à rire mais on les croit peu. La plupart sont en groupe, de deux ou de trois, ça ne les rend pas moins seuls. À quelques tables, on trouve des sortes de guides qui indiquent aux autres comment faire, où est rangé le lait, à quelle heure ils vont partir et par où ils vont passer ; on sent qu'ils vont mener toute la journée, les autres ne sont plus capables de rien. Certaines cordées partent pour de plus grandes courses que d'autres. On ressent l'impatience à égalité de la crainte. Beaucoup regardent dehors le temps qu'il fait. La mort rôde un peu mais l'entraide s'y oppose. S'il le pouvait, chacun rentrerait à la maison et ne ferait d'aventure que dans le récit des autres.

Mais on est là. On nettoie les tables, on passe l'éponge, on dit au revoir à la gardienne qui nous répond à tout à l'heure, comme la promesse que rien ne s'arrête vraiment. Pour être certain de revenir, on laisse des affaires à récupérer. Les plus hésitants se servent un dernier thé. On s'habille, on ouvre et on ferme la grande porte. C'est très ressemblant aux matins d'ascension. Sauf que ma compagne de cordée est déjà dans la voie, en tête et contre tout.

Ce matin, je suis dans ton parc.

Si les visites ne sont possibles qu'à partir de midi, on peut venir avant dans le parc. On ne me dit rien, je fais partie des murs et des bonjours. Je ne sais pas si c'est bien que je sois sans cesse si près de toi. Je vois les autres maris, les autres femmes, les autres fils, les autres mères, ils viennent le soir et le week-end. Il doit bien se tenir une limite entre soutenir et étouffer mais personne, ni dans le temps ni sur le sol, ne me l'a tracée. Si je croise ta psychologue, je lui demanderai où désormais me tenir pour que tu reprennes ta place.

Les cheveux verts et roses des troubles alimentaires sont de sortie. Il doit être 10 heures. Ils parlent fort, se teignent la tête mais s'ils le pouvaient, ils se cacheraient dans l'humus. D'un coup, le parc sent l'Amsterdamer. Vers le saule pleureur, le shit. Ici, des tribus étrangères se fréquentent, celle des têtes colorées, des paras, des tétras, des traumas crâniens et chacune égaye l'autre, se fichant des catégories, mais considérant son infortune avant la sienne.

J'aime bien venir ici, on y est remis à sa place. Celles et ceux jouant les fêlés ou les cabossés devraient fréquenter ce parc une fois par mois, au milieu d'autres n'ayant pas choisi de l'être. La normalité ne leur semblerait pas si détestable.

J'aime bien venir ici car ta clinique est vitrée, parfois je t'aperçois. Tu pars en séance, tu en reviens, tu remplis ta bouteille, tu repars, tu souris à ceux que tu croises, tu aimes te déplacer, tu reprends l'habitude de vivre. Je vois tes matinées pleines. 8 heures, en salle de sport. 9 heures, à la piscine. 10 heures, Lise te secoue la tête puis par une sorte de télescope de l'âme regarde dans tes yeux si les cristaux qui te font chanceler ont déménagé. 10 h 30, la porte de la 117, ton second berceau, est fermée, on rééduque ton périnée. 11 heures, tu es assise sur une chaise en bois, tu réapprends les mots de l'enfance. À midi, je te retrouverai et tu demanderas comment s'est passée ma matinée. Je te dirai : « Je n'ai pas fait grand-chose. »

Quand je te vois faire ça, tout ça, il m'arrive de pleurer. De soulagement, d'espérance. C'est vaste et mystérieux, pleurer, mais ça se décrit précisément. Pour le spectacle de ta ténacité, ça me rend liquide d'un coup, c'est une eau vive. Je te vois faire et décidément non, ce n'est pas un miracle mais ta réalisation. Je vois les autres aussi, certains je connais leur prénom, ils suent, pestent, tombent, encaissent, désespèrent et repartent. Vivre, c'est s'entêter.

Je te regarde fort car un jour, ces matinées seront des souvenirs. Mais ce que tu vis là n'est pas une parenthèse. Comme c'est un mot qui va bien aux épreuves, on nous dit souvent *parenthèse* mais ce n'est pas le bon mot. Hier au téléphone, je discutais avec Émilie, mon éditrice. Comme à chaque fois, elle a commencé notre conversation avec délicatesse :

– Si tu ne te sens pas de parler du livre, je comprendrais.

Je lui ai répondu que sous ses airs d'accessoire, le livre prévu pour mars faisait au contraire une indispensable diversion. Nous avons continué. Discuter dix minutes du choix du point-virgule sur la virgule ou chanter des phrases pour savoir leur fluidité, sous ses airs de labeur, a quelque chose de revitalisant. Écrire, ça rallume la lumière.

Et nous avons parlé des parenthèses. Dans les livres, certains ne les aiment pas. Soit un mot mérite sa place, soit on l'évacue, mais on ne le cache pas au second rang de deux petits arcs de cercle. Or mettre entre parenthèses ne néglige rien ; c'est bâtir un pont. Pour toi, au Grésivaudan, il y a eu avant, il y aura après, mais ce temps cloisonné les relie, et sans lui ton passé et ton futur n'auraient rien à se dire. Ce temps existe en tant que tel, fera qui tu es et ne fuira ni de nos vies ni de leurs récits. Je disais à Émilie que si les correcteurs boudaient les parenthèses, nous aurions toujours les tirets. Il m'arrive – quoi qu'en disent les immortels – de les préférer car, à l'œil, on voit comme tout est lié, comme ce qui se trouve entre, accessoire, timide et de plain-pied, peut sublimer le tout.

En raccrochant, elle m'a demandé où envoyer les épreuves.

– À la clinique, ils ont l'habitude.

Miracle, parenthèse, comme patience ou résilience, il me semble que nous sommes las de ces mots. Les pauvres, ils n'ont rien fait, c'est leur usage mécanique qui nous assomme. On s'en sert si souvent que même eux sont usés.

Hier, Franck est passé et nous avons eu droit au champ lexical des catastrophes et du retour à la vie.

Nous l'aimons, Franck, il est venu par amitié, plus encore peut-être, au nom de quoi la refuser ? Et si je retiens une chose que m'a enseignée ta chute, c'est de me débarrasser de tout jugement sur la façon qu'ont les uns et les autres de réagir face à elle.

Mais le découpage de sa venue fut le même. Les dix premières minutes sont gaies, les vingt suivantes passent et la fin t'étouffe.

Pourtant, à chacun nous disons merci. Les visites font du bien. Elles aèrent la 117. L'ébahissement de ceux y entrant, te découvrant plus vivante qu'ils ne le craignaient, fait du bien. L'incrédulité de ceux passés là il y a un mois et te reconnaissant à peine fait du bien. Car nous – c'est le piège de tout quotidien – pensons que rien ne croît vraiment.

Il n'empêche, souvent, c'est trop. Trop haut, trop bas, trop les mêmes mots et l'assurance qu'ils sont les bons.

Il y a les leçons d'optimisme et d'endurance. La pire des sentences, la voici : il faut du temps. Parce que toute phrase commençant par *il faut* empeste le catéchisme. Parce qu'elle vient de ceux trépignant au feu rouge. Parce que c'est vrai et qu'il n'y a rien de plus irritant qu'une vérité sans vécu.

Il y a les leçons d'anatomie solide : serrer les dents, ne pas courber l'échine, plier mais ne pas rompre, tout ce qui ne tue pas.

Il y a de juger qu'être en vie est un concept suffisant. Il y a les mots de la guerre usés jusqu'à la corde. Il y a le lyrisme, le grandiose, et nous rêvant de normal. Il y a de vouloir tout savoir, tout comprendre, tout expliquer. Il y a ceux souffrant de n'avoir jamais souffert. Il y a de consoler ceux venus te consoler. Il y a ceux venant avec des larmes d'un autre malheur. Il y a ceux te parlant comme on épelle à une enfant. Il y a ceux arrivant harassés et pestant contre le monde invivable. Il y a *quand on veut on peut, le ciel comme seule limite* et autres slogans résilients des Confucius du CAC 40. Il y a d'en faire trop avec la légèreté, cette façon de voir la vie qu'on aime tant d'habitude, ce remède imparable mais qui pour cette pesanteur n'allège rien.

Il y a les vues d'ensemble et les recettes magiques. Quand il a été question de mort, bizarrement, les gens disent : « C'est la vie. » Autrefois, je pensais que le regard des profanes, dans tout domaine, était le plus juste car ils évitaient les pièges de l'imitation.

J'avais tort. Pour parler des vies fragiles, s'être cogné à la perte, ne serait-ce qu'à son éventualité, est un atout. Car celles et ceux l'ayant vécu sont, du sentiment de vulnérabilité, passés au stade de sa pratique.

Il y a les copains de montagne, leur petite forme, cet orage qui leur a fait rater l'aiguille Verte ou, drame, leurs ligaments croisés rompus. Six mois d'arrêt contre perpète. Ce milieu qui est le nôtre, ces compagnons qui nous sont chers mais dont le pli de masse grasse et les malheurs dorés nous sautent aujourd'hui aux yeux. Le sens de la mesure n'est pas un petit sens. Les plaintes pour tracasserie avaient disparu, elles sont revenues. Puisque c'est l'année du verre à moitié plein, disons que cela signe ton apparence normale et le retour aux affaires courantes. Car un jour, le sais-tu, nous aurons à composer avec les grognements du quotidien dont les plus indécents : les nôtres. Tout de la vie ne peut être ce cocon sage du Grésivaudan et les visites ont cette vertu : nous ramener au monde.

C'est une chose désagréable à penser car chacun des visiteurs se lève un matin pressé de te voir, met dans le coffre un cadeau, parcourt dix ou cent kilomètres, ne fait pas demi-tour (il en faut du cran pour venir au chevet des abîmés), ouvre grand les bras et son sourire, pose sur ton lit son cœur sincère, n'est habité d'aucune malveillance, répète les mots attendus, vient apporter son soutien et fait de son mieux. Mais d'une façon mal réglée et qui produit l'opposé au point qu'il me faut, le soir venu, te réconcilier avec l'homme et ses pensées. L'autre n'en saura rien puisque nous ne lui aurons pas dit et nous nous étonnerons qu'il recommence. Ah si ! À certains, je dis non, d'une voix nette, forte et immédiate car ils vont au-delà de l'entendable ; rien, ni la bêtise ni la maladresse, ne saurait les pardonner. Ils brisent en deux paroles ce que tu as mis des mois à rassembler. Ils sont les dangereux, je les refuse, j'emprunte les flots libres de ton syndrome frontal pour leur signifier sans ménagement. Et sans culpabilité, celle-là, l'accident l'a enfouie. Et j'apprends beaucoup de ses abandons.

Être à côté de la plaque n'est pas un petit mal. Dans un long parcours de réadaptation, c'est même décisif. Un seul mot de travers ou la répétition d'un autre et tout vacille. Un jour qu'il devait me sentir rongé de remords, Christophe me raconta qu'il lui était arrivé de prétexter des raisons médicales pour soulager un patient de visiteurs persuadés de bien l'aimer. Ceux qu'on appelle les proches.

Il y a des phrases, vous les écrivez, vous vous détestez mais dire vrai, c'est aussi à ça que sert d'écrire. L'une d'elles : personne n'est à la hauteur de ce que nous vivons. Disons, à la bonne distance. Nous l'avons été nous aussi, c'est certain, si loin, si gauches.

Une sorte de film s'est installé entre nous et les gens de l'autre vie. Nous parlons une langue différente.

Les autres ne sont pas les seuls fautifs. Nous le sommes à nous-mêmes. Nous réclamons d'être tranquilles, leur absence nous glace. Nous les appelons à l'aide, leur présence nous asphyxie. Nous ne nous plaignons pas et nous voudrions qu'on nous console. Nous ne voulons plus entendre parler de l'accident et si tel est le cas, nous croyons à l'indifférence. Tout confusément manque ou surabonde. Et dans ce brouillard, nous n'avons pas trouvé mieux comme balise qu'une radicale douceur. Certaines amitiés sont détruites à jamais, d'autres scellées pour toujours.

Au beau milieu de ce brouillard surgissent les êtres justes. À quoi tient la justesse ?

Peut-être à notre humeur du moment mais je ne crois pas. La justesse, il est vain de l'examiner. Elle est une faculté indépendante. Elle se tient là, vient de nulle part et saute aux yeux ; elle est immense mais ne doit rien à la grandeur. Ce sont des silences, des regards, des courbures du corps, des mots ou leur absence. Ça ressemble beaucoup à la délicatesse mais ne s'y réduit pas. C'est parfois très proche de la maladresse mais d'une autre manière et ça change tout.

Il y a ceux des premières heures. Soph, Seb, Sylvain, Jean-Michel. Quand ils reviennent, ils poursuivent leur œuvre bienfaitrice. Ils étaient là, sans te voir mais sur tes ruines, ils savent et choisissent leurs adjectifs. Ils pourraient se tromper, les secouristes de l'urgence ne sont pas les acteurs du temps long. Mais ils connaissent le chemin. Quand je vous vois ensemble dans le couloir de la clinique, c'est irréel.

Il y a ceux ayant vécu l'idem ou le pire, car il y en a, de l'espace pour le pire. Qui a déjà failli mourir ? Qui a vu son autre chuter si bas qu'il fut, une minute ou six mois, certain d'être seul ? Monica, ce fut pour la vie, son Steph tombé et jamais relevé, elle ne dira jamais le mot d'à côté. Elle aussi connaît le chemin et plus que nous, celui sans retour. Sa photo du mont Blanc depuis Les Praz aux neiges de décembre, sur papier Awagami Bizan – rude et doux comme elle – est juste là, à côté de ton lit.

Il y a ceux que rien n'annonce. Leur vie, semble-t-il, préservée de la fréquentation des malheurs. Nos rares souvenirs. Leur venue tardive et sur la pointe des pieds. Leur petite boîte de chocolats. Et pourtant, un soir, ils entrent dans ta 117 et l'illuminent de leur présence. Ils la tamisent d'une lumière douce comme un châle posé sur le néon. Ils déploient d'invisibles antennes, considèrent l'autre sans s'y confondre, accommodent leur regard, parlent peu, beaucoup ou se taisent, trouvent les mots du moment, ne s'assoient pas sur ton lit ou s'y assoient, évitent le tragique sans lui tourner le dos, te racontent eux, toi ou le monde autour, t'apaisent et te vitalisent, jamais ne débordent ni ne se cachent, et ce geste de l'amour attentif se fait à la vitesse de l'éclair. Il n'est pas question de méthode, pas même d'adaptation, c'est un jaillissement hors de soi que certains détiennent. Ceux-là sont des animaux, ils ressentent. Quand ils partent, je les raccompagne jusqu'au hall d'entrée, je les remercie pour nous.

– Vous n'imaginez pas le bien que vous nous faites.

Je vois dans leurs yeux qu'ils n'étaient pas venus pour ça. Ils n'avaient aucune intention et c'est ainsi que la justesse s'atteint. En amour, en peinture et comme en toute chose possiblement offerte à l'autre, se tient cette vérité : la simple idée de l'effet annule tout. Plaire surtout. Ce sont des mots dont on voudrait d'emblée qu'ils fassent poème. Cet horizon qu'il fasse poster. On les trahit d'attendre d'eux, alors ils s'enfuient. Mais si l'on agit sans rien en tête, ils nous conduisent au bon endroit.

Les cheveux bariolés sont de retour, il est vers midi.

Certains n'attendent pas, jettent leurs sacs sur l'herbe et se mettent à marcher, tour du parc après tour du parc, inlassablement, à la chasse au gramme. Une fois, me dit Christophe, des soignants avaient calculé le chemin de chaque jour, c'était un marathon. Et le soir, pour la pesée, un poids de cinq cents grammes caché dans le chignon des cheveux longs et l'autre tour est joué. D'autres s'assoient, fument et fomentent le prochain coup d'État. Parmi la bande des assis, il y a cette jeune fille invariablement vêtue de son tee-shirt NOFX. Tu aimes bien parler avec elle. Parfois, je vous retrouve sur le banc des écureuils. D'elle ne sourdent que des mots de la bonne taille. Pour ces jaillissements, il faut des failles. Essentiellement des failles.

J+182

Je te retrouve vers la salle de sport en haut du parc, côté chemin du Charmeyran.

Toi, la prof d'EPS, tu viens d'avoir une séance de sport adapté, du tennis de table, avec des balles plus grosses et plus lentes. Moi, je trouve cet écart trop grand, il n'y a pas d'injustice petite.

Toi, pour l'instant, tu t'en fiches.

– C'était bien ?

– J'ai gagné.

Tu m'étonnes.

J+187

De toi et d'où je te vois, un autre aspect a changé. C'est le tri.

Dans ce qui est au programme de ta vie, tout s'équivaut. Tu pourrais dire : « Mercredi, j'irai à la boulangerie m'acheter une part de flan et jeudi, je me fais réopérer de la colonne vertébrale. » Tous les cailloux dans ta chaussure ont une taille parfaitement identique. Les bonheurs aussi. Une chose est une chose et rien ne te suggère que l'une vaudrait plus que l'autre. Pareil avec les moments. Pareil avec les gens. Ton peu d'attirance pour la hiérarchie s'est comme diffusé à tout.

D'où je suis, c'est une grandeur de voir ainsi le monde comme au petit âge. Un enfant s'en fiche d'aller jouer dans le bois du village ou à Central Park. Il s'en fiche de prendre son goûter avec Albert Einstein ou Félicien le cantonnier. Tant qu'il y a des arbres. Tant qu'il y a du lait. Et le matin de Noël, il joue avec le papier cadeau. Tant qu'il y a la joie.

J'ignore si je dois me réjouir de te voir promue niveleuse en chef. L'homme classant que l'on devient tous s'inquiète que ton cœur ne varie plus. Mais s'il est toujours haut ; mais s'il attribue aux petites gaietés une grande importance ; mais s'il affaiblit les peurs immenses ; pourquoi devrais-je m'inquiéter ?

J
16 h 03

Tu portais des sacs lourds comme un demi-toi, tu serrais les prises à les rompre et je t'aborde comme du cristal. Je te caresse l'index depuis sa pulpe vers la paume, que rien ne s'échappe. Je laisse nos peaux se parler.

Tu sembles tranquille. On t'a endormie pour que tu ne souffres pas ; la dernière fois qu'on nous a dit cela, une semaine plus tard nous récupérions les cendres de Frison. Tant de fois je t'ai regardée dormir, tranquille de te voir tranquille, mais ce sommeil-là, artificiel et éternel, il me glace.

Je n'ai que dix minutes, on me l'a indiqué, deux fois déjà. Gentiment. Un ballet se joue autour de toi : des tenues bleues et blanches passent, clampent, déclampent, font taire les machines, changent tes pitances, jaugent ton état, se frôlent mais jamais ne se heurtent. Pour chacune de leurs actions, ils te parlent, ils t'expliquent, cette courtoisie à l'endroit des vivants. Je ne serais pas là, ils feraient de même. Leur vitesse calme et cette nécessité du moindre de leurs gestes fait un tout gracieux. Si je croyais encore à la beauté, cette chorégraphie serait éblouissante. Ils t'appellent Matildé, être nommé, c'est faire partie du monde. Matildé, comme le titre du livre que tu lisais chaque soir depuis quinze jours avec l'envie d'apprendre l'italien. Il y est question d'une jeune fille audacieuse mais pas tout à fait aimée et dont la vie est sauvée par les livres et la bonté d'une femme. Cette Matildé, tu m'en parlais à chaque réveil et voilà que c'est toi. Les livres vont jusqu'à pénétrer nos jours, cette nouvelle pourrait me combler, nous disposerions d'une armée d'alliés.

Ton rythme cardiaque est de 51. Toi qui te demandes pourquoi ton cœur bat vite malgré ta vie sportive, tu serais satisfaite, te voilà officiellement endurante et ce n'est pas le pire moment pour t'en convaincre.

Je m'approche de toi, je fais attention à ne rien débrancher. Je te prends la main, me colle visage à visage, je te dis des mots rien qu'à nous et si près qu'ils sont des silences. Je sais que tu m'entends, l'audition c'est autre chose. Je prends une voix douce et confiante. Je te dis que je ne suis pas mort, un bout de toi doit penser que je le suis. J'avais peur que tu te laisses aller pensant que j'avais pris cette avance. C'est pour ça que j'ai roulé si vite. Je te le répète, je suis là, ce n'est pas mon fantôme, si tu en doutes, je te dis un secret qu'aucun esprit n'a pu nous soutirer. Un secret, ça s'arrête à deux. Il me reste cinq minutes. Je suis là. Quand ma main quittera la tienne, ne t'en fais pas, je serai là aussi, le camion est sous ta fenêtre, j'accourrai au premier de tes soupirs.

Je te dis que tu n'as jamais causé de mal, que sur cette Terre rien n'est ta faute. Je te propose de t'accrocher mais de ne pas faire selon moi. De ne pas vivre pour moi. Encore moins de mourir. Mais, si tu la juges acceptable, décente et nécessaire, ne te gêne pas pour la vie, avec les changements nous saurons faire, ça s'appellera toujours la vie. Seule toi sais si ça en vaut la peine. Mais ne fais rien selon moi. Si tu préfères mourir, sache que rien, surtout pas l'autre, ne justifie que l'on s'oublie, que l'on subisse. Mais ne meurs pas pour m'alléger, enlève-toi ça de la tête une bonne fois pour toutes, c'est un mauvais calcul. Et si c'est vivre que tu veux, entends que je serai là jusqu'à la fin des secondes chances et souffrir, peut-être qu'on sait faire. Voilà où tu te tiens, entre le droit de mourir et la vie qui supportera tout, c'est un vaste espace, dirige-toi librement. J'ai déjà trop parlé alors je t'écoute, aimer c'est surtout ça.

Je reprends.

Je te dis que si l'essentiel dépend de toi, le vital est dans les mains aussi de médecins et d'infirmières. Ce sont des bons. Sois tranquille, les gens ici, que tu ne connais pas et qui t'effraieront, sont là pour ton bien. Ils pensent que c'est possible et encore, ils n'ont rien vu. Leur chimie, notre alchimie, mélangeons tout ça. Ils m'ont dit que tu étais forte pour résister, déjà, à ce qui t'est arrivé dans la montagne. Si je détenais ne serait-ce qu'un pour cent de ton cran. Si tu as mal à la tête, c'est qu'ils t'ont enlevé le sang qui noyait ton cerveau. Le sang, c'est comme un fleuve, déchaîné on en meurt, vidé on en meurt, c'est entre les deux la vie. Ils t'ont nettoyé la tête mais tes rêves et tes souvenirs ont été sauvés. Il te restera l'entrain aussi, ils n'y ont pas touché. Ni à l'émerveillement. Pas plus qu'à la nuance. Alors tu vois, ça vaut le coup.

Il me reste une minute. Je te dis de ne pas t'inquiéter pour moi, les copains arrivent. Je vais manger, je vais dormir, je te le promets, si l'occasion de rire se présente, je ne lui tournerai pas le dos. J'ai très envie de dire « Je t'aime » mais je ne le fais pas. Tu ne comprendrais rien à ces mots nouveaux et tu t'en affolerais. Alors je te dis que j'aime la forme de notre amour car il me semble que personne, ni toi, ni moi, ne s'efface dedans.

J'observe si tu réagis. Des paupières, de l'index, du 51 ou des clonies de la peau. Et je range mes espoirs de miracle.

Je me tais. Je te regarde. Combien de soirs t'es-tu endormie avant moi. Tu mettais un quart d'heure de minuteur à la radio et jamais tu n'en venais à bout. Le lendemain matin, je te demandais ce que tu avais pensé de l'émission et tu me répondais bof ou moyen. Ça nous suffisait.

Francesca me pose délicatement la main sur l'épaule, ça veut dire que j'ai déjà eu beaucoup. Je voudrais t'embrasser sur le front mais j'ai peur de t'éclater le crâne.

Je m'éloigne, je t'ai revue vivante, c'est la première fois de la journée que je remonte. En sortant, je te fixe très fort et je te dis au revoir. Si l'on ne croit plus au pouvoir des mots, que nous reste-t-il ?

Francesca m'accompagne dans le couloir et me propose de rappeler ce soir au numéro inscrit sur le papier qu'elle me tend. C'est une ligne directe. Et d'ici là, s'il arrive quelque chose, nous vous appellerons. *Promesso*. Je m'éloigne et rien ne justifie que je le fasse.

Dehors, c'est une journée d'été. Mourir l'été, c'est impensable.

Sur les pelouses, des gens assis rient, les inquiets restent debout. C'est cela, un hôpital, à un étage on naît, à celui du dessous on meurt. Personne n'est seul. Il se tient des conversations lointaines desquelles je ne comprends pas tout et qui, si j'étais à la plage, pourraient me bercer. Je ne vois que des êtres plus heureux, les autres sans doute se cachent-ils ou sont, comme je le suis, devenus transparents.

Je marche, je ne suis apte qu'à cela, dès que je m'arrête, la terre tourne, j'ai la gerbe. On dit j'ai mal au cœur. Je les accueille, ces ridicules maux de ventre, de tête, depuis ce matin la douleur n'a d'yeux que pour toi. Il y a cet espace au-dessus du parking souterrain, un rectangle d'environ deux cent cinquante mètres de périphérie et j'enchaîne les tours. J'attends qu'un maton me dise que la promenade est finie.

Toutes les trente secondes, je consulte mon téléphone, ce soir Siri me dira d'être vigilant quant à mon temps d'écran, ça me fera une conversation. Dans les premiers tours, je ne marchais pas sur les bandes blanches, si je tombais sur l'une d'elles au hasard des pas, je l'enjambais puis je me suis mis à refuser que ta vie tienne à mes superstitions. Deux fois en passant à proximité du van, j'ai tenté de m'y réfugier. Toute notre vie tient dans ces tôles, je pensais que je pourrais plonger en nous, y cuver ma douleur, mais rien n'y fait, le repos est illusoire, mes paupières sont comme deux mêmes pôles d'un aimant et si je les force à se rejoindre, le fourgon part en tonneaux. J'ai signé pour un état de veille constant et effroyable. Alors je sors et je recommence. J'essaie de remonter à la joie, l'insouciance est là, toute proche, je me retourne, je la touche presque. Les drames adorent la vie légère, ils la renversent entière. J'essaie, ça n'agit pas. À un moment du retour en arrière, tout s'arrête net, il y a cette rivière, j'ai beau trouver le gué, tenter le passage, rien n'y fait, je reviens obéissant aux glus de la peine. Je pourrais consulter nos photos des derniers jours, des dernières semaines, des dernières années ; les photos, on n'en fait qu'aux moments clairs. Mais tu n'es pas assez vivante pour supporter ton image.

J'essaie de traduire les quelques panneaux croisés, j'essaie de distraire ma pensée, en vain, tout m'absorbe.

Il y a deux aires d'hélicoptère, une sur le toit de l'hôpital, une près de l'entrée principale. Laquelle fut la tienne ? Celle du toit me semble destinée aux cas les plus graves, des hommes et des femmes en nombre, leurs gestes plus pressés. D'hélicoptère, il s'en pose un toutes les dix minutes. C'est bon signe, il s'agit d'un grand hôpital, mais tous ces blessés te concurrencent, il y a bien un moment où un tri s'opère.

Je vais devoir appeler nos parents.

Pourquoi d'ailleurs ?

Je pourrais ne le faire que demain ou dans quelques jours ou si tu meurs. Au fond qu'est-ce que ça changerait ? Si je n'appelle pas ce soir, ils auront le droit à un dîner léger. Et moi, appeler ne m'aidera en rien. Rien.

On croit qu'à le partager, le fardeau s'allège mais ça ne fonctionne pas comme ça. La peine, principalement la lourde, obéit à une logique qui lui est propre. À chaque division, la douleur reprend des forces. À chaque répartition du paquetage, quelqu'un ajoute une chose à lui, rien qu'à lui, qu'il ne peut laisser sur le bord du chemin et dont il raconte l'histoire. Chacun construit sa douleur, faite de soi-même ; alors on ne jette rien, on mêle des tristesses ressemblantes, rien ne s'annule, rien n'est en double, tout s'additionne.

Cet appel, ils l'attendent depuis vingt ans, depuis que l'on court les montagnes. Aucun ne le dira mais un bout d'eux savait. Quoi que nous disions à chaque départ, à chaque retrouvaille. Et si un jour l'avenir à nouveau se conçoit, tous leurs *soyez prudents* dissipés au vent des retours heureux vont renaître de leurs cendres et s'agréger en un goudron tendrement infâme dont nous ne parviendrons pas à nous défaire.

À la minute où j'aurai appelé les uns et les autres, il me faudra faire rempart, éponge, relais, répétiteur, et je ne dispose d'aucune énergie pour cette vaste entreprise. Le peu qu'il me reste, il t'est réservé. Et quand je raccrocherai, je serai plus seul encore, aucune épaule à inonder. Nous n'avions besoin de personne pour être heureux, c'est bien cela ?

En somme, je n'ai rien à y gagner.

Deux points me persuadent de les prévenir. Un, ce sera fait et ce n'est pas rien comme délestage.

Deux, je n'aimerais pas qu'on ne m'appelle pas. Apprendre après coup, c'est encore plus violent.

Alors j'appelle. Ma maman et Jean-Pierre. Ta maman et Jean-Luc. Les premiers ont hurlé « oh non » et pleuré. Les deuxièmes, nous avons tellement crié ensemble au loup, m'ont à peine cru puis, comprenant que cette fois c'était vrai, se sont tus. En fait, ça m'a fait plus de bien que prévu, ce bain amniotique ; les mamans, on chialera dans leurs bras jusqu'à la nuit des temps. Ils l'ignoraient ce matin mais nos parents vont retrouver à temps plein ce statut qu'ils auraient voulu ne jamais perdre, celui des réconfortants. Puis ton père et Agnès. Puis ton frère qui a posé le téléphone et Christel qui l'a repris ; elle a dit « Nana », ton nom depuis toute petite et ça m'a donné la force de croire à ta vie longue. Pour mon frère, j'attends qu'il soit prévenu par notre mère, il m'appellera, il me parlera des robustesses du corps, il dira les pouvoirs de la médecine et de la biologie qui veut dire vie, il aura déjà les noms et les coordonnées de confrères à l'écoute, il aura pris son coup d'avance et sa voix tranquille me fera du bien. Si je suis son frère, je suis aussi une statistique et c'est un statut plus enveloppant qu'on ne le croit.

J+191

Aujourd'hui, c'était jour de CHU. Le docteur Gogo regroupe tes rendez-vous, tu n'y vas pas pour rien. C'est notre journée en ville.

Le premier, le neurochirurgien, nous a montré sur son écran la reconstitution de ton crâne en trois dimensions. Il aurait dû préciser que des images pourraient heurter un public sensible. Depuis notre enfance, les crânes sans visage nous épouvantent, on disait têtes de mort. Le tien, on dirait un vase antique brisé et recollé à la hâte par des pilleurs. Qui au passage t'ont sauvé la vie. Ou un bois vermoulu que d'invisibles larves vont réduire en sciure. Certaines fissures sont si larges qu'en regardant au travers, on devine tes pensées. Pour aller bien, j'imaginais visionner un crâne de nouveau-né, ses fontanelles et ses promesses. Il nous a dit que ses collègues italiens avaient fait un travail remarquable puis une blague sur les maçons de là-bas. Cette vision de ta tête m'a terrifié, je suis heureux que tes cheveux repoussent. Toi, tu as fait une photo de l'écran et les agrafes en forme d'os à chien t'ont amusée. Prête-moi, s'il te plaît, comme tu regardes la vie.

Quand on nous montre ainsi des images de toi morcelée, je te vois comme un être solide, invincible. La seconde d'après, comme une toute petite chose fragile. J'ai besoin de stabiliser la façon dont je te vois.

Nous sommes ensuite descendus d'un étage vers l'orthopédie. La chirurgienne, on dirait qu'elle a vingt ans. Quand les chirurgiens spécialistes font si jeunes, il faut s'y résoudre, nous avons vieilli. Au départ, elle t'a parlé sèchement, certains n'ont de disponible que le rapport de force. Je l'ai rembarrée, tu ne sais pas encore le faire. Ou as-tu compris que seule la clémence l'emporte vraiment. En ce qui concerne ton avant-bras, il s'agira d'enlever une vis affleurante qui te fait mal et de s'occuper de ce ligament scapho-lunaire. Et un jour, de réopérer le tout. Ta seule demande concernait la nature de l'anesthésie. Locale. Tu ne veux plus qu'on t'endorme.

Dans la foulée, l'ORL, un jeune médecin lui aussi, t'a reçue. Il est de la promotion de ton Gogo et profite de te voir pour lui faire passer des messages à sourire. Tu feras la coursière avec plaisir. Ta membrane tympanique n'est pas assez tendue, il faudra intervenir mais ça peut attendre.

Enfin, le docteur des doigts a repéré à l'échographie une thrombose artérielle superficielle. On surveille, on ne fait rien pour l'instant, a-t-il dit.

Pour fêter ce choix collégial de l'attente, nous avons attendu avant d'appeler les ambulanciers. Au Relais H, nous avons honoré le bar à salades et je t'ai montré ces brownies que tu avalais en série à ton retour en France. Ici, j'ai été si triste et te voilà.

Les médecins ont fini le gros œuvre. Disons le vital car il fut question de millimètres et de loupes binoculaires.

Ils envisagent désormais le fonctionnel, ce qui n'est pas mortel mais peut diminuer la vie. Selon eux, ils ont raison, ce n'est pas parce que tu as failli la perdre qu'il faut négliger ce qui peut la rendre seulement pénible. C'est une autre façon de dire sa valeur. Ils connaissent leurs patients, ils savent qu'arrive ce moment où ils veulent fuir l'hôpital et ne plus entendre parler de soins, d'opérations et d'hypothèses de bénéfice. Stop. Les patients ne veulent plus qu'on touche à leur avenir, ne serait-ce que l'évoquer. Ils n'imaginent pas qu'ils auront un jour des exigences supérieures au fait d'être vivant. Quand le corps grincera de toutes parts, il sera trop tard. Mais pour l'instant, le présent emporte tout.

Ces journées où l'on regarde par les lucarnes de ta peau nous rappellent de quoi nous sommes construits. À force de le scanner, de le mesurer, de l'examiner sous tous ses angles, on voit comme le corps est un assemblage de milliers de pièces. Nous sommes faits de roues, de pignons, de barillets, de cliquets infimes, traversés par toutes sortes de fluides et téléguidés par d'invisibles programmes. Quelle invention, le corps. Le plus évolué des outils n'atteint pas cette horlogerie, l'homme n'atteindra jamais l'homme. À le photographier, à décortiquer chacun de ses composants, on pense, et c'est navrant, aux millions de raisons d'aller mal : un gène mal peigné, un osselet fissuré, une poussière du diable et la machine se grippe. Vivre est un miracle. Les médecins sont des orfèvres autant que des druides, ils corrigent l'axe d'un segment indiscernable, épissent deux invisibles câbles, sertissent une vertèbre, ajoutent trois gouttes d'une potion dans la marmite de sang et la vie s'embellit. Tout dont de minuscules riens paraît pouvoir se détraquer mais tout semble réparable. Aller visiter chaque pièce de ton corps est un motif infini de peur à la fois d'espoir.

Toi, tu me dis que tu sens que ton corps travaille seul. Oui, il y a les docteurs et tu leur dois ta vie. Mais il y a ces bruits, ces tremblements, ces chaleurs et ces picotements d'un soi autonome.

– Je ne lui dis rien et il se débrouille. Il se répare.

– Comme l'arbre à Orgeval.

– Celui qu'ils ont coupé ?

– Oui, un mois plus tard sa souche coulait de sève.

La technologie n'est pas si froide qu'on le dit ; sans elle, nous ne saurions pas que l'organisme par endroits peut se passer d'elle. Trouez ses os, il tissera de la fibre, du cartilage et à nouveau de l'os. Sectionnez ses neurones, il tracera de nouveaux circuits. Brûlez une aire de son cerveau, ses voisines s'occuperont des fonctions perdues. Il n'exige au fond qu'un produit de luxe : le temps. Et que l'âme qu'il héberge souscrive encore, toujours aux vitalités naturelles.

Ces scanners, ces IRM, ces dopplers, toute cette affolante modernité nous offrent le spectacle prodigieux d'un corps ancestral livré à lui-même et à ses œuvres souterraines pour que la vie se prolonge. Moi qui ne serai jamais père, il m'arrive de poser ma tête sur ton ventre pour t'écouter renaître. C'est comme un voyage au centre de la Terre.

Nous sommes au milieu des appareillages dernier cri et de la chimie sauveuse, nous parlons du regain des êtres et des boutures du corps. Dans les rochers, te lécher les plaies ne t'aurait pas sauvée mais rien ne s'oppose. C'est de croire à une seule de ces forces qui est mortel. Un corps revenant à la vie est un lieu où des croyances autrefois contraires s'unissent, société miniature attendant les vastes déchirures pour faire concorde.

Évoquer ton corps te lasse.

Nous en parlons depuis des mois comme d'un système, d'une mécanique, d'un chantier et uniquement en ces termes d'intégrité. Au miroir, ça y est, il te déplaît, sa mollesse, ses torsions, ses trous, ses bosses. Il est trop tôt, me dis-tu avec tes nouveaux mots, pour renoncer à l'idée d'un corps séduisant. Pour de cette flamme, la nudité, faire un sujet d'étude. Et moi qui pensais qu'il était trop tôt pour que cette frustration prenne trop de place. Tu es en avance sur moi et je chéris cette idée. Je t'ai essuyé les fesses, massé les pieds, lavé les dents et le dos. Je t'ai habillée, j'ai mis tes pieds dans des chaussures, j'ai poussé ton fauteuil, nous avons travaillé les pleins et les déliés, je t'ai fait réciter tes tables de huit et je t'ai dit chaque jour de faire attention. À certaines heures, j'éduquais ma fille. À d'autres, je veillais sur ma grand-mère. Pour asexuer un corps et désamanter deux êtres, il n'y a pas recette plus efficace. Mais tu as raison, si l'amour se donne, s'il se reçoit, il se fait. Retrouvons-nous sous les draps gelés du Revoiret. S'il le faut les premières fois, nous éteindrons la lumière.

Mais je n'ai pas peur. Je n'ai qu'à te tenir la main ou fixer tes yeux pour que mon corps me dise comme tu es belle.

Pensant à son statut de femme dans une société tout entière, être désirable n'est sans doute pas le plus enviable de tous.

Pensant à son propre corps mutilé, l'être à nouveau n'abaisse peut-être rien.

En jetant mon saladier et mes couverts en carton, je me suis promis de faire de même avec ma façon de te réduire à un compte-rendu radiologique.

J+193

Cette nuit, à la Maison, j'ai fait mon premier rêve et au matin, j'aurais aimé l'avoir oublié.

Je suis dans un train m'éloignant de nous. Côté fenêtre, la tête contre la vitre. Comme dans le 4 × 4. Je m'endors. Mon téléphone vibre, c'est toi m'appelant à l'aide. Mais je ne me réveille pas. Mon voisin entend mon téléphone vibrer, encore vibrer mais n'ose me réveiller. Il a la tête du randonneur de Henne. Quand enfin je me réveille, je hurle pour que le train s'arrête mais rien n'y fait, ses occupants ont un tas de choses vivantes à faire. Pour me calmer, mon voisin me tend une estampe. Ce sont *Les Plaines du Paradis* de John Martin. Il n'arrête pas de dire : « L'humanité vous remercie de votre fidélité », comme à la pompe quand on raccroche le pistolet de l'essence. Je prends l'estampe dans ma main et l'observe de plus près. Elle a changé, c'est maintenant *La Fin du monde*.

Ce John Martin, je n'en ai jamais entendu parler.

Ce soir, en me couchant, je commanderai à la nuit de ne pas rêver.

J+198

À Bolzano, un des chirurgiens m'avait dit qu'ils avaient discuté une bonne partie de la nuit avant de t'opérer. Trop tôt, tu n'étais pas en état ; trop tard, ta moelle pouvait être définitivement sectionnée. Une histoire d'heure opportune. Puis ce fut le neurologue qui s'inquiéta du jour précis de ton retour en France. Trop tôt, tu n'étais pas transportable ; trop tard, tu allais manquer de langue française. Revenir à la vie est une affaire de bon moment.

Hier au Grésivaudan, tu as eu ta quatrième RCP, la réunion de concertation pluridisciplinaire. Tous tes soignants sont là, vous discutez bilans et perspectives, je suis allé à la première, après je t'ai laissée faire. Tu ne les aimes pas trop, ces réunions, souvenirs de conseils de classe. Pourtant, on ne fait qu'y louer tes progrès. Je dis que tu t'encombres d'une peur inutile, celle de décevoir. Je crois surtout que tu crains de mauvaises nouvelles, elles se cachent partout, au milieu même des enthousiasmes. Je crois aussi que tu aimerais affiner le calendrier. Tu te disposes à partir. Alors hier, vous avez parlé du bon moment pour changer la forme de ta prise en charge.

Dans la précédente RCP, il avait été décidé d'une permission un week-end sur deux. Permission, ce mot de prisonnier mais de rêver aussi. Nous sommes allés chez mes parents qui n'habitent pas loin, nous sommes retournés à Beaufort où nous nous sommes souhaité une bonne année 2023 avec Sylvain. Et la santé surtout. Envisager le futur me semblait aussi enchanteur qu'indécent. Depuis l'accident, l'évocation du calendrier m'effraie plus encore. Parce que le présent suffit et qu'en dépit de ses promesses, il n'y a pas plus hasardeux que l'avenir.

Ces retours vers autrefois furent joyeux mais ils ne nous ont pas menti, revenir aux lieux fixes, c'est se voir varier, c'est faire face aux limites et aux pertes. À chaque fois, le dimanche, tu revenais sans peine à la clinique car ici, c'est vers l'avant que tu vas. Mais ces permissions ont rempli leur rôle, rappeler au patient que la vie ne se tiendra pas éternellement 10, avenue des Maquis du Grésivaudan. Car les équipes le savent, aussi étonnant cela soit-il pour les intègres, chez certains abîmés, vivre pour toujours dans le soin est une tentation. Au premier effroi, on appuie sur le bouton rouge et votre lit est fait tous les matins.

Hier, ils t'ont confirmé ce qu'ils avaient envisagé. Le 24 mars, tu en auras fini avec ton hospitalisation complète. Tu auras une semaine de vacances, eux disent fenêtre thérapeutique, nous l'ouvrirons jusqu'aux courants d'air. À partir du 3 avril, ce sera l'hôpital de jour, des séances similaires mais plus de 117. Cette perspective te ravit et te fait trembler. Tu leur as confirmé que tu voulais que cette hospitalisation de jour se déroule dans la même clinique. L'idée de faire tes séances chez nous t'avait un temps plu, mais ici les équipes savent tout de ton dossier et quoique tu en sois bientôt à ton huitième mois, tu te sens plus neutre en ces murs blancs que dans notre petit village de montagne où tout résonne.

Je cherche un pied-à-terre grenoblois. Vivre nous deux à la Maison n'aurait aucun sens, les pages doivent toutes se tourner. David, Christophe, Séverine veulent m'aider mais leurs propositions sont trop gentilles. Je consulte les annonces, les prix ici sont exorbitants.

À la Maison, Jérôme, un type venu à Grenoble pour soigner ses TOC, me conseille d'essayer Facebook, après tout on dit de ces réseaux qu'ils sont sociaux. J'écris ma requête vers 20 heures, c'est une bonne heure, paraît-il, pour l'audience, les gens ont dîné et n'ont que ça à faire. Vers 22 heures, une Marianne me répond, nous ne sommes pas amis ni ici ni ailleurs. « C'est mon vrai prénom », m'écrit-elle. Si nous le souhaitons, elle peut nous prêter son appartement. Elle ajoute que la vie peut être simple et que l'ascenseur fonctionne. Ses mots me parlent. Nous nous donnons rendez-vous.

J+202

Mercredi, j'ai rencontré Marianne. C'est une dame d'un mètre cinquante-six, pétillante depuis les yeux jusqu'aux pieds qui bondissent. Elle semble toujours gaie, il y a des visages comme ça, leur position de départ, c'est le sourire, c'est leur photo d'identité qui est contre nature. Elle m'a ouvert, nous avons ri de ce rendez-vous sans nous connaître et nous nous sommes fait la bise longue comme de vieux amis. Elle a le regard des êtres ayant fréquenté l'infortune, la sienne ou celle des autres, et qui connaissent le luxe d'aller bien. Les vies dures, ça vous fait des humains tout doux et à l'aménité rock'n'roll. Elle part en voyage dans trois semaines, à moto, jusqu'aux pistes afghanes où l'on devine qu'elle ne craindra pas de dormir dehors. L'inconnu, qu'il surgisse de Facebook ou qu'il porte un pakol, en rien ne l'effraie.

L'appartement lui ressemble, il est lumineux, orné de plantes et de rien d'inutile. Il donne sur la Bastille et les montagnettes à courir. En plein centre de Grenoble, il me fait l'effet d'un ermitage. Le parquet grince comme la forêt la nuit. De petits objets et des tapis vrais me disent que Marianne n'en est pas à son premier départ. Elle m'a fait visiter, je n'étais même pas gêné, c'était évident, tout de cet endroit me parlait, dont les invisibles énergies. Elle était désolée qu'il n'y ait pas de place de parking et que je puisse penser qu'elle faisait ça pour que nous gardions son chat Loulou, le bien nommé. Celui-ci m'a vu, et comme les bêtes savent tout, il est allé se cacher. Nous avons bu un café. Sa machine est à percolateur. La façon dont on fait le café dit beaucoup de celle qu'on a de voir la vie. Soit c'est une cafetière pleine d'un même breuvage pour tout le jour, c'est pratique, soit on perce une capsule d'aluminium, c'est rapide. Soit chaque tasse prendra le temps que l'on s'y attarde. Nous avons parlé de nature, de l'Isère qui déborde et des accidents de la vie. Je la regardais, pour faire de grandes dames, la taille n'y est pour rien.

Nous nous sommes enlacés pour nous dire au revoir, je ne sais pas à qui des deux l'ampleur simple de son geste faisait le plus de bien. Je suis sorti du 13 si heureux. D'avoir trouvé un lieu mais plus encore d'avoir, dans le gris général, rencontré cet humain en surbrillance. Quand on croit en l'humanité, peut-être disposons-nous d'une chance supérieure pour croiser par hasard un autre croyant.

Ce samedi matin, nous y retournons ensemble. Nous marchons serrés l'un contre l'autre, nous avons toujours marché comme ça, dès le début ; un soir à Lyon, Romain avait ri de ça : « On dirait que vous n'avez qu'une veste pour deux ! » L'arrêt de tramway Alsace-Lorraine est à cinq minutes à pied de l'appartement et la ligne, directe vers la clinique. C'est loin et proche comme il faut. En entrant dans l'immeuble, tu ne sembles pas du tout concernée, tu trouves surtout jolie l'ancienne loge du gardien et les tomettes au sol. Tu tiens à monter par l'escalier.

Avec Marianne, vous vous prenez dans les bras et vous pleurez chacune à moitié. Elle te fait visiter, Loulou te préfère à moi et avec André, le compagnon de Marianne, nous vous entendons rire depuis la chambre qui sera la nôtre, comme deux vieilles copines d'internat. Ton rire, c'est ce qui te ressemble le plus. André me parle des chamois et de cet hiver sans neige. Ici, l'accident n'occupe pas tout l'espace et je suis pressé d'y poser mes sacs.

En partant, nous nous serrons tous très fort. Nous leur disons merci. Pour ce mot, il n'y a qu'un niveau, c'est le même pour leur geste et pour la baguette de pain.

En sortant de l'immeuble, c'est maintenant la grande porte que tu observes. Dans quelques secondes, ce sera l'Isère ou le vol d'une feuille morte. J'aime infiniment comme tu fais, tu prends tout ce qui t'arrive. Sans ordre ni classement, sans hâte ni paresse. Nous venons de recevoir un des plus grands cadeaux du monde, tu l'as accueilli à sa juste valeur et, une minute passée, tu étudies avec une même ardeur la mécanique d'une clenche. Tu es tout à l'ores, disait papy Lulu. C'est très animal comme façon d'aller. À glisser si vite, on pourrait penser que tu négliges. Or, à chaque instant et à ses occupants, tu te consacres.

Nous allons fêter ça au Ciao a Te. La première fois que nous en avons franchi la porte, c'était debout et d'un même pas. Depuis nous réservons de samedi en samedi en quinze. C'est un bel endroit, on entre par la cuisine, ici on dit la vérité. C'est devenu notre refuge. À la table de deux au fond, si tu fermes les yeux, tu es à Sienne. La sauce *aglio e olio* suffit à être riche et la marquise au chocolat remplit de douceur pour trois vies. Ainsi nous disons à l'Italie que nous ne lui en voulons de rien.

La rue de la Paix est toujours en travaux, son sol incertain, ta marche aussi. En sortant, je t'ai pris par le bras comme nos grands-pères faisaient avec nos grands-mères. Michel le patron nous a salués et a dit : « Portez-vous bien. » Cette phrase qui traîne partout. Je l'ai regardé, toi tu regardais devant.

Son clin d'œil me disait : *Je sais ce que cette phrase veut dire*. Nous nous sommes portés jusqu'au tramway puis jusqu'aux siestes de la 117.

J+214

Tu es ressortie de la piscine avec un bleu énorme à la cuisse. Tu commençais juste à débleuir. C'est la faute du jet d'eau. Ne ressentant rien à la cuisse gauche hormis le picotement d'une armée de fourmis, tu es restée trop près du jet et trop longtemps. Cette tache de sang t'occupe la moitié de la fesse et de la jambe. Tu n'en souffres pas mais ton corps oui.

J'ignore si le hasard le fait exprès. Comme ça, je dirais non, ce sont nous, pauvres hommes, qui lui prêtons des intentions. Lui se promène et sème du malheur ou des rires au gré du vent, il ne connaît personne. Il sait qu'on l'utilise pour crier à l'injustice ou accuser un autre que soi mais il se moque bien de ce qu'on peut penser de lui. Avec toi, il s'est trompé. Retirer de la sensibilité à l'être sensible, ça n'a aucun sens. Il a commis la même erreur avec ton attention ; il l'a diminuée, il l'a troublée. Toi qui prêtes attention aux autres jusqu'à leur léguer.

Ou s'est-il dit que tu disposais de telles réserves qu'il pouvait t'en soustraire et faire ruisseler vers les cœurs secs. Combien de fois avons-nous réclamé de la tournure du monde qu'elle répartisse plus équitablement les richesses ? Et voilà que le hasard nous prend à notre propre idéal.

J+220

Me voici installé chez Marianne. En attendant que tu m'y rejoignes.

J'y pense, je n'ai jamais demandé à Marianne ce qu'elle faisait dans la vie. Je m'en fiche un peu, elle aussi, personne n'est son travail.

J'espérais qu'ici le sommeil revienne mais pas encore. Aller en montagne, dormir quelques heures profondes ou discuter avec toi, voilà les trois vagabondages qui nettoyaient mon cerveau. Et ils ont tous disparu. Dans quel état de saleté vais-je sortir de cette traversée ?

L'effervescence de la Maison me manque. Je comprends maintenant qu'on l'appelle *familiale*. La sonnette à la porte. La sonnerie du téléphone. Les deux euros pour la lessive. L'impression que le mouvement ne cessera jamais. Popote. Le visage enveloppant des bénévoles. Quelqu'un qui vous dit « À ce soir ». Les retrouvailles avec les autres inquiets. Le monde autour, les arrivées, les pots soulagés de départ. De trouver de moins en moins de plus chanceux que nous. La Grignetta à quelques pas. L'arbre couché au départ du sentier. La sensation de faire partie d'un lieu. Et ça y est, je connaissais par cœur le numéro d'immatriculation du van.

Mais il le fallait. Partir. Je ne peux pas célébrer chacun de tes pas et m'accommoder de mon surplace. Chez Marianne, je suis plus seul que seul, je ne parviens pas à faire fonctionner la machine à café, je me trompe d'interrupteur et je n'ai pas retenu le code d'entrée, c'est cela avancer. Le soir, quand la fatigue m'assoit, Loulou me rejoint et me fait ronronner les jambes. C'est très chaleureux de sa part.

Et le cours du temps fait coïncider les éclaircies. Le printemps est là, les footings dès potron-minet se font sans frontale, on ouvre grand les fenêtres sans grelotter et pour me rendre à ta clinique, je longe tranquillement les quais de l'Isère avec une virgule par la roseraie du Jardin de Ville. Il me faut une petite heure.

Le printemps est une bonne saison pour réapprendre à vivre. On retrouve le bruit des oiseaux, les chemins sans boue, les terrasses joyeuses, les amoureux visibles, la volupté tranquille, les fruits toniques, les parcs pour lire, la sensation que tout prospère. On dépose en route les résidus de l'hiver. David me dit qu'en été Grenoble est invivable, ça nous laisse quelques semaines de répit. Je me suis même mis à regarder le temps qu'il fait et qu'il fera.

Sur le chemin vers ta clinique, il y a l'Établissement français du sang. Hier, je suis allé donner mon plasma, le mois dernier mes plaquettes, celui d'avant mon sang tout court, des vivants, il en tombe tous les jours. Quand je termine, je prends rendez-vous pour la fois suivante, l'infirmière se renseigne sur les délais légaux, demande l'âge de mes tatouages et on se dit à bientôt. Ils vont finir par penser que je ne mange qu'ici. Quand je pompe la balle en caoutchouc, je pense aux anonymes qui t'ont offert leurs globules et tout ce dont tu avais besoin. Que perdrait-on à savoir qui ils sont vraiment, comment ils s'appellent, comment est leur visage ? Une des infirmières qui parle comme on écrit des poèmes me dit qu'en ne sachant pas, on peut imaginer que c'est tout le monde.

J
17 h 43

D'avoir prévenu nos proches et vu la peine se propager, je m'y attendais, je ne m'en suis pas allégé. Au contraire. L'émotion familiale a certifié que c'était grave. Je poursuis ma descente. Ça n'en finit pas, la dévastation ; on croit être parvenu à la pièce la plus noire du dédale d'où on ne peut que revenir, on erre dans celle-ci, on cherche des lueurs et on bute sur la poignée d'une porte qui s'ouvre vers un couloir plus sombre encore.

J'ai repéré le trajet du bus le long de la ligne droite de l'hôpital.

Il passe toutes les vingt minutes, il atteint sa vitesse maximale à peu près au niveau de l'autre aire d'hélicoptère, environ soixante kilomètres-heure, c'est assez. Si on m'appelle pour la nouvelle, je saurai quoi faire. La chose aura moins d'allure qu'un saut depuis l'aiguille du Fou mais c'est ce que j'ai trouvé de plus élégant à proximité. Avec un peu de conviction, je devrais réussir à mourir.

Vivre ne va pas de soi, nous n'avons pas tout à fait demandé à venir au monde et, que notre passage soit terne ou lumineux, nous détenons chacun ce droit élémentaire d'en partir à notre guise et selon notre bruit. Cela, je viens de l'entendre. Quand, autour de nous, certains firent le choix de mourir, je me souviens d'avoir cédé à la colère. Du chagrin oui, de l'incompréhension un peu, mais quelque chose aussi de la colère et qui frayait avec le jugement. Comme s'ils avaient manqué de cran. En réalité, il en faut une double dose. Car il arrive que le seul bonheur accessible dans la vie, ce soit d'en prendre congé, et pour franchir ce pas aux allures de fuite, il faut faire face à ce bonheur, soutenir son regard, refuser ses promesses, ne pas céder et se saisir d'une ultime brassée. Ce n'est pas tuer soi, c'est avoir pour son propre statut de vivant une haute estime. En réalité, c'est un grand geste. À la dernière seconde, il me manquera peut-être la bravoure mais à cet instant, je n'ai aucune forme de doute. D'amour pour les autres, il me reste des lambeaux mais pas assez pour l'habit d'y croire encore. Je me jetterai sous le bus, la tête haute pour qu'il ne me rate pas. Je mourrai et ce sera fait. Serai-je certain de mourir ? Toi, tu es bien tombée du ciel et tu vis encore un peu. Pour ne pas avoir mal, je penserai fort à trois opiums. Que tu es partie en sachant que je t'aimais. Que tu es partie en être libre. Et que certains jurent qu'au-delà, on se retrouve.

Pour l'instant, tu n'es pas morte.

Tu es là-haut, dans le lit où je t'ai vue. Tu te bagarres, contre qui, contre quoi. Sauf d'avoir choisi de vivre, on ne sait pas à qui en vouloir. Nous les hommes acceptons de souffrir mais pas que l'on conteste notre innocence ; nous réclamons des coupables. Le vent ? Il est l'inspiration. La montagne ? Notre source. L'Italie ? Les bras ouverts. Hormis les errances mortelles du hasard, je ne vois pas. Hormis moi qui t'ai dit de ne pas craindre, je ne trouve pas. S'il s'agit d'une correction céleste, j'ai beau remuer notre mémoire entière, je ne trouve rien de ce que nous aurions commis de si punissable. Et s'il n'y a que moi au banc des accusés, j'ai beau explorer nos disputes – et c'est aisé car, s'il y en a eu de vives, il y en a eu peu –, je ne me souviens pas d'avoir souhaité ta mort. Comme tout être minuscule, j'aurais pu y céder ; quitter exige plus d'audace que la tristesse, et tous les cœurs du monde, à jugés préfèrent être consolés. Mais non. D'ailleurs allez-vous-en, fichus questionnements de curé ! Je sais qui nous avons été. Présentez-moi tous les miroirs de la Terre, du reflet des rivières à l'éclat des vitraux, je soutiendrai la vision.

Depuis le virage dans le pierrier où j'ai bu, je me suis promis de ne pas me laisser aller. Boire, manger, dormir, charger le téléphone, écouter de la musique, commander des rêves, je m'y discipline. Si tu as besoin de moi en entier, je serai prêt.

Je vais m'occuper de cette chose qui me suit pas à pas depuis ce matin : mon corps. Un café et des biscuits, voilà la ration de survie pour cette heure. Un café italien, un vrai, court, doux, puissant et dont les larmes comme celles du vin marquent la tasse de leur empreinte. Il y a cette sorte de cafétéria dans le hall mais je vais étouffer. Je choisis cette roulotte de l'autre côté de la rue du bus. Je regarde à droite, à gauche et je traverse, il est temps encore d'être prudent. Je m'appuie contre le comptoir en bois sur lequel une petite autruche de bonne humeur, un casque d'aviateur sur la tête, dodeline du bec, je salue son tenancier, je commande un café et me saisis d'un cornetto. Comme on le fait les matins clairs. L'horloge du comptoir m'apprend qu'il est 18 heures.

Le serveur, un gars de notre âge, une barbe dense sur des joues minces, une boucle en argent, un torchon sur l'épaule, me fixe, il a le visage des vies variables. Après avoir tapé, vidé, comblé, tassé et vissé le porte-filtre, il s'extrait de sa roulotte par le côté, d'un pas décidé. C'est de moi qu'il s'approche. Il me dit de m'asseoir à l'une des quelques tables, c'est moins une invitation qu'un ordre. Je ne lui ai rien demandé, je pensais rester debout, un autre jour je lui aurais tenu tête. Mais rien de lui n'est à craindre. Une fois assis, il m'attrape de ses yeux verts de reptile. Il est face à moi, sa tête à quelques centimètres de la mienne, sa main droite posée sur le dossier de ma chaise. Il me demande si ça va, fermement, il attend ma réponse, de ma voix ou de mes yeux, il attendra le temps qu'il faut. Il me demande si je veux autre chose que le café et le croissant. « *È per me.* » C'est pour moi. Je bredouille non et merci, pas non merci, non et merci. Sa main sur la chaise, il la pose maintenant sur mon épaule, je sens ses doigts de charpentier, il me dit que ça va aller, « *andrà bene* », et après un silence d'un siècle, d'une voix ferme et hypnotique, toujours ses yeux fixes, il détache quatre syllabes : « *Auguri.* » Ce mot, j'ignore ce qu'il veut dire mais je mesure aussitôt ce qu'il supporte, à peine prononcé il est inoubliable. Puis l'homme s'en va comme il avait surgi. Ça n'a duré qu'une minute mais ce qui sauve échappe au temps. De retour dans sa roulotte, il blague haut et fort avec son collègue, personne n'a rien vu de la taille de son geste, pourtant la vie d'un individu ordinaire vient d'être rattrapée, là, juste là, au milieu des rires et des odeurs de frites. Il m'apporte le café sans plus rien dire. Qu'a-t-il vu, cet homme ? Est-ce si horrible à voir ? D'autres n'ont rien noté, la plupart, mais lui, hébergeant la bonté jusqu'à en être fait, a vu. Il m'a rempli d'un sirop de miel, la douceur est comme l'eau, elle passe au travers des murs noirs. C'est la première minute d'accalmie depuis ta chute, j'ignore combien de temps son soin agira mais je prends ; la moindre parcelle d'herbe sage, je voudrais m'y étendre, que tu m'y rejoignes et que nous y dormions deux nuits de rang.

Je me serais rendu à la cafétéria, aurait-il été là-bas, je n'en sais rien et j'accepte volontiers d'être pris dans les bras amples du mystère. Pour ce qui est de la réalité, des hommes et des femmes vêtus de blanc s'en chargent. Le bus passe, Dieu ne fait toujours pas partie de ma vie mais cet inconnu me somme de croire en elle plus que de raison. Il n'y a pas plus riche, plus gradé, plus puissant que ces êtres sensibles et mettant leur haut pouvoir à la disposition d'autres qu'eux-mêmes. Pour la première fois depuis des heures renaît en moi un petit feu de gratitude. Vis-à-vis de cet être attentif et d'une existence entière dédiée à ne pas souscrire aux fables de l'inhumanité. Il me plaît d'avoir accueilli cette pensée par temps calme, je serais mal à l'aise avec l'idée de croire en l'homme *in extremis*. Je rapporte ma tasse à la roulotte en le remerciant de mes yeux dans les siens, j'imagine que la journée d'un ange n'est pas abîmée par la délivrance d'un accusé de réception. Je ne suis pas sûr de revenir ici, le renfort, on ne lui court pas après, il vient à nous. Mais désormais, je le sais et j'en ferai ce que bon me semble : au-delà de la rue du bus, la vie s'envisage.

En retournant à mon rectangle, je passe à proximité du bâtiment qui me semble être le tien.

À l'échelle des continents, nos corps ne sont pas si lointains. Je tourne la tête en direction de ce que je pense être ta fenêtre et je te parle. Dans mon esprit, tu flottes entre deux mondes. Mourante et ça, c'est moins bien que morte. Vivante et ça, il n'y a rien de plus cher. Je sais que tu ne crains pas de mourir. C'est de ne plus être en vie qui te causerait de la peine.

Je refais quelques tours, marcher à la fois me tient et me fait redescendre le cœur. J'arpente mon rectangle, je reconnais des passages du sol. Il y a ces endroits de la Terre où nous n'avions aucune raison de nous rendre et soudainement nous en connaissons la lumière, les rumeurs, des aplats de chewing-gum, et cela suffit à faire un lieu.

Des messages du clan s'affichent sur mon téléphone. Je n'envie pas leur place, eux sont à distance et s'inquiètent pour deux. Des envois de soutien de ceux qui savent ; que peuvent-ils faire de plus que ces enchaînements attendus de mots sincères, l'idée du moment n'est ni le style ni une révolution sentimentale. Aussi vastes soient-ils, l'amour et la tragédie ne s'écrivent pas de mille manières. Et ceux cherchant l'insolite dans le récit du malheur ne savent rien de lui.

Lisant leurs messages, je vois que mon téléphone est à recharger. *Ricaricare*, disent les Italiens, ce mot hoquetant et sentant bon le pastis nous faisait rire. Qu'un romantique de pacotille ne vienne pas à l'instant me jouer de sa mandoline antimoderne, je le traînerais par ses cheveux faussement négligés jusqu'à toi, que la technologie, la chimie et d'autres petites mains chinoises sont en train de sauver. Je lui dirais : « Regarde et tais-toi. » Ce smartphone que l'on feint de ne pas savoir nommer, que l'on moque du haut de son assise moelleuse, il se fait dans certaines scènes de notre existence le lien le plus organique qui soit et le seul à pouvoir la retenir.

Je passe donc par le van pour le brancher. Il est mon campement mais, pour l'instant, être ici ne dédommage rien. J'essaie de convoquer des pensées bienfaisantes, j'en ai toujours une qui traîne : les chevaux sauvages des Abruzzes, les bondissements de nos chiens, nos fous rires à la fac, tes yeux innocents, de la pâte à tartiner plein les lèvres. Mais rien de ce qui pourrait être gracieux ou léger ne se fixe, une marée noire étouffe chaque espoir de respiration.

Tout autour, il y a toi, ton odeur, les plis de ton oreiller et tes objets sont comme en train de trembler, prêts à basculer dans le coffre de *ses affaires*. Tout de toi dans ce fourgon me manque ; nous vivons là le jour le plus absurde de notre vie et seule ta fantaisie revenue pourrait le réparer. Je regarde le téléphone, il est à neuf pour cent comme lorsque je l'ai consulté dehors. Les ions lithium sont comme le souffle, ses derniers représentants sont les plus tenaces.

J+221

À midi, je suis devant la clinique. Les habitants du quartier, pour connaître l'heure, n'ont qu'à me voir arriver. Tu es en pleine séance de six minutes marche rapide. Tous les mois, tu t'y plies et ton dossier archive tes progrès. Te regardant, je me dis que malgré ses dérives, la culture sportive a du bon. Enfant, tu as décidé de te consacrer au sport. Fréquenter l'effort, se fixer des objectifs, se déterminer à les atteindre, se frotter à l'adversité, accueillir l'échec, alterner des temps faibles et forts, entretenir son corps, côtoyer les blessures, parler la langue du mouvement, tout cela te vient en aide. Il y a d'autres écoles pour surmonter l'épreuve, le sport en est une.

Pendant que tu récupères, une des nouvelles kinés vient me voir et me le confirme.

– Ce qui est bien avec les sportifs, on leur dit antéversion et hop, ils bougent le bassin, on gagne du temps. Mais…

Je sais ce qu'elle va me dire. Une histoire d'abus. À faire de la performance sportive un des piliers de sa vitalité, la moindre de ses baisses et le monde s'écroule. Heureusement, aujourd'hui, tu as fait trente mètres de plus que le mois dernier.

Et ici, insiste ta kiné, rappelez-vous, nous sommes dans la maison des êtres brisés, pas au stade.

– Si je dis à Mathilde dix allers-retours, c'est pas quinze. Vous pourrez lui redire ?

Je vais m'y risquer, mademoiselle, car vous avez raison, en tout et même au pays de l'exercice, les excès rongent le corps. Mais lui dire de marcher moins c'est encore un peu tôt.

J+222

Pour ton dernier jour plein à la clinique, vous avez organisé une soirée pizza avec Antonin qui s'en va aussi. Il va mieux. Sa jeunesse a été entrecoupée de six mois de raideur mais elle reste ouverte au désordre, il rit du matin au soir.

Tu as tout organisé, je ne t'ai aidée en rien, à trop le faire, on se trompe. Accompagner, c'est une affaire très précise, on donne à l'autre de l'élan, on donne de l'élan et si l'on insiste, on le pétrifie. Ça se joue à quelques jours, à quelques mots. Tu tiens désormais debout, il me faut reculer d'un pas et te laisser respirer sans assistance. Je t'ai dit que j'étais là, au cas où. Je ne suis pas venu à la célébration de vos départs. Qu'on te regarde toi. Seule. Comme l'être unique que tu es. Et que tu te souviennes n'avoir besoin de personne pour étinceler. La première fois que je t'ai vue, ça a fait ça, une brillance, et je n'étais pas là.

J+223

Le jeudi, en fin de matinée, certains soignants se rendent au bâtiment voisin récupérer leur panier d'une AMAP. C'est un défilé sous ta fenêtre de blouses blanches et de salades. Aujourd'hui, un kiné y est allé avec sa patiente tétraplégique. Au retour, c'est elle qui avait le panier posé sur les jambes, dans son fauteuil. Autrefois, j'aurais pu dire : « Voilà les légumes qui reviennent. » Car on peut rire de tout. Et on le faisait de nous. Mais quelque chose a changé. Je ne l'ai pas dit. J'ai cru que c'était rapport à toi ; tu es passée si près. J'ai cru qu'il était trop tôt pour la dérision. C'est plus grave. C'est comme si le goût de rire s'était tu.

J+229

Le livre sur Ubac est sorti. Page 224, je lis cette phrase qui a passé tous les contrôles. « Nous sommes si heureux que cela m'effraie ; pour laisser quelques miettes aux autres, je suis sûr que l'on peut mourir d'avoir déjà trop reçu. Je trouverais cela même juste. » Les livres sont si capables qu'ils me font peur.

J+230

Nous sommes à Beaufort depuis jeudi soir. De passage.

Cette semaine, c'est ta fenêtre thérapeutique. Toi, tu dis vacances et tu as coupé ton bracelet d'hôpital. Que tu as rangé dans ton sac.

Depuis que tu as inscrit cette date du jeudi 23 mars comme fin de ton hospitalisation complète, les jours à la clinique ont été plus longs et pas que la faute au printemps. La lassitude est un phénomène particulier. On ne la voit pas venir, une date butoir apparaît et tout s'emballe. Ce qui était invisible saute aux yeux, ce qui maintenait devient pesant, tu manges dans ta chambre et tu voudrais fuir un lieu qui t'a portée des mois durant. Tu n'en veux à personne, tu restes affable mais tu subis l'implacable loi du temps qui passe heureusement. Il y a ces moments bienfaiteurs dont l'ultime faveur est de s'achever. Quand je parlai à Laura de ton impatience, elle s'exclama : « Trop bien ! » Vouloir déguerpir est un signe favorable. Toi, tu t'excuserais presque, de toutes les mauvaises réputations, l'ingratitude est ta terreur.

Dès le lundi, ton linge était plié. Le mercredi, les photos et les cartes décollées du mur de soutien, une pelote de Patafix grosse comme une boule de pétanque. Ta bouilloire débranchée, rincée, rangée. Pour toujours, ton dernier repas dans la 117 sera un tajine. À midi et demi, une jeune nouvelle est entrée dans ta chambre.

– Vous avez fini ?

– Oui, merci, c'était très bon.

Dans la salle commune, tu as déposé le Scrabble, le Mastermind, le Yahtzee et les autres jeux pour la tête. Tu as donné tous tes chocolats à Kadi, c'était ta préférée. Tu t'es réjouie de défaire vite ce que nous avions pris le temps de faire. Tu as rendu une chambre propre, bleue et blanche. Tu as fermé la porte toi-même, debout et je t'ai vue, tu as pensé au prochain corps cassé qui l'occupera, dès le soir même ou le lendemain.

Aux soignants, à ceux de l'accueil, à tout le personnel et aux autres patients, tu as dit : « À dans dix jours. » C'est bien de revenir, ça évite les adieux. Quand on a eu peur que tout s'achève, on s'arrange pour que rien ne cesse vraiment. On dit de petits au revoir, on laisse quelques affaires. Ainsi s'entretient l'illusion de l'éternité.

En ouvrant l'appartement de Beaufort, c'est comme si nous étions partis cinq minutes et que nous revenions en étrangers. De cet endroit comme de nos vies actuelles, nous sommes les locataires fugaces. Nous savions que nous rentrerions mais pas comme ça. Quand s'est-il arrêté, ce voyage ? Le 12 août à 10 heures ? Ou l'avons-nous poursuivi ces derniers mois ? Car à Bolzano, à Grenoble, qu'avons-nous fait ? Nous avons exploré des géographies, découvert des univers, rencontré des inconnus, nous nous sommes éloignés de nous-mêmes, nous avons parlé une autre langue, nous avons chahuté nos repères, nous nous sommes resserrés comme on le fait quand on ne sait pas, nous avons demandé notre chemin, nous avons eu le mal du pays, nous avons vu le temps passer vite et lentement, nous avons envoyé des nouvelles. Qu'était-ce sinon un voyage ?

Depuis que nous sommes ici, les émotions varient. D'une minute à l'autre.

Certaines minutes, nous nous délectons du comme avant. Vient à nous quelque chose de la résurrection et, plus encore, de l'embellissement. Dormir dans un même lit, observer la même brume, faire un café, quelques pas sur ce chemin qu'on ne regardait plus, aller à la boîte aux lettres, sortir deux verres du meuble. Ces choses que l'on faisait en pensant à d'autres ont regagné en saveur. Rien n'a bougé, tout s'est élevé. Les lieux, les objets nous parlent, on y glane des parcelles de joie et des socles d'espérance. Être ici fait du bien, notre vie d'avant et ses charmes oubliés. Pour combien de temps notre vie est-elle repeinte en rose ? On s'en fiche.

Rehaussé entre tous, il y a eu dimanche soir. C'était notre premier dimanche soir depuis le 7 août 2022. Qu'il parle de solitude ou du bonheur d'être deux, le dimanche soir le dit plus fort que les autres jours. Tu t'es endormie sur le canapé devant Stade Français-Racing. Tu semblais être à la bonne place, repue de calme. Quand on a touché la mort, tout est effrayant, mais se lover sur un sofa moelleux, un toit sur la tête, un veilleur attentif autour suffit à faire le plus sûr des abris. Il me semble que tu pourrais te livrer des jours entiers à te sentir en sécurité, sans rien demander de plus extravagant. Tu ne te souviens pas de ton accident mais il a tracé en toi une frontière nette entre le reste du monde et là où il ne peut rien t'arriver ; c'est une géographie d'enfant où tout est agrandi : les frousses et les douceurs. Chaque heure où tu n'as pas peur te fait croître. Moi, je te regardais dormir. C'était un tel bonheur, comme si ta chute n'avait jamais existé. C'était effrayant, comme si elle allait se produire. Puis tu t'es réveillée et tu as dit : « Pas terrible ce match, non ? »

À d'autres minutes, c'est douloureux. On mesure ce que l'accident a confisqué. Cet endroit respire le passé, de notre bonheur ici, nous détenons un million d'images et le souvenir de son accès facile.

Dehors, il fait beau, les sentiers sont les mêmes, les jours identiques, la brise monte puis descend, rien n'a varié sauf ce qu'il est devenu impossible d'entreprendre. Nous vivons comme dans un palais des glaces, à chaque pas on nous propose notre joyeux passé ; attirés, nous avançons vers lui et nous nous cognons. Hier nous virevoltions, aujourd'hui nous sommes prostrés, toi par le corps, moi du cœur. Retourner aux jours communs, c'est prendre en pleine face la mesure de la baisse.

Puis ça passe et nous redevenons exagérément heureux. Ces deux humeurs alternent, nous errons sur cet estran et au fil de la journée, l'une ou l'autre l'emporte. Nous devons choisir. Essayons la joie.

Le matin, nous nous disons que vivre ici sera hors de notre portée, qu'il nous faut des terres vierges ; le soir nous ne nous voyons pas vivre ailleurs. En parlant d'habiter, nous sommes passés aux Carroz près du chalet qui était le nôtre. C'était comme visiter une autre époque de nous-mêmes. Le voir ne nous a rien fait, ce n'est plus important ; quand on prend un coup violent, des points cardinaux deviennent des bibelots et ce tri, quand bien même se paie-t-il au prix fort, est aimable à vivre. Tout ce que l'on avait patiemment rangé, classé et exhibé est d'un seul coup remisé, offert ou jeté. D'autres, à qui la fin a fait un signe, agissent autrement et s'accrochent plus encore à leurs possessions. Ils tondent et retondent la pelouse, lasurent pannes et chevrons, classent et reclassent leurs livres, ça au moins la mort n'y touchera pas. Dans les deux cas, on se débat.

Au village, nous nous cachons et ce n'est pas bon signe.

Nous avons voulu boire un café aux Croës ou faire le tour de Marcôt. Mais Beaufort n'est pas devenu New York et c'est heureux. Beaufort n'a pas changé : à 8 heures, les cars Blanc déposent les collégiens, la sonnerie sonne et l'épicerie de Sophie ouvre une demi-heure plus tard. L'auto-stoppeur cueilleur de champignons attend sous l'ancienne gendarmerie impériale, les gens dans leur voiture regardent les gens dans leur voiture, mercredi c'est marché, jeudi c'est sépulture et les trois chamois du Châtelard observent la constance des hommes. La vie suit son cours et nous pensions, invisibles, nous fondre en elle.

À chaque coin de rue ou de forêt, nous croisons une connaissance, un camarade, un parent d'élève. Cette sensation d'être de quelque part m'avait manqué ces derniers mois et, en deux salutations, elle m'assomme. Comme c'est difficile de faire partie sans appartenir. La rumeur de fond de vallée t'a fait mourir dix fois, en deltaplane, en parapente, sur le coup ou après un mois d'agonie, en Italie ou en Grèce. Certains croient voir ton fantôme. Chacun a son histoire et voudrait entendre la nôtre. Ils nous tapent sur l'épaule ou nous prennent dans leurs bras, versent les sanglots du retour et les mots d'avoir cru te perdre. C'est touchant, si touchant que ça étouffe. Nous sommes venus ici pour respirer. Nous n'avions pas compris que ton accident ferait à ce point ton identité et par-delà, la mienne. Nous imaginions qu'il habitait Bolzano ou Grenoble, qu'on le quitterait, qu'on le retrouverait à notre guise, mais c'est donc en nous qu'il vit.

Mercredi, je suis arrivé si tôt au marché que rien n'était en place, Cyril est allé me chercher son petit frais dans les cartons. On ne vit pas dans un village pour se cacher. Faudra-t-il habiter dans les bois comme nous y avons déjà vécu ou dans ces villes où l'on n'est personne ? Trouver notre lisière.

Mais si nous prenons le pli de fuir, nous renonçons à la possibilité de l'oubli. Hier soir, nous avons parlé de cette folle ambition : oublier l'accident. Pas comme si rien ne s'était passé mais comme en avril quand on range les affaires d'hiver : faire place aux clartés. Pour une fois et c'est précieux, nous sommes à la même gare, en même temps. Nous disons oui à l'éventualité de l'oubli.

Monica nous dit qu'à Chamonix ce fut pareil. Elle voulait revenir, se nourrir de l'habitude, à la fois oublier, mais chaque parole entendue la ramenait à Steph. Elle refusait. Pour se rapprocher de lui, elle n'avait besoin de personne. Elle nous dit que ça ne dure qu'un temps. Il faut tenir, résister à la tentation de s'échapper, faire une fois le tour de tout le monde, pour les plus aimants deux tours, et après on parle à nouveau du regain d'août, des chanterelles, des travaux rue du Pont et des mauvaises grippes, toutes ces choses rassurantes car on n'y peut rien. Et la vie cesse d'être contée par la chute. Pour ça, il faut rester un peu, se montrer par petites notes et refaire partie de l'ordinaire. Et n'en vouloir à personne. Car au final, quand tout se tait, on ne retient que la gentillesse des autres. Elle seule mérite de rester. Ce que nous dit Monica est doux, vivifiant, mais à chaque fois qu'elle me parle, je baisse les yeux. Nous sommes incomparables, moi ma tête, je peux la reposer sur une épaule.

Avec les gens, c'est facile. On jure à leur amour, à leur gaucherie, on ferme la porte à double tour, on change de conversation ou de trottoir. Et la nuit, chacun rentre chez soi.

Avec les lieux, c'est plus violent. Les montagnes. Elles sont là, demeurent et ont toujours quelque chose à nous dire. Depuis jeudi soir, nous les évitons, surtout moi, seulement moi. Je leur avais toujours parlé, j'ose à peine les regarder. Avec celles de Grenoble, c'était commode, nous n'avions pas d'histoire, hormis le couloir Grange et quelques pointes en Belledonne, j'ignorais jusqu'à leurs noms. Ici, chaque pic, chaque face, chaque arête est un souvenir, essentiellement heureux. Si plus rien auprès d'elles ne s'imagine, leur affolante beauté sera un châtiment. Et j'aurai honte que leur présence, leur seule présence, ne suffise plus.

Tu sembles mieux vivre cette frustration. Sur ce point, parmi d'autres de la sagesse, tu as toujours été plus performante. Ou ne vis-tu pas ce manque ? Car tu t'es éloignée des montagnes. Ton corps te dit non. Marcher vingt minutes sur les chemins plats du vallon t'épuise, alors à quoi bon penser grimper ? Ton dos te fait souffrir sans pause. Tu es trop faible, tout te paraît haut, loin, lent. Tu as peur, jouer t'a presque tuée. Quelles que soient tes avancées, les médecins t'ont préparée à ce que ce soit fini. Tu as accueilli cette réalité et d'où tu reviens, c'est une perte négligeable. Tu les regardes à peine. Les ruptures radicales sont finalement les plus supportables.

Ton accident m'a posé une question : pourquoi retourner sans cesse en montagne ? Pour mille raisons valables à chaque âge de la vie. Du risque aux esthétiques. De la performance à l'inutilité. De la solitude à la camaraderie. Mais depuis toi : être ensemble. Répartir la peur, partager l'émerveillement, faire une seule trace, s'encorder, assurer l'autre de sa présence, renoncer de concert. Sans toi : aucun sens.

Je pourrais y aller seul. Aller au mont Blanc, revenir le soir, déchargé des trop-pleins. Tu me demanderais : « Alors c'était bien, tu as eu du vent au sommet ? » Tu serais peut-être heureuse pour moi, assez pour camoufler les raisons de ne pas l'être et d'avoir consulté ta montre tout le jour. Peut-être cela t'aiderait-il à te sentir moins coupable d'avoir changé notre vie ? Foutaise. Comme morsure, je fais le choix de t'imposer la culpabilité plutôt que la peur. Car il y aurait la peur. Que ce soit arrivé ne nous délivre pas de la possibilité d'un autre accident. Il pleut toujours où c'est mouillé, disait Jeannot. Nous ne nous faisions aucune illusion, c'était inévitable : si l'un s'arrête, l'autre suit. C'est d'une telle évidence qu'à ce jour, ça console.

En réalité, notre vie d'avant est perdue. Autant se le dire.

Parfois, il faut se regarder dans les yeux, prendre une voix calme et se dire : c'est fini. Accepter, de son vivant, qu'une partie de sa vie ait cessé. Les gens disent qu'on aime encore plus ce qu'on a perdu, où vont-ils chercher ça ?

Notre vie suivante sera belle. Parce qu'elle est inespérée et qu'elle existe. Bientôt, nous saurons de quoi elle est faite, où elle se jouera, dans quelle mesure la diriger et la remplir. Mais aujourd'hui nous éprouvons les vertiges du « entre ». Une fin, un début, on sait discuter avec eux et composer. Entre, c'est autre chose, c'est un passage où nous sommes aveugles, sourds et ignorants. Et ne pas savoir, on ne sait plus faire.

Ces instants de montagne telle que nous la vivions n'adviendront plus. Ça me fait assez peur car la montagne reliait tout ce qui était dispersé dans ma vie. Elle rassemblait des bouts qui n'avaient rien à faire ensemble comme des mots et des cordes, des rêves et des peurs, et elle donnait à mes jours brouillons un semblant d'unité. Aussi là-haut nous jouions, et quand on joue, on ne pense pas aux mornes choses. Si nous cessons de jouer, nous aurons plus de chances d'être tristes. Aller en montagne, j'imaginais que la vie entière ce serait ça. Et pour tout dire, je n'ai pas de véritable plan B. Je découvre un principe de l'architecture de sa propre vie. Lorsqu'on la construit, il s'agit de se tenir plutôt à l'extérieur, au risque, sans s'en apercevoir, de se laisser emmurer.

Je n'y étais pas préparé. Un matin, on se lève et on s'adonne à une activité qui colle à nos vies. Le soir même, c'est fini, on ne se fréquentera plus. D'une façon soudaine, radicale et irréversible. Nous l'ignorions mais à l'aube, on a fait son sac pour la dernière fois. On ne peut agir que comme ça : en ignorant.

Sinon chaque geste, du lit que l'on ne fait pas aux lacets que l'on fait, serait une torture. Il n'empêche, hop ! et votre vie en est une autre. Tellement qu'il se peut qu'on n'en veuille pas.

Pour une première fois dans ma vie dorée, je mets derrière certains des bonheurs les plus résolus. J'imagine que vieillir, c'est à peu près cela : le livre des possibles, un jour on le referme. Un livre dont on a écrit patiemment chaque page, un jour on le referme et on s'endort avec lui sur les genoux. Mais le mien, le nôtre, on me l'a arraché des mains. Certaines pages, je voulais les relire, d'autres, les remplir, j'écrivais tout petit pour qu'il reste de la place, et de mes dernières lignes, l'encre n'avait pas eu le temps de sécher. Ça me semble plus violent. C'est un bien petit sinistre, me dira-ton, n'avoir perdu que des loisirs, pourquoi, enfant gâté, fais-tu grand cas de ces babioles ? Je me tairai, entrer dans la pesée des malheurs – autant que des bonheurs – est une pensée vaine. Je n'ai jamais jugé la passion d'un autre, non par grandeur d'âme, mais parce que de telles ardeurs échappent aux mesures. Sauf quand elles disparaissent, elles sont des tremblements de terre. Alors si ce ne sont que des pertes futiles, ce sont les miennes et elles comblaient ma vie.

Un accident ne prend pas de gants. Il trie sans ménagement les joies renouvelables de celles définitivement éteintes. Le premier soir à Bolzano, seul sur le parking de l'hôpital, attendant la nouvelle, les *plus jamais* m'avaient mordu. Tu allais mourir, *plus jamais* le soleil ne te réchaufferait la peau, *plus jamais* tu ne mangerais les pici all'aglione, *plus jamais* tu ne rirais quand je dis zlip de bain, *plus jamais* tu n'enlacerais Simone. Ça m'avait mordu si fort. Je les avais refoulés violemment en hurlant non et en écartant les bras. Les voici qui reviennent. *Plus jamais* tu ne feras glisser tes skis dans les Grépets, *plus jamais* tu ne décolleras de Roche Plane, *plus jamais* tu ne sauteras dans le Dardu de Piana. Les *plus jamais*, que l'on parle d'être en vie ou simplement de se rouler dans la neige, on les pleure à l'identique. Car ils viennent par vagues, s'ajustent à la taille de nos requêtes et disent toujours non. La raison n'a rien à voir là-dedans.

Mais je me dis que cette vie a existé et voilà son plus grand mérite. Pour perdre, il faut avoir eu ; et ces milliers de jours à l'air vif, libres d'aller, nous les avons vécus.

Tout à l'heure, quand tu te reposais, deux parapentes ont décollé d'Outray. J'ai reconnu les voiles de François et d'Alexis. J'ai pleuré doucement, pardonne-moi, je craignais que tu te réveilles et que tu me voies si triste. J'ignore si pleurer sous deux ailes dans le ciel, c'est insulter ou célébrer l'existence. La tristesse, c'est aussi regarder celles du monde et se sentir à l'étroit de la sienne. Mais mentir sur ses tristesses serait plus indigne encore. Car avant toute chose, elles furent des joies. Profondes, fidèles, partagées. Et, vu les caprices de ce monde, me semble-t-il, pas les plus exorbitantes.

Lundi et mardi, en fin de matinée, je suis monté en petite foulée aux Villes-Dessus. Je pensais retrouver cette jolie mémé, son foulard sur la tête, ses yeux plissés, assise devant sa grange. Avant le voyage, à chaque passage là-haut, je m'arrêtais, nous discutions, elle me demandait de qui j'étais le fils. Je voulais la revoir, je la pensais invariable. Elle n'y était pas. Elle n'y était plus. Jeudi, il faisait meilleur, j'y suis retourné, elle était là, sur son banc, adossée à la pierre, sa peau couleur bois. Nous avons parlé, comme si. J'étais très heureux. Rien ne semblait pouvoir disparaître vraiment. En partant, elle m'a souhaité bon courage pour la suite de la course.

– Ça va aller, ça ne fait que descendre jusqu'à Beaufort !

– Faites attention quand même, s'agirait pas de faire la culbute.

Nous sommes restés dix jours au village. Du 23 mars au soir au 2 avril au soir. Dix nuits. Il a plu souvent mais ce n'est rien. Pour les grognons, la compagnie d'un survivant est aussi féroce qu'inspirante : quelques pas dans la forêt, un peu de pluie sur les joues et la vie lui va. Ces dix jours, j'aurais voulu qu'ils s'éternisent.

Il ne m'écoute jamais, le temps. À Bolzano, quand tu pouvais mourir, je voulais le ralentir. Quand tu progressais, l'accélérer. À la clinique, quand tu désespérais de stagner, le secouer. Ici, à Beaufort, malgré tout, le retenir. Parce qu'il y avait le rire. Comme nous avons ri. Au début de la semaine, nous n'osions pas trop, après on s'en moquait fort. Des éclats interminables, on aurait dit ceux de la fac. Parce qu'il y avait le sentiment de nous suffire. Au début, nous n'osions pas. Il y a tant de personnes à qui nous devons de vivre à nouveau. Après, on a osé. Ce n'est pas oublier. C'est tout bonnement l'inverse.

Sur la route de Grenoble, j'aurais pensé à la morosité de partir mais nous sommes heureux de rentrer.

En veux-tu en voilà, de l'incertitude.

J+234

C'est ta première journée d'HDJ.

De chez Marianne, je t'accompagne jusqu'au tramway, décidé à te laisser poursuivre seule jusqu'à la clinique. Sur le chemin, je reçois un message de David me proposant un café à la Grignetta. J'aurais voulu fabriquer une bonne excuse, je n'aurais pas fait mieux. Je monte avec toi. Je m'assois à côté de toi. Je descends avec toi. Le volet de la 117 est fermé.

Au café, j'ai pris avec moi tout le courrier qu'Amélie, notre voisine de Beaufort, avait récupéré pour nous. Elle est passée hier, juste avant que nous partions. C'était beau de te voir dans ses yeux.

Dans la liasse, je trouve une facture du CHU de Grenoble. Cinquante-six euros. Un supplément pour ta semaine en chambre seule. De l'hélicoptère venu te sauver à aujourd'hui en passant par le remplacement de la baignoire de notre appartement en douche, voilà en tout et pour tout ce que nous aurons versé. À Bolzano, pour m'occuper la tête, je lisais le prix d'une journée en soins intensifs. Huit mille euros. Et dans les petites lignes de l'assurance, celui d'un rapatriement. Six fois plus. En France, pour la plupart mais pour combien de temps encore, être malade, c'est ainsi, c'est payer gratuitement. C'est tellement ainsi que nous nous y sommes habitués et le malheur de l'habitude, c'est de ne plus prêter attention. Comme si aller bien ne coûtait rien. Et si, en bas des relevés de santé, là où on nous réclame zéro, un chiffre en petit indiquait quelle fortune coûte le maintien de notre vie ? Nous nous rappellerions le prix de la solidarité. Et moi, d'avoir escorté dans le tramway la femme qui valait trois milliards.

J+238

Rares sont les journées où on ne te demande pas, sur une échelle d'un à dix : combien vous avez mal ?

Tu ne dis jamais cinq. Tu es soit bas soit haut. Souvent huit. Jamais dix, il y a toujours pire.

Avec la douleur, vous entretenez une relation sinueuse.

Tu as eu si mal, à t'en arracher des cris de mort, tu ne la crains plus. Tu la regardes dans les yeux, tu dis non quand le médecin te demande si tu veux une anesthésie pour retirer les morceaux de sang séché au fond de ton oreille, tu lui dis *Viens, approche-toi, petite*, tu ne lui montres rien, aucun tremblement, aucune répugnance, enfin tu lui dis *Va-t'en maintenant*. Ce n'est pas que tu es insensible mais cette bête furieuse, tu l'as apprivoisée, c'est toi qui mènes votre danse.

D'autres jours, c'est tout le contraire. Tu as eu si mal, tu as vidé ta possibilité de lui faire face. Au-delà, on ne sait plus comment faire. La douleur agit en deux temps, elle pénètre les corps et les fait plus pénétrables. Tu n'en peux plus, tu demandes des calmants pour tout, tu le regrettes la minute d'après craignant que ton corps ne sache plus se défendre seul. Tu n'en veux plus. La douleur chronique, me dis-tu, c'est un poison, elle se pose au bas de ton dos ou derrière l'oreille et s'installe dans ta tête. Pour s'en échapper, certains sautent par la fenêtre.

Avec les paroles de ton corps – les médecins disent symptômes –, c'est la même valse.

Certains soirs, dans le silence du coucher, tu entends clic dans ton dos, c'est la plaque de métal qui s'en va et ta moelle épinière en danger. Certains matins, tu découvres deux boutons sur l'épaule, c'est un cancer. Comment pourrait-il en être autrement. À braver les raisons de la perdre, ta vie a failli s'en aller, tu sembles désormais avoir, et à outrance, fait vœu de vigilance.

D'autres fois, tu laisses glisser. Tu accueilles les troubles, tu les sais de passage. Tu t'es frottée à la mort, de longues heures, sa limaille te colle à la peau. Tu sais reconnaître le mortel du négligeable. Alors petites choses, jouez aux assassines si cela vous amuse mais sachez qu'on ne fera pas de vous plus de cas qu'il n'en faut. Le pire serait que tout finisse par se valoir.

Et moi ? Vieille habitude prise dans la vie d'avant, je te suis. Certaines semaines, au moindre gargouillis, je trouve un médecin, je sais désormais comme bien aller est inestimable. Et d'autres fois, j'accueille les douleurs même les plus vives sans les combattre car, au regard de ce que d'autres endurent, elles sont méprisables. Dans les deux cas, c'est excessif.

J+240

Aujourd'hui, Léonie est morte.

Elle était douce comme la neige de décembre, c'est sous celle de printemps qu'elle a cessé de respirer. Elle avait été ton élève, tu l'aimais beaucoup, vous vous ressembliez. J'ignore comment, tu as su qu'une jeune Beaufortaine n'avait pas survécu dans l'avalanche aux Miage. Nous nous sommes informés, nous avons su qui et tu as pleuré longtemps en disant « Injuste » au moins dix fois.

Pourquoi nous infligeons-nous la montagne ? Pas plus que le peintre, pas moins que le marin : pour se rappeler vivant. Et si vous insistez : pour être heureux. Et si vous insistez encore : pour rien.

J'ai pensé à ses parents, à son frère Paul, à Maxime. À l'annonce. Ce peut être un coup de fil des secours. Ou inquiets l'après-midi, sans nouvelles, on appelle, on appelle. Ou un ami ayant survécu. Ou la radio disant : « Six morts. » Ou le corps qui sait à la seconde. Je ne sais pas et je ne veux pas savoir.

Toi, tu n'es pas morte et ça change tout. Revoir l'autre, ça change tout. Si tu avais dû mourir, j'aurais aimé l'apprendre comme j'allais l'apprendre. En ferraillant corps à corps avec la mort, présenté tout droit à elle, là où elle t'a saisie, en courant, en te découvrant, en te secouant, en ayant tout le dehors pour hurler. Il y aurait eu la violence, il y a toujours la violence, mais près de toi. Tu as parcouru cette vie avec tant d'élan que même morte, tu aurais continué quelques minutes à me porter.

J'ai retrouvé une photo prise un soir aux Lanches. Nous avions volé depuis le Roc du Vent, nous avions atterri près du lac et dîné chez Corinne. Léonie faisait la serveuse. Sur tous les visages, on devine la plénitude d'une journée et la promesse des suivantes. Quand tout va bien, on fait des photos. Nous avions assez bu et nous étions redescendus à Beaufort à fond les vélos et sans lumière. De cette photo, Léonie n'est plus, le bar des Lanches a fermé et toi, tu ne poseras plus ton aile sur les berges de Roselend, tu ne liras plus Beckett. Un voile posé sur le passé, est-ce cela qu'on appelle une vie ?

Si tu n'avais pas survécu et que j'avais continué, ce qui fait deux improbables, j'aurais su s'il existait quelque chose après la mort. Qui pourrait croire que nous aurions cessé d'être en contact. Si je ne t'avais plus revue, j'aurais su : il n'y a rien après. Mais je n'aurais rien dit. Si nous nous étions revus, j'aurais su : la vie est sans fin. Mais je n'aurais rien dit. Car entre les hommes jurant à l'au-delà et ceux s'en moquant, seul les unit d'en douter.

Si tu étais morte et que j'avais continué, j'y crois de moins en moins, qu'est-ce que j'aurais dit ? Que tu as disparu ? Non, fuir n'est pas ton genre. Que tu t'es éteinte ? Non, tu sais ce qu'on dit des étoiles. Que tu nous as quittés ? Non, la fidélité présidait à ta vie. Que tu n'es plus là ? Non, comme si la chair nous résumait. Que tu es partie ? Non, pour aller où ? Je n'aurais rien dit.

J
20 h 00

L'intérieur d'un fourgon n'est pas le meilleur endroit pour cohabiter avec le manque.

Dans les maisons, il y a cette pièce plus neutre que les autres, on dit le débarras ou la réserve, une pièce où rien n'est vraiment de tous les jours, où rien ne rappelle l'autre et s'il le faut, quand le manque tape trop fort, on s'y replie le temps nécessaire et on revient batailler. Mais dans le van se côtoient à portée de vue le chapitre lu la veille, la chemise froissée, le barolo à finir et les deux immortelles séchées. Tout est là, le sépia et les rêves, tout vit encore, se touche et t'évoque. Un marque-page, par exemple, ce n'est rien mais il dit tout du temps passé et à venir et il perce le cœur comme la plus aiguisée des dagues de chasse. Ou une serviette de table, voilà un autre rien négligemment replié mais qui essuie les lèvres, s'entache des souvenirs et vous attend. Les objets sont animés et nous conduisent vers le sombre ou vers le clair. Et un trognon de pomme, qu'en fait-on ? Le jeter ou le garder, c'est un même mal. Ça te fait trop réelle. Et si, croyant se protéger, on ferme les paupières, l'odeur de traîne, les coutures du patchwork vous raclent le corps et vous torturent invisiblement. Souchon lui-même hante les tôles et a quelque chose à murmurer. Que tu vas mourir quoi qu'on en dise et que sa chanson te mélancolise.

L'unique abri dans le van est de s'en extraire, mais si je prends d'emblée ce pli, je crains que ce soit pour toujours. À cet instant précis pourtant je rêve de m'échapper. Je rêve d'un supermarché où aucun bout de toi ne s'est jamais faufilé, de ses néons blancs, de ses distractions obscènes, de ses gens inconnus, de cette impression de permanence et que l'on ne manquera jamais de rien. Supermarché d'où je reviendrai aussi vite, nous nous sommes assez laissés comme ça pour aujourd'hui. Car être dans le fourgon autant me protège. Tout ce qui nous fait est rassemblé ici, rien ne m'attend ni ne s'éparpille ailleurs. Les aménageurs de camion parlent de cellule, cette base du vivant. Ici, tout de toi me manque mais rien de nous n'est absent.

Dans ce camion où j'ignore si tu reviendras un jour, j'ai mis la main sur l'outil de torture le plus performant. Tes carnets de voyage. Tu en es au deuxième. C'est un Clairefontaine bleu, papier ivoire velouté. Il est fait de quatre-vingt-seize pages, lignées, et tu n'en as noirci que deux. Sur sa couverture, pour faire joli, il est inscrit « Douceur de l'écriture ».

Je lis tes derniers mots, griffonnés hier soir et dont l'encre va bientôt baver de mes sanglots. Tu ne devais pas avoir de temps, trop pressée de dormir ou de vivre, ton texte est court mais c'est assez pour se souvenir : « *Giovedi 11 août 2022, repérage d'un attero dans une vallée après Chienes, terrain moyen mais bon café, lessive à Brunico.* » On peut mourir avec comme derniers de ses écrits le décompte de lessives ou la liste des courses, et pourquoi pas d'ailleurs, c'est aussi la vie. Lire cette page, c'est comme me taper la tête sur l'angle d'une poutre en attendant le réveil. Tes mots ont été placés comme tu le pouvais, compactés dans l'angle tout en bas à droite, comme nos prénoms écrits à l'école : le début en grande pompe et la fin ratatinée pour que tout tienne. *Nuit à Rio Bianco*. Quand je regarde les suivantes, les pages blanches, je les trouve étroites, tellement j'ai à t'écrire, et trop grandes pour mes mots minuscules.

Je rappelle à 20 heures pile. On m'a dit de le faire dans la soirée, 20 heures, c'est correct.

Avant, et pour me donner du courage, je refais quelques tours de rectangle. Le gardien de nuit a pris son poste, j'entreprends de lui expliquer, il sait déjà, un *camper* à tête de chien au beau milieu de l'hôpital, ce n'est pas tous les soirs. *No problem*, me dit-il. Il a le regard tendre des êtres seuls. Le parking souterrain, c'est là qu'habitent les anges, et à tour de rôle ils en sortent et apparaissent, dans une roulotte, une cahute ou de l'autre côté d'une porte. Ils le font de manière ordinaire, sans éclat, simplement vêtus, ressemblant à tout sauf à des messagers.

Il n'y a que nos histoires d'hommes pour faire des anges démesurés.

Je m'assois de nouveau dans le fourgon et je prends de grandes respirations. Les appels importants, c'est toujours toi qui les passais, moi dans l'ordre de l'audace, je débute. Je me persuade qu'il se peut que les nouvelles soient bonnes. S'ils n'ont pas appelé, c'est que ça va, du moins que l'on n'a pas atteint le pire. Je me le répète dix fois, je me dis qu'ainsi on peut jusqu'à tordre le destin. L'humanité peut en témoigner, les malheurs n'attendent pas notre accord pour s'installer. Les envisageant, on ne les fait pas fuir, au contraire, c'est déjà marchander.

J'appelle. Ça sonne. Personne ne décroche. Je les ai vus, ils sont très occupés. Je tente à nouveau. Cinq fois. Dix fois. Rien. Le peureux s'en arrange, l'amoureux désespère. Ça dure une heure comme ça.

Est-ce encore un problème de numéro ? Ta vie et ce que j'en sais ne peuvent tenir à un zéro de trop.

Pourquoi ? Parce qu'il parle allemand ? Parce qu'il est mon parrain ? Parce que je l'aime ? J'appelle Antoine, pour qu'il essaie depuis chez lui. Parce que j'ai trop peur de ce que l'on va m'annoncer et que je charge un autre de cette violence ?

– Salut mon filleul préféré !

C'est notre gimmick à chaque appel, comme je suis son seul filleul, nous rions que je sois son préféré. En temps normal, je réponds : « Salut mon parrain préféré. »

– Comment allez-vous tous, les deux ?

Qu'on parle de nous deux me semble d'un autre temps. Je lui explique sans prendre d'inspiration, si j'inspire, je m'écroule. Et je lui demande. J'ignore comment j'ose lui demander d'appeler la mort, un vendredi soir, ses bières au frais et son barbecue fumant. Il est terrassé mais n'en dit rien, c'est pour cela aussi, je savais en secret qu'il serait fort. Face à une crise, on dégringole ou on se confirme.

– Je les appelle.

Cinq minutes plus tard, *Parrain Toto* s'affiche sur l'écran. Lorsqu'on enregistre nos contacts, la joie est notre unique projet. Une partie de moi voudrait ne pas décrocher, ainsi tu vivrais dix secondes supplémentaires.

– Alors, j'ai réussi à les avoir…

Je le connais, je connais sa voix, je dirais que la vie est là mais en très faible quantité.

L'équipe des soins intensifs a essayé de me joindre à plusieurs reprises. Si tu avais été morte, je ne l'aurais pas su. Ils m'attendent. Le problème est encore lié à l'indicatif du numéro, ils m'écriront le bon sur un papier. Ils parlent au futur, tu es vivante, c'est donc vrai.

– Elle est en vie, elle s'accroche mais ça ne tient pas à grand-chose. Ils ne savent pas dans quel état elle se réveillera. Si elle se réveille. Ça dépendra du sang dans son cerveau.

Jusque-là, je n'avais pensé qu'à ton corps. Son mouvement libre était pour beaucoup dans notre bonheur. Mais une vie, l'avons-nous oublié, s'il s'agit de courir le monde, c'est aussi le comprendre. J'avais pensé à ton visage aussi mais pas à cette annexe qu'il dissimule : le cerveau.

Moi, je croyais que c'était le cœur qui pensait, qui aimait, qui frémissait, qui en faisait trop ou pas assez. Parfois il bat vite, d'autres fois on le secoue. En réalité, c'est le cerveau. Un cœur, c'est plus joli qu'un cerveau. C'est un oyas en peau d'argile blotti dans la terre et qui irrigue tout autour de lui, quand le cerveau, lui, on dirait le périphérique parisien. Mais c'est là-haut, dans ce lacis clignotant et selon un cadastre électrique rigoureux qu'habitent la gaieté, l'effroi, la tendresse, la poésie, l'émerveillement, la délicatesse, la possibilité de la joie, les douces mélancolies, les forces de l'espoir, le don de la nuance, l'arbitrage des peurs, l'accueil de l'autre, la tentation de la violence, la soif de découvrir, le doute, l'imaginaire, les rêves oubliés, les vérités fragiles et toutes ces folies passionnantes qui rendent la vie respirable. L'amour même niche là-haut, dans ce trafic où la moindre collision paralyse le monde.

Le cerveau est le seul bout de nous qu'on ne sait pas assister ni remplacer, il n'est qu'à soi. Le joli cœur n'est qu'une pompe et il aura beau battre, à quoi sert-il si tout ce qui rend sensible s'éteint ? Je n'y avais pas pensé, si le cœur s'arrête, on meurt, si c'est le cerveau, on ne vit plus.

– Par contre, ils pensent qu'elle ne remarchera pas...

Je remercie Antoine. Comment dire merci à cela ? Comment ne pas le dire ?

Tu ne remarcheras pas. Hier, nous ne parlions de la vie qu'à la lumière de ses possibles, en une minute radicale, je ne la considère désormais que par l'inventaire de ses pertes. J'observe le van, je l'inspecte, je l'interroge, le lit, la douche, il me faudra te porter et te soutenir. Je te pensais si morte que t'imaginer en vie sans parole ni jambes me fait du bien ; je te porterai vers la mer, tu seras bien dans l'eau, tu tiendras sans mes bras et je te raconterai les océans. Tu me comprendras, dis-moi que tu me comprendras.

– Ils t'attendent, rappelle-moi après si tu en as la force.

Je sors du fourgon. Il est presque 22 heures. Il fait nuit et, dans le ciel, la rambleur de l'hôpital donne quelque chose de presque joli. En fermant le van, je reste nez à nez avec l'immense autocollant sur sa carrosserie, la tête de chien, leurs initiales à tous et *Le Souffle d'Ubac*. Viens jusqu'à moi, je t'en supplie, et envole-nous. Mes dix premiers pas, je pense au prix de chacun d'eux et au fait qu'il n'y aurait aucune logique à ce que l'être me tenant debout depuis vingt ans ne puisse plus jamais se lever. M'en voudras-tu de t'avoir assise ?

C'est un chassé-croisé d'ambulances, de voitures aux conducteurs affolés qui se garent comme ils peuvent et claquent les portières. Ici on ne fait pas de jolis créneaux.

À travers les fenêtres, on voit des femmes et des hommes améliorer la vie d'autres femmes et d'autres hommes. C'est très beau à observer, l'entraide, et ça ne cesse jamais, on l'oublie quand on dort ou quand on rit. On devrait tous regarder la nuit.

Par l'entrée des urgences, je me rends aux soins intensifs. Je passe différents sas, une seule fois on me demande ton nom et ma carte d'identité. Dans les couloirs, c'est très calme, pour certains, guérir, c'est dormir. Je les fréquente peu mais on dirait une église, un lieu plus grand que nous où, croyant en elle depuis plus ou moins longtemps, on implore en silence la miséricorde. Un lieu où l'on entre comme en soi-même.

Je suis constitué de deux substances : la douceur et la violence. Rien d'autre.

Je tape à la porte au fond du couloir. Ici j'ai le terrible privilège d'être accepté. Une femme m'ouvre, elle m'attendait, elle a une voix calme, inexplicablement familière. D'elle, je ne vois que ses yeux bleu glace et ils sont beaux, on dirait l'Antarctique. C'est la médecin de garde, elle parle un joli français roucoulé qui pourrait tout adoucir.

Je vais te revoir et cela réussit à me rendre heureux.

C'est la même vision que cet après-midi mais en plus calme. Les patients dorment, d'eux-mêmes ou de la chimie, comme ils le font jour et nuit. Un seul, un homme, a les yeux ouverts, peut-être préférerait-il ne rien voir. C'est l'équipe de nuit, moins nombreuse, mais l'attention est la même. Vois-tu comme notre espèce soigne ses blessés, conçoit de les sauver, n'en abandonne aucun et se préoccupe de la faiblesse. Quoi que cela coûte à la meute. Nos bêtes chéries, celles dont nous envions la vie simplement sauvage, elles, te laisseraient crever. Être homme n'est pas que moins.

Avec la docteure, nous nous approchons de toi. Tu n'as pas bougé. Ton cœur un peu, 57. Est-ce inquiétant ? Toute menue variation va m'angoisser, à la fois si rien ne change, tu ne t'échapperas pas de la mort. J'aperçois une poche de sang pleine, je ne l'avais pas vue tout à l'heure, est-ce le tien ou celui d'un autre qui, un beau matin dans un froid gymnase, a pris le temps de sauver le monde ? Je te prends la main, plus fermement que tout à l'heure, je crois infiniment à ta solidité.

Je demande à la dame si ta vie est en danger, je gesticule pour ne pas dire mort, accorder aux mots un pouvoir, c'est aussi se détourner de certains. Elle me répond qu'elle pense que tu es forte, très forte et qu'elle espère que non. L'espoir, c'est mon affaire, d'elle je voudrais la vérité, au moins la réalité, je lui repose la question.

– Je l'observe depuis deux heures, Matildé. Elle a de quoi vivre. *Di che vivere*.

Cette femme est attentive. Elle a vu des larmes affleurer timidement au pli de mes yeux. Ces larmes lourdes, effrayées qu'on les repère, qui sortent enfin mais jamais ne tombent, épousent la joue et finissent, salées, à la commissure des lèvres. Elle me demande si ça va. C'est de la rage, je lui dis. Contre moi. C'est moi qui t'entraîne depuis des années dans cette montagne où si l'on trébuche, on meurt. Je suis responsable. De tes souffrances.

– Et tous les bonheurs que vous avez vécus, vous y avez pensé, ils viennent de qui ? Moi, je rêverais de votre vie. Je rêverais que mon amoureux m'offre le risque.

Je lui avoue aussi mon sentiment de culpabilité. Vis-à-vis de ce groupe auquel on appartient et que l'on nomme la société, qui a mieux à faire que s'occuper du malheur des gens des loisirs, ces enfants gâtés se moquant des balises et des usages mais hurlant dans le mauvais temps qu'on vienne à leur rescousse. Je lui parle de notre coût pour les autres.

Elle me prend alors par le bras sans hésitation, strictement. Elle m'entraîne. Jusqu'au patient à l'autre bout de la grande salle, à droite en entrant. Et nous revenons à toi, lit après lit.

– Tentative de suicide… Pancréatite… AVC… Chute dans l'escalier… Diabète… Embolie pulmonaire…

Au lit de l'homme éveillé, elle se tait puis elle reprend.

– Bagarre… Infarctus… AVC…

Jusqu'à toi.

– Et Matildé. Tomber d'oser et de choisir sa vie. Alors ne te charge pas de ça. Sois *tranquillo*. Je t'en prie. *Tranquillo*.

De combien de vitalité cette femme dispose-t-elle pour m'en léguer autant ?

Elle me laisse cinq minutes avec toi, seuls. Nous sommes hors règlement intérieur, c'est une faveur. Dehors c'est la nuit noire. Tu sembles calme. Toi qui ne dormais jamais sur le dos, te voilà le visage rivé au plafond, tant qu'à t'y essayer, n'aurais-tu pas préféré la Voie lactée ? Quoique avec toute la chimie reçue, qui sait, comptes-tu les étoiles filantes d'août et à cinq, on dort. Celle-là, tu l'as vue celle-là ?

Je te redis que je suis là, que je le serai où que nous allions et que tu es libre de tout. Je ne consens pas à ta mort, pour consentir, en premier lieu, il faut être deux. Mais si partir est ton salut, alors vas-y et ne te retourne pas. La liberté d'aller, ce n'est pas voler dans le ciel, c'est aussi, surtout, mourir comme on l'entend. Tu as le droit de sortir de ce monde. Je n'ai jamais été à deux doigts de mourir, j'ignore si on lutte ou si on laisse aller mais s'il y a un chemin évident, va. Et s'il te plaît, laisse-moi te mentir, je tiendrai à la vie quoi que tu choisisses.

Je m'éloigne de ton lit sans te tourner le dos. Je te laisse, en dernier les yeux. J'emporte avec moi tout ce que je vois de toi.

Que perdrait l'hôpital à ce que l'amoureux dorme au pied du lit ? S'est-on à ce point éloigné de l'animal pour ne plus admettre le pouvoir des corps attenants ? Un jour, un appareil truffé de métaux rares et de cristaux liquides mesurera le gain en taux de survie à ce que les cœurs s'aimant restent au contact et nos mains ne se lâcheront qu'à l'instant de saluer les médecins ayant cru, au-delà du micron, aux forces de l'invisible.

En me raccompagnant à la porte, la docteure masquée me dit qu'elle a vu sur Internet une photo d'un sommet que tu as prise, un sommet dans la tempête, on dirait le mont Blanc, et qu'elle est magnifique. Cette femme sait ce que tu apportes au monde et, sans même les rayons X, elle voit clairement dans les êtres. Me disant au revoir, elle pose la main sur mon épaule, j'aimerais qu'on se prenne dans les bras, je me reposerais une minute. J'ai si peur que la vie perde toute sa consistance, je n'ai que le frottement des peaux pour lui redonner corps.

Elle me souhaite de dormir un peu, m'assurant que ne pas le faire ne changerait rien. J'aurais les mots, je lui dirais que dormir, subitement, c'est devenu comme s'exercer à la mort. Je ne veux pas. Et qu'en vivant doublement, nuit et jour, peut-être le trop-plein ira vers toi.

Nous faisons quelques pas dans le couloir. D'avoir vu ce contingent de femmes et d'hommes à demi vivants, j'ai peur que tous ne puissent être sauvés et que les autres, les docteurs, une fois la porte refermée, aient à choisir.

– Vous savez, Matildé, elle aimait être en vie.

Tiens, qui passe sans rien dire, un alexandrin.

J+245

Aujourd'hui, j'ai dû me rendre à Lyon.

Je n'aime pas m'éloigner de toi. Les toutes premières distances, qu'elles fussent de cent mètres ou d'un après-midi, m'étaient désagréables car je craignais qu'il t'arrive le moindre mal. C'est différent désormais ; ce matin, en partant, me manquait de ne pas pouvoir passer du temps auprès de toi et de ton halo de vaillance. Ton engouement à vivre est très contagieux et me pourvoit d'autant. Je crains qu'il soit trop tôt pour ponctionner cette vigueur dont tu as tant besoin mais sans t'avoir vue, je suis malingre.

Au retour, tu m'attends devant chez Marianne. Tu tiens dans ta main une boîte du Chardon Bleu. Je parie que c'est un royal. Deux plutôt. On ne fête rien seul.

– Bon anniversaire.

Je t'entoure de toutes mes forces miniatures.

Tu n'as pas oublié.

Tu as franchi le seuil d'une pâtisserie, tu as demandé distinctement deux gâteaux, tu as payé le prix juste. Tout cela seule. Voilà mon cadeau.

J+271

Je suis allé chez Sylvie me faire tatouer. Tout se ressemble avec écrire, il y a une main, une histoire, de l'encre, la peur et la demande d'oublier. Nous avons parlé de toi. Je lui ai demandé d'écrire *Auguri* sur ma peau et pour toujours. En partant du crâne jusqu'aux lombaires.

Quand elle piquait au niveau de la chair fine des vertèbres, je pensais que pour toi, ça ferait une caresse.

J+273

Les rencontres en librairie se multiplient. *Son odeur après la pluie* fait son chemin et je le suis. S'ils m'éloignent de toi, ces moments redonnent à ma vie de l'espace et une sorte de structure.

Ce samedi, tu m'as rejoint à Paris. Ton premier train toute seule. Hall 2 de la gare de Lyon, voie 16, nous nous sommes retrouvés comme si tu rentrais d'un solo dans les Grandes Jorasses. Les gens autour ont dû se dire que nous ne nous étions pas vus depuis dix ans. La gare aurait pu fermer, le pianiste amateur quitter les lieux, nous n'aurions rien vu. Il est ces instants rares où par quelque chose de la suffisance, on se tient au centre du monde.

Tu es venue avec moi dans cette belle librairie, Livres et Parlotte. Tu étais au fond de la pièce. Entendre parler d'Ubac semblait te faire du bien. À la fin de la causerie, une dame a compris qui tu étais.

– Vous êtes la Mathilde du livre ?

Tu as répondu un petit oui mais il sonnait grand.

En rentrant à l'hôtel, tu as eu ces mots venant du futur :

– Heureusement que tu ne fais pas un livre sur moi, je ne saurais pas où me mettre.

J+284

Certains jours, je viens te chercher à la clinique. Parce qu'il fait beau et que ça m'avance vers toi. Ou parce qu'en se téléphonant à midi, sans me le dire, tu me l'as demandé.

J'arrive un peu avant la fin de ta dernière séance, je vais dans le parc. Dans ce parc, je suis bien ; ici, j'ai connu des déferlantes, de frayeur et d'euphorie. Y revenir me remplit d'un matériau doux, ni triste ni gai. Je t'attends, je discute du temps qu'il fait, de Roland-Garros avec des soignants ou avec des patients que je connais, on est d'un lieu quand on a à qui parler. Et je regarde les écureuils qui semblent toujours aller quelque part mais s'arrêtent net pour en être sûrs. L'ambiance de cette fin mai ressemble à notre arrivée en septembre. Les arbres sont épais, les oiseaux ont retrouvé leur voix, il fait chaud, des tables et des chaises sont disposées dehors, les bras sont nus, les cendriers sont pleins et il y a toujours une partie d'Uno en cours sous un séquoia. Nous aurons connu ici les quatre saisons. Ça fait une année et selon son envie de vivre, c'est trop long ou trop bref. Des tours de parc, tu en as fait des centaines, en fauteuil électrique, manuel, en déambulateur, en béquilles, en marchant, en courant, dans un sens ou dans l'autre. Tu es loin du record des petites jeunes mais tu as fait ta part.

À ton arrivée en septembre, Elisabeth l'aide-soignante devait partir six mois au Japon, des années qu'elle accumulait des jours de congé, ça y est, elle est revenue. Laura s'est séparée, on l'a vue heureuse puis inquiète puis triste puis apaisée. Kadi a perdu son papa. D'autres sont devenus parents, sont partis à la retraite ou ont changé de service. Et Tina Turner est morte.

Dans les chambres de l'étage, certains se sont levés, d'autres jamais plus. Certains sont partis et t'ont dit au revoir, d'autres sans qu'on le sache. Fabrice depuis trois ans vit sur une table roulante, une enceinte posée à côté de sa joue et du shit dans la poche. Des nouveaux sont là. À leur arrivée, ils sont hagards. Puis, en quelques jours, ils ont le regard des gens d'ici, s'y mélangent la mélancolie et l'espoir, l'ardeur et l'abattement, l'euphorie et l'usure, la reconnaissance et la rancune. Je n'avais jamais vu des yeux qui avaient tant de choses à dire. Toi, en quelques jours, tu as eu ce regard patient. Pas résigné, patient. Ils adoptent aussi ce sourire qui se déplie et se ferme doucement, ni forcé ni constant, blessé et déterminé, gracieux, mesuré, connaissant la valeur d'un jour.

Au milieu de cette vie passante, j'ai la sensation que nous nous sommes mis en pause, presque figés. Comme si rien de nous n'avait varié. Or il n'y a jamais eu autant de métamorphoses que ces derniers mois. Notre vie est un peu ce parc, sans y prêter attention on perçoit la paralysie, mais si face à ce spectacle dérangeant on soutient le regard, alors on ne voit que des êtres en mouvement.

Quand tu sais que je suis là, tu me rejoins dehors, nous nous asseyons sur l'herbe, une conquête.

Des yeux, nous faisons le tour du parc et c'est se souvenir. Nous contemplons les arbres séculaires et Yako dont les siestes sont immuables, ce chien aux allures de Croc-Blanc semble avoir été piqué par la mouche tsé-tsé. Loués soient ces êtres fixes, ils nous disent ton chemin parcouru. Quand nous sortirons de la clinique, le monde ira trop vite et nous ne saurons plus si nous avançons parce qu'il avance ou grâce à toi.

Mais on ne s'attarde pas.

Car si nous regardons du côté des arbres à écureuils, sans nous le dire, il me semble que nous voyons la même scène. Toi, il y a des mois de cela, pleurant de joie par simplement le vent et le fait d'être en vie. Ton corps était morcelé, on ne savait pas si tu remarcherais et nous étions radieux. Tout cela suffisait. Aujourd'hui, tu es debout, tu lies des mots en phrases, tu te souviens par bribes, tu as des projets et il semble que ça ne suffise plus. Les êtres invariables, les arbres, les murs, les miroirs disent la vérité. Et sans ménagement. Ils nous posent face aux remous de nos humeurs, aux fissures de nos croyances, aux gonflements de nos demandes. Depuis quelques jours, aussi bien toi que moi, on dirait que nos exigences sont à la hausse. Donc nos frustrations. Un après-midi trop chaud, une tondeuse bruyante, un dossier qui traîne, des bravos irritants, un chez-soi qui manque mais dont on ne veut plus. Avec les beaux jours est venu ce mauvais goût de nous plaindre.

Un matin, sans prévenir, vivre ne suffit plus. Le tétra de la 112 ne remet rien à sa place et le vent sur les joues n'est plus que de l'air. Et pour avoir autant, on exige plus.

Les psychologues, qui connaissent les longs chemins et leurs très hauts et leurs très bas, certifient que le retour des aigreurs est bon signe. Les psychologues commencent toujours leurs phrases par *c'est normal* et la terminent par *dans une certaine mesure*. Selon elles, la tienne du Grésivaudan, la mienne de Crolles, il en faut du courroux contre les événements, contre leurs suites, c'est un pan de la reconstruction. Soit. Mais il est désagréable. Je m'en veux de ne plus être celui sans autre besoin que tu vives. Comme si j'avais menti, à toi et aux étoiles. Comme si mes serments de Bolzano n'étaient que des réclames. De cette vie que nous avons failli perdre et à laquelle nous avons tant promis, nous devenons indignes.

Au-delà de ton corps, voilà ce que l'accident commettrait de pire : nous rendre médiocrement exigeants et faire de nous ces éternels aigris. Ce serait un choix confortable, pour cueillir la plainte, il n'y a qu'à se baisser. Mais un choix définitif car ces réflexes font vite des attitudes.

Heureusement la liesse l'emporte. Au-delà de nos fréquentations passées. Les grandes frayeurs sont assez proches pour que leur écho retentisse et nous rappelle le prix de nous en être arrachés. Souvent, dans le cadre d'activités mineures, un café, un nuage en forme de souris ou le rayon voyage de la librairie Arthaud, nous fermons les yeux et nous goûtons au bonheur considérable d'être là.

En réalité, c'est avec ces nouveaux partenaires que nous devons composer : les extrêmes. L'accident a tout grossi et tout écarté. Il est une entreprise de confusion.

Dans une même journée et sans prévenir, il nous transporte de gaietés expansives en abattements déplacés. D'un penchant certain pour la vie à une rage ingouvernable.

Ce qui manque, c'est l'entre-deux.

J+298

Aujourd'hui, j'ai failli oublier d'écrire.

C'est d'avoir vécu et de t'avoir regardée vivre. Ça prend tout le temps.

Et le bonheur, en matière d'écriture, est de peu d'intérêt.

J+301

Tu as beau t'être éloignée des montagnes, tu gardes en toi le souvenir de leur musique.

Pour m'exprimer ton inquiétude devant la stagnation de tes progrès, tu me parles d'ascension. Tu sais, me dis-tu, quand la paroi est verticale, on enchaîne les mouvements, on avale les mètres, il fait encore nuit, nous sommes concentrés et on ne voit rien du sommet. On ne sait pas ce qu'il reste, on sait juste qu'on avance. Puis la montagne se couche, les dangers sont derrière, c'est plus facile, mais c'est plus long. Elle devient un plateau, on y voit plus clair, on s'en approche mais le sommet paraît de plus en plus lointain C'est comme s'il reculait. Et le vent qui se cachait sur l'autre versant surgit, toujours de face. On parvient à une bosse, on se dit que ça y est mais ce n'est que l'antécime, derrière ça monte encore. Alors chaque pas est lourd, on a l'impression de ne plus avancer et de bientôt se figer dans la glace. On se dit *Pourtant ça avait si bien commencé*, on se lasse et de renoncer nous tente.

Mais revenir en arrière serait autrement plus coûteux.

J+316

Le plus souvent, je viens te retrouver au tramway.

Je te repère de loin dans un des wagons, celui du milieu est ton préféré, celui qui dans les collisions reste intact. On dirait que tu es la seule à être seule. Les solitaires, on ne voit qu'eux. Dans les wagons, dans les soirées, ils se détachent. Et qu'elle les opprime ou non, leur solitude les embellit.

Nous nous retrouvons, on se serre fort, ça fait des mois mais je doute encore que tu ne sois pas morte. J'ai toujours envie de te proposer d'aller faire un tour dans Grenoble et je sais que tu dirais oui mais je le vois dans tes yeux et dans ta tête qui penche, tu as besoin de revenir au calme, au silence des plantes et au ronronnement du chat.

Nous rentrons à l'appartement. Ta journée de soins t'a consumée, la ville est bruyante, énervée et trop rapide, les lents sont suspects, on les piétinerait. C'est toi qui as la bonne allure, c'est le reste du monde qui délire. Je t'ouvre la porte, tu t'assois sur le canapé et tu fermes les yeux, tu entres dans ton monde, tu parais écrabouillée, tu voudrais qu'on t'oublie une heure ou deux.

Avant, déjà, nous étions vigilants à ne pas nous faire aspirer par les accélérateurs. Nous étions partis en voyage pour ça, essentiellement pour ça : remettre la main sur le temps filant et ne pas être complices de son emballement. Choisir son allure et s'y tenir n'est peut-être pas la plus valeureuse mais c'est une résistance, déjà. Plus les mois passaient, plus nous étions déréglés, plus nous doutions de pouvoir un jour être remis à l'heure. Puis ton accident a mis les jours en sommeil, nous avons tellement freiné que nous nous sommes arrêtés. Pendant ce temps, la Terre n'a pas ralenti. Alors aujourd'hui, l'écart est immense. Mais nous résisterons. Tu seras, dans cette vie à deux vitesses, le plus aimable des régulateurs.

Si tu n'aimes pas trop aller en ville, c'est moins les humains que les interactions que tu crains. Tu as perdu confiance dans ta capacité à vivre au milieu des autres. Ton corps a pris une façon de se tenir, légèrement de biais, dissimulé, prompt à l'esquive.

Demander ta taille au rayon des tee-shirts est une épreuve, tu bafouilles, tu perds tes mots, tu ne sais pas quoi répondre, tu me cherches des yeux, il t'arrive de fuir. Tu voudrais du temps, on te sert de l'impatience. Hier, à la FNAC, tu as voulu poser une question concernant une tablette.

– Je ne comprends pas ce que vous voulez dire.

En quelques mots pourtant doux, l'employée a résumé ta place actuelle dans ce monde qui nous héberge.

– Ce n'est pas grave, merci.

Par politesse tu as retenu tes larmes, tu es sortie, tu as pris une ruelle aveugle et tu as pleuré. Cette vision de toi m'a terrassé de peine. Que tu puisses douter à ce point de ta parole, c'est une cruauté. En te voyant, je me demandais de ces trois pénitences laquelle est la plus injuste : ne plus pouvoir marcher, ne plus voir les merveilles du monde ou ne plus trouver le chemin entre sa pensée et les mots pour la dire ? Car le monde n'est fait que de mouvements, de forêts et de livres.

Que faut-il faire ? Insister, retourner dans la cité coûte que coûte ou nous cacher dans les bois et quand nous serons nus, rapiécer nos vieux tee-shirts ? Pour l'instant, nous disposons chez Marianne de deux balcons, l'un côté ville, l'autre côté forêt.

Je ne dis pas non à me replier. Il y a en moi une violence effrayante. En nous tous, et que nous enfouissons plus ou moins. Ce magma noir, plus je lui dis de se taire – je ne veux pas que tu l'entendes –, plus il trépigne. Le moindre passant te frôlant, le moindre regard te fixant, je suis prêt à leur bondir dessus et j'imagine aller jusqu'au meurtre. Pourtant, tu es invincible, même les rochers s'y sont perdus. Une radicalisation douce, dit la psychologue. Normale, dans une certaine mesure. À l'intérieur de soi, un orpailleur fait le tri des émotions. Pour quelques grammes de douceur qui feront sa richesse et qu'il dédiera entièrement à couvrir celle qu'il aime, il lui faut remplir sa batée d'un tas d'autres matériaux, dont la boue. Il la sait inutile, l'évacue et à ses pieds s'accumule un tas infâme qui fume, fermente et ne voudrait qu'exploser. C'est un amas de violence qu'il est prêt à déverser sur le moindre danger et comme il a peur pour elle, tout est danger, y compris l'indifférence. Il ne sait pas où cette férocité pourrait le conduire, pour s'en débarrasser il va courir la nuit jusqu'à la vomir. Mais cette fureur lui colle à la peau. Celle qu'il aime le sent, elle le connaît. Elle le lui dit :

– Je ne veux pas que tu ailles en prison.

Dans tes semaines, tu as une journée libre. Régulièrement, c'est le mercredi. Renaissance, retour de l'enfance, tout se suit.

La nuit d'avant, tu dors mieux, tu sais pouvoir te réveiller tard et occuper les heures du lendemain comme il te chante. Tu ne prépares pas ton sac et tu ne charges pas ton esprit de choses à faire. Depuis ton accident, tout te semble un monde. Toi qui tenais la prévoyance pour la plus rusée et la plus mortifère des habitudes, tu t'es rangée à elle.

Ces matins-là, tu prends ton temps. Ayant failli tout perdre, j'aurais cru que tu serais pressée de tout mais la lenteur est ta nouvelle gourmandise.

En fin de matinée, nous allons tranquillement vers la place aux Herbes. Ça nous rappelle Padoue où nous avions pris un verre et plusieurs quelques jours avant ton dernier vol. Tu te souviens mieux que moi, tu me dis qu'à Padoue c'est la place des Herbes.

Ce dont je me souviens, c'est que nous avions parlé des charmes de la ville et de la possibilité d'y vivre. C'était déjà comme ça avant, tu gardais mémoire de ce que nous avions vu et moi, de ce que nous nous étions dit.

Nous passons par le Jardin de Ville et la place Saint-André, après ses travaux, le palais du Parlement resplendira. Vers 11 heures, nous nous asseyons à la terrasse du café La Renaissance. Le serveur nous reconnaît et ça nous plaît. Un jour où je suis venu seul, je lui ai raconté ton histoire, depuis il te regarde comme celle ayant vu la lumière du tunnel. Aux terrasses des bars, on l'ignore, sont assis l'air de rien des vivants qui ont refusé de mourir et pour qui être là est une grandiose banalité.

Nous pensons à chaque fois commander un café et ça finit par un verre de vin, je crois qu'à jamais nous prendrons le verre que nous n'avons pas pris au Sportbar. C'est systématique, ton verre est plus rempli que le mien, le serveur dit qu'il faut finir la bouteille. J'ai si peu trinqué à la vie ces derniers temps qu'après deux gorgées, je suis bourré.

Depuis des mois, nous vivons dans deux pays différents, nous avons tant à nous raconter. Mais nous parlons peu. Nous avons la vie pour ça. On dirait nos retours de montagne, de ces ascensions qui labourent le corps et l'âme ; nous buvions une bière, dans une retenue silencieuse, fatigués sans doute, conscients surtout de l'insuffisance des mots face aux heures passées. Les couples taiseux me font toujours un peu de peine. Peut-être reviennent-ils de loin. Peut-être, au fond, l'amour véritable se reconnaît-il par le silence qu'il tolère.

Après le verre, nous errons dans Grenoble en essayant de prendre un nouvel itinéraire. Les lieux inconnus ont ce charme supérieur, ils parlent des possibles et de rien d'autre. Si nous tombons sur un petit restaurant qui nous dit *Entre*, nous entrons. Plusieurs fois, malgré de fameux détours, nous sommes retombés sur la Belle Étoile. Tu adores le couscous, ça te rappelle celui de ma maman qui le cuisine en souvenir de son papa à Constantine, la vie ne s'arrête donc jamais. Puis nous revenons chez Marianne pour que tu te reposes.

Nous réapprenons à garnir les journées, entre autres de vide, et à décider de leur contenu. Depuis bientôt un an, c'est un autre qui le fait pour nous : ta survie, tes moments de conscience, les heures de visite, un planning. Du matin au soir, nous faisons ce qu'il faut faire et dans l'ordre prescrit. Voilà exactement ce à quoi sert cette journée dite de repos : à reprendre en main notre vie. Retrouver ce pouvoir premier est une fête. Mais nous avons passé tant de temps à ne plus l'exercer que c'en est un vertige.

Ma psychologue, dont le métier est de savoir avant moi, me l'avait chuchoté il y a plusieurs semaines.

– Ça va vous paraître bizarre ce que je vais vous dire, peut-être même vous heurter, mais à certains égards la période que vous vivez actuellement est euphorisante. Votre femme va mieux chaque jour, tout croît, la vie revient. Vous, vous n'êtes pas contraint par le travail, vous êtes libre de vos mouvements, vous n'avez aucune tâche du quotidien et de sa logistique. Vous n'avez pas à réfléchir à la manière d'organiser vos semaines, on le fait pour vous. En somme, vos journées actuelles sont dédiées à vous, je veux dire à Mathilde et à vous, rien qu'à vous.

Comme souvent avec la vérité, au premier contact, ça gratte puis ça éclaire et c'est doux.

Elle a raison. Depuis des mois, je n'ai pas eu à composer avec les exigences d'un collègue, d'un anniversaire ou d'une semaine anticyclonique. Nous, rien que nous.

Elle a raison. À Bolzano, les contraintes, aussi immenses fussent-elles, n'étaient que celles des circonstances. Puis à Grenoble, celles du parcours de réadaptation. Toutes venaient d'ailleurs. Les prochaines contraintes seront celles que nous déterminerons et dont nous fixerons le seuil. Voilà qui change leur saveur.

Elle a raison. Malgré les doutes et des souffrances, j'ai eu le droit à mes libérations. Dans la vie d'avant, nous nous agitions pour occuper les heures libres. L'inverse peut donc être aussi plaisant. Que l'on décide pour nous. Je viens de comprendre pourquoi certains craignent les vacances et leur temps vierge. Ou se tuent à la discipline de leur quotidien. Au fond, ils préfèrent cela que s'atteler au remplissage. La vie, c'est tout et son contraire. Certains s'imaginent libres comme l'air, ont allégé leur vie de toute contrainte et ne voient pas cette astreinte à devoir l'occuper. D'autres semblent pieds et poings liés mais ils se sont délestés d'une autre charge. Lesquels sont les plus libres ?

Lors de ces journées que nous consacrons à revivre côte à côte, nous parlons peu de l'accident.

Ça ne vient jamais de moi, je ne voudrais pas te cueillir par défaut. Mais quand tu le souhaites, je t'écoute. Tu me dis que tu ne te rappelles rien. Ton dernier souvenir remonte à la veille, au verre de prosecco offert au Sportbar. Les amnésies ressemblent aux êtres qui les hébergent, toi, ton ultime souvenir, c'est la générosité.

Si tu ne dois jamais savoir ce qui t'est arrivé, si ton cerveau pouvait garder pour lui les secondes du choc, se taire, eh bien, pour l'instant tant mieux.

– Mais tu sais, je ne volerai plus jamais.

– Je comprends.

– Si tu tombes en sachant quelle faute tu as faite, tu acceptes ou non de recommencer. Tu négocies avec toi-même et tu décides. Mais quand tu ne sais pas pourquoi, tu n'as personne à qui parler…

– Je comprends.

– Je suis désolée.

– Je sais.

Pour la première fois je crois, tu as prononcé le mot « voler ». Et pour la première fois je crois, j'ai pensé qu'il disait autant se déplacer dans l'air que dérober, jusqu'au plus précieux.

Ce qui t'obsède, c'est ta responsabilité.

– Ce n'est pas ta faute, il y a eu une rafale imprévisible, c'est sûr.

– C'est ma faute, j'ai décidé de décoller.

– Si on raisonne comme ça, alors c'est la mienne, c'est moi qui t'ai poussée.

– C'est ma faute, c'est moi qui ai décidé de te suivre et de consacrer ma vie à faire ces choses-là.

– Ce n'est pas ta faute, as-tu décidé de naître ? On s'arrête où avec la culpabilité ? Quand on rencontre Dieu ? Je sais ce que tu veux me dire : que tu ne te défiles pas, que tu acceptes de faire face à tes erreurs. Je sais de quoi tu es faite. Mais si ça ne vient pas, pourquoi chercher un fautif coûte que coûte !? Et si tu penses que c'est moi, parce que j'ai décollé et que ça t'a poussée à le faire, dis-le-moi, je prends ce truc et je t'en soulage.

Parfois nous nous engueulons. Ça ne dure pas, ça n'a rien à faire là. Nous avons le même avis sur l'accident mais il arrive que l'un ou l'autre selon ses forces du moment ne veuille pas en parler. Il prend déjà assez de place, pourquoi s'user à le déchiffrer ? Pourquoi est-ce arrivé ? Cette question, comme toutes celles sans réponse, nous devons la bouter hors de nos têtes et loin sous peine d'en être prisonniers. Tout devrait avoir une signification, tout devrait résonner dans une analogie symbolique, tout pour être acceptable devrait être amplifié, interprété, porteur d'un message, c'est fatigant. Quand il s'agit d'une rafale de vent, de cent mètres de chute dans des blocs de granite, un matin d'été neutre. Quand il s'agit de ne pas tout comprendre.

Nous nous disputons surtout parce qu'il nous faut réaccorder nos solitudes, toi depuis des mois dans un lit blanc, moi à hurler dans la forêt, incapables d'avancer de front. Nous avons pris cette habitude de survivre par l'autre mais de vivre sans lui. Et si un jour il se passe que nous ne nous aimons plus ? Et si t'aimer devenait trop dur ? Tu ne resteras pas par gratitude, promets-le-moi. Et toi par pitié. Promets-le-moi.

J+319

Quand tu es à la clinique et si je reste à l'appartement, j'ai une nouvelle occupation.

Elle s'appelle la mémoire. Pour être exact : la mémoire des dix derniers mois. Jusqu'alors, je faisais tout pour l'éviter. Mais d'être au calme chez Marianne, de m'y sentir en sécurité, j'ose la feuilleter.

C'est assez trouble.

Quand je pense aux mois précédents, je peine à me souvenir nettement des lieux, de l'ordre des jours ou du rythme de tes opérations. Si je n'avais pas tout noté sur des carnets, je serais très embarrassé avec la chronologie et, finalement, quelle importance.

Un épisode bref, violent, bouleverse notre vie mais ses contours précis s'effacent. Chaque minute de la vie suivante, nous sommes accompagnés par les effets d'un événement obscur, presque oublié. La source s'éloigne mais son courant est là. Qui nous porte s'il s'agit de joies. Qui nous hante s'il s'agit de peines. Pour les joies, on laisse faire. Pour les peines, on voudrait fuir mais on ne se sait plus comment on est entré.

Des arbres de Henne, du trajet vers Bolzano, de ton arrivée en France, de tes premiers jours au CHU, de tes premières semaines au Grésivaudan, je crois me souvenir de tout mais dès que j'isole un souvenir et que j'entreprends de lui rendre visite, un voile se dresse et me l'interdit. L'aubergiste de la Malga, ce vendredi matin-là, je distingue sa silhouette, j'entrevois sa démarche, j'entends sa voix, je devine les odeurs de sa cuisine mais si je m'approche d'elle, elle s'abstrait. En revanche, je suis capable de disséquer, au battement de cœur près, ce que sa présence causait en moi. La peur et l'espoir siphonnent tout ce qui ne se rapporte pas directement à eux.

Certaines fois j'insiste. Je veux me rappeler clairement. Je presse ma mémoire comme on plisse les yeux. Et là, le souvenir s'efface. Une fumée explose, le magicien lève le rideau, il n'y a plus rien. Pour la Malga c'est comme ça, si je m'entête, encore un pas vers elle, je la touche presque de la main, je distingue ses yeux, elle disparaît. Chaque instant que je tente de revivre se referme immédiatement, me signale avec fracas qu'il s'absente et qu'il ne passera peut-être plus. L'accident nous dépouille de demain comme d'hier.

Alors j'essaie de ne pas y penser. C'est le seul moyen que j'ai trouvé pour ne pas que les souvenirs s'échappent si tôt. Il doit exister un moyen pour les stocker à l'abri et les ressortir quand ils feront du bien. Sur tes IRM, j'ai vu l'architecture d'un cerveau. Ce sont des milliers de pièces, d'alcôves et de clefs distinctes. Il doit s'y trouver un endroit où ranger ces instants fiévreux, une chambre dans laquelle ils se calmeront, ils sommeilleront, une chambre dont nous oublierons l'emplacement mais qui se rappellera à nous lorsqu'en son sein ces souvenirs reposés se réveilleront de bonne humeur et nous réclameront de leur ouvrir.

D'un autre côté, je pourrais me réjouir que cette mémoire douloureuse s'efface en partie. À la corbeille ! Et nous poursuivrons notre chemin en amnésiques heureux. Mais je ne veux pas qu'elle se retire, elle s'est infiltrée, me compose désormais et je lui trouve mille charmes dont celui de me dire le privilège d'être en vie. Les disparitions me font peur. La vacance de la mémoire est illusoire et sa damnation dangereuse. Car une fois tassée, un beau jour elle refoule et submerge ceux ayant prétendu pouvoir se passer d'elle.

De penser aux mois précédents, j'ai saisi le prix de deux diamants : l'ignorance et le rêve.

Quand je remontais le sentier dans la forêt, quand tu as ouvert les yeux à Bolzano, quand tu t'es tenue debout dans l'eau, heureusement, nous ignorions. Ce qu'il restait de batailles. Cet océan à écoper. Tout ce par quoi, espoirs et désillusions, nous allions passer. Sinon quoi ? Sinon rien. Nous aurions poursuivi mais tellement plus désabusés que nous ne serions pas allés si loin. Car l'espérance est une donnée fatigable.

J'ai pensé au prochain virage du sentier et à lui seul. Tu as pensé à poser ton pied gauche puis le droit. Pas au-delà. C'est ce qu'il fallait faire : considérer le geste d'après. Sinon tout nous aurait semblé hors de portée et nous aurions subi ce qui maudit la nuit : les impatiences. Car nous sommes de la génération gâtée, celle refusant le temps des doutes entre ce qu'elle désire et ce qui advient. Et dans sa grande indulgence, l'ignorance est venue à notre secours.

Le second joyau, c'est le rêve.

Quand je regarde en arrière, c'est étrange, je me souviens plus clairement des moments où j'ai rêvé d'un changement de ton état que de sa réalisation.

Souvent on oublie ses rêves mais ayant rêvé les yeux ouverts, je m'en souviens.

Je me revois dans le van à rêver le plus fort possible que tu remarches un jour ; c'était si loin que c'en était irréel. Tes premiers pas, j'étais là, ce fut un moment d'une grandeur sans pareil mais les minutes où j'en rêvais sont encore plus nettes.

Je me revois dans le couloir du service de neurochirurgie à La Tronche, quand je devais sortir de ta chambre pour un soin qu'on te donnait. Je m'adossais contre les fines parois, je fermais les yeux, je m'engourdissais de fatigue et je t'imaginais sans sonde, sans drain, libérée de ces survies. Je me rappelle ces rêves. Plus que des moments où ils se sont réalisés. Je pourrais être triste que la réalité, au grand prix des souvenirs, ne l'ait pas emporté. Je pourrais être étouffé par mon orgueil, considérant mes songes comme un chapitre supérieur à tes actes. Mais je retiens leur puissance et ce devoir opiniâtre de croire en eux. Il arrive que la réalité suffise, me dit la mémoire, mais ne trouves-tu pas aimable l'idée qu'au soir de notre vie nous gardions le souvenir de nos rêves et surtout de nos rêves ? Pour fermer tranquillement les yeux, ce serait une aubaine.

J+326

Ça se confirme.

Vivre chez Marianne me réinstalle dans le temps. Je n'en avais plus aucune notion, les tâches du jour épongeaient tout. Depuis peu, le passé se réinvite et le futur pose ses questions. Où aller en août pour que tu sois bien ? Quoi faire de la rentrée, reprendre ou non l'enseignement ? J'étais hors du temps et me voilà repris, c'est moins désagréable que j'aurais pu le craindre.

Si j'étais hors du temps, j'étais aussi hors du monde. Je menais une vie de reclus et c'est la seconde extraction que m'offre d'être ici. La radio me redonne les nouvelles, je retourne acheter des journaux, Nahel Merzouk a été tué et le pays s'embrase.

Il était temps de sortir, la survie enferme vite et la douceur ensuite. À la fois nous étions au cœur du monde, là où des hommes sauvent d'autres hommes, là où la vie s'entretient. À la fois c'était une île. Ce qui semblait irréel, ton accident, tes mois d'hôpital, faisait notre réalité et dans un invisible mouvement de volte, le réel était devenu le grand abstrait. Pas en avant ou en arrière, nous voici de retour au cours normal des choses.

J+336

– En kiné, on a travaillé les adducteurs, j'ai l'impression d'avoir deux câbles à la place des jambes.

– Tu vas retrouver de la souplesse petit à petit.

– Mais tu sais, c'est l'inverse qui me fait le plus mal.

– Les abducteurs ?

– Non, de faire le grand écart.

– C'est-à-dire ?

– Entre ce que j'étais et ce que je suis. Entre ce que je voudrais faire et ce que je ne peux plus. Entre ce qui se passe et mes émotions. Entre mon corps et ma tête...

– Les psys ont dit qu'avec le temps, tu, on... allait moins osciller et revenir à une sorte d'équilibre. Là, on est comme deux ados, on a des bouts de nous qui poussent avant d'autres.

– Mais il n'y a pas que moi. Le grand écart, c'est le regard des autres. Depuis que je remarche, tout le monde pense que c'est fini, que c'est gagné.

– Je ne suis pas certain que tout le monde pense ça. Ceux loin de nous peut-être. Les gens ont besoin que les péripéties se terminent. Ils veulent un dénouement et passer à autre chose. On ne peut pas leur en vouloir.

– Oui mais je vois bien dans leurs yeux, souvent ils se trompent. Parfois, ils imaginent que je suis immensément heureuse alors que dedans, je suis effondrée. D'autres fois, ils pensent que je souffre alors que je suis très heureuse.

– On n'a qu'à s'en foutre.

– Mais ce grand écart, j'y peux rien, il me fait mal. C'est douloureux, ces visions élastiques. C'est comme si les autres ne savaient plus me lire. Comme si j'étais devenue floue. Comme si j'allais disparaître. Alors que je reviens juste dans la vie.

– Tu sais que moi je te vois très nette ?

– Pourquoi pas les autres ?

– Parce qu'on ne peut pas voir tout le monde net. Chacun de nous règle sa vision sur celle ou celui qui compte. Pour le reste, on accommode.

Je n'ose pas te le dire car moi n'est pas la question mais je connais ce que tu dis : l'écart.

Entre ce que les autres estiment de mon cran et mes faiblesses intérieures. Si tu savais tout ce que j'ai envisagé de négocier, de déguiser. Si tu savais les tentations d'abandon, les crispations et les égoïsmes qui m'ont parcouru. Je leur ai résisté comme j'ai pu. Savent-ils ceux célébrant ma loyauté qu'il m'arrive par éclairs de t'en vouloir ? Savent-ils comme il m'arrive de maudire d'être accompagnant, tout ça, rien que ça. À la faveur de l'épreuve et de ses abrasions, on fait connaissance avec soi-même et ce n'est pas la plus anodine des rencontres. Et si j'ai tu mes petitesses, et si les hommes n'y ont vu que du feu, je sais qu'un morceau du monde, un arbre, un chat, le vent, lui sait. Il n'y a rien dont nous soyons les détenteurs exclusifs.

J+365

À Villeneuve-sur-Auvers, nous n'avons aucune raison de nous attarder. Pourtant nous attendons depuis trois heures. Il s'agit d'un rendez-vous amoureux. Un fourgon venu de Roumanie entre dans l'entrepôt, ça sent fort le poil et la pisse. Une des cages s'ouvre, Luden en sort et saute vers nous comme s'il savait où se cachent les cœurs à réparer.

Ce sera Lulu, c'est plus simple, plus joyeux, précisément ce à quoi nous voulons nous consacrer. Ne t'inquiète pas, joli chien, nous n'allons pas te charger de panser quoi que ce soit, ta vie mérite désormais d'être indolore.

En signant le document d'adoption, en bas, j'ai vu marqué 12 août. Tu étais à côté, j'ai caché la date de ma main. Comme si pour effacer il suffisait de recouvrir.

Puis Lulu a sauté dans le van. Il s'est assis sur la banquette, entre nous, à sa place des êtres attendus. Nous avons mis le cap vers l'ouest, là où les jours s'allongent.

Je te regarde, tu resplendis. Ce doit être de me voir heureux. Ou est-ce toi-même. Quand du bonheur on ne sait plus qui de l'éclat ou de son reflet nous anime, il s'agit de poursuivre.

– Tu sais quel jour on est ?

– On est aujourd'hui.

– Précisément.

J
22 h 48

Je marche lentement dans les couloirs, je n'ai que ça pour te quitter moins vite.

Revenir au camion, c'est battre en retraite, ce goût de lâcheté qui remplit la bouche. Rien n'autorise à abandonner l'autre à ses souffrances, en première ligne d'un invisible front et soi, tourner le dos, attendre demain bien au chaud au quartier général. Pour cette seule raison qu'on l'exige de nous.

Mieux qu'auprès de toi, je donnerais tout pour être à ta place, échanger nos sorts, m'allonger sous le drap blanc, serrer les dents, fermer les yeux. Qui en veut de ces vaines promesses ? Je les brade. On peut les hurler, les jurer, ça ne coûte rien d'autre que de faire semblant d'y croire. Imaginons que cela s'envisage, combien de grandes âmes prêtes au sacrifice reculeraient d'un pas ?

Dehors, il y a plus d'air. Si l'on dit de celui du dedans qu'il est conditionné, c'est bien qu'au-delà des portes, il est plus ample. J'en prends des bouffées immenses.

Sortant par les urgences, on se trouve face à une colline couverte de vignes. Elle est juste là, de l'autre côté de la rue du bus, là où commence le calme. On ne devrait pas le voir, ce coteau noir sur nuit, mais la lumière des hommes le maintient. Les vignerons ont disposé quelques lampions entre les sartos de pierre, moins pour vanter ces petits bâtis que pour dissuader les voleurs de raisin, pourtant le tout fait un joli tableau qui mérite l'arrêt. Ce n'est rien qu'une colline, rien qu'une nuit d'été, mais quand nous sommes tristes, infiniment tristes, nous aspirons tout autour. C'est curieux, la tristesse, dans un même élan elle nous replie et elle nous ouvre. La joie fait pareil. On croit que la joie et la tristesse sont opposées, allergiques l'une à l'autre, c'est vrai, mais tellement qu'elles se rejoignent dans notre dos.

Je m'accoude à la rambarde, je contemple cette montagnette. Sa lueur me dit que rien ne s'efface vraiment. Je ne peux pas laisser passer ce moment de trêve, je m'assois et m'adosse au mur encore chaud. Je reste à distance, la vie m'a appris que pour mieux voir, il fallait se tenir en retrait, regarde les arcs-en-ciel. Je n'ai jamais vu la beauté et la violence si proches l'une de l'autre. Ferme les yeux, mon garçon, respire fort et serre tout de ton cœur, peut-être une femme ressuscitée te prendra par la main jusqu'aux douces terres de Toscane, peut-être ces frayeurs n'ont-elles jamais existé.

J'ignore si je le dois à un chromosome sensible, au regard appris de mes parents, aux mille soleils levants sur les cimes froides, à la présence des bêtes ou à un coup de la chance, mais je vis entouré des forces de la beauté. S'il ne devait rester qu'une seule croyance, ce serait elle. La première fois, c'était le vent dans les herbes hautes, il coloriait le pré de Papou, du vert clair au vert foncé. La beauté a surgi et je n'ai plus bougé, sa tenue suffisait. Tania a cessé d'aboyer. Ça a duré des secondes entières et le vent s'en est allé. En même temps qu'apparaître, la beauté se retirait. Installée, ce n'est plus la beauté, c'est autre chose. Puis on s'est revus, dans le ciel et les musées, dans les phrases et les pensées. La beauté, c'est comme les chanterelles dans un sous-bois, quand on commence à la voir, on ne voit plus que ça. À chaque fois, ce fut un événement. J'ai célébré son passage, dans ses jaillissements comme dans ses pudeurs, dans le scintillement des neiges comme dans les gris du béton, et voici qu'elle me prend en charge.

Je ne suis pas indemne, il se peut que je meure de noirceur mais je me refuse à sacrifier la beauté du monde.

Il faut s'être consacré à elle, sans but mais avec permanence, pour l'entrevoir là, dans la mélasse de l'affliction et des issues désolantes. La beauté n'est pas une guérison. Elle n'est pas l'oubli de la mort, ni son refus, pas même son ajournement. Elle est ce qu'elle est, c'est nous qui l'accablons de motifs. Elle m'offre de résister, de me tenir face au malheur et lui dire : « Va-t'en ! »

Sa présence m'embarrasse, rien de moi ne devrait la distinguer, tout entier à ferrailler avec l'épouvante. Que fait-elle ici, elle va se salir, la pauvre. Elle est à sa place. À quel autre moment qu'une vie s'en allant est-il plus précieux de croire à ses élans et, par eux, rester debout ?

Un rang de vignes, c'est fragile, une heure de grêle et c'en est fini, mais il est assez solide pour convaincre les hommes tristes de poursuivre. Il y a quelques heures, c'était la bonté du cafetier, ici la beauté de la colline, ces crocus s'extrayant du fumier. Pour les voir, il suffit d'ouvrir les yeux, mais il arrive que nous n'en ayons pas la force, à peine l'idée. D'autres n'auraient rien attrapé de ces splendeurs dormant sous leurs yeux et auraient sombré. C'est dire tout ce à côté de quoi je suis passé comme scènes secourables.

Et toi, là-haut, sous ton drap blanc, dans ta chimie et tes distances, as-tu la beauté en tête ?

Les trêves ne durent jamais, c'est leur raison d'être.

Les lampions n'ont pas bougé, la grâce n'a pas fui mais la nausée a repris le dessus et la solitude. Nous avons gagné quelques minutes, c'est toujours ça que le désespoir n'aura pas. Je dois marcher, je reprends mes tours. Un couple est assis sur un banc, en pleine nuit, sans doute leur enfant. Une femme marche aussi, dans l'autre sens, nous nous croisons toutes les cinq minutes, nous nous regardons timidement, sans doute son mari. J'écris un message à une mère, à un frère, à un père, à une autre mère pour leur dire que leur fille, que sa sœur, que la femme de ton fils n'est pas encore morte. J'écris bonne nuit et je l'efface.

Je tente un arrêt au camion. Je dois fouiller dans nos pochettes, les gens de l'hôpital m'ont fait une liste de documents à apporter. Je retrouve tout ce que tu avais ordonné, des copies de permis de conduire jusqu'au livret de famille. Nous nous sommes mariés en 2006. Fichu mariage jurant à la communauté des biens quand la douleur n'en choisit qu'un. En triant les papiers monte cette peur idiote : trouver ton testament mystique m'avouant pourquoi tu as préféré tomber du ciel. Et ça passe. Si tu avais voulu, tu aurais réussi.

Dans le camion, rien n'y fait. J'essaie de manger, j'essaie de dormir, j'essaie de ne pas penser, j'essaie de m'occuper, j'échoue à tout. Tout mon corps a peur. Des hommes et des femmes ont dû mourir de peur.

Une chose m'apaise. Je me souviens de ce que nous nous sommes dit ce matin. J'ai en tête les derniers mots que nous avons échangés, tout ce matin et les ultimes. C'étaient de beaux mots. Même quand tu as vu que je ne changeais pas de tee-shirt avant de voler et que tu m'as dit :

– Tu vas attraper la mort et t'auras tout gagné.

Se souvenir à ce point peut torturer. Mais oublier les ultimes phrases serait plus terrifiant encore.

Avec le silence, c'est une rupture violente. Nous faisions pourtant bon ménage. Adolescent même, cet âge ne désirant que le bruit, je le chérissais ; au Nemo, je dansais, je transpirais, je hurlais et soudainement je fuyais, je demandais au videur de sortir cinq minutes et je retrouvais le silence dans la Clio, les oreilles sifflaient et tout se calmait. Je savais où le trouver, alors je retournais danser. Plus tard, les forêts, les glaciers, les nuits muettes. Le silence, c'est comme l'air, sans lui on arrête de vivre. Ce soir, je n'en veux plus, il m'étouffe. C'est un jour à maudire le silence. Les ambulances, les camions de pompiers arrivant aux urgences ont éteint leur sirène, tout s'est tu. Aussi le vent. Du bruit, s'il vous plaît, que le jour se lève et que la rumeur reprenne.

Je tente la radio. Salman Rushdie vient de se faire poignarder. Vingt-sept secondes et sa vie est une autre vie. C'est une sale journée pour les êtres libres. Vingt-sept secondes, c'est à peu près le temps qui a dû passer entre les caprices de ta voile et ton fracas dans les rochers. As-tu éprouvé chaque seconde de cette chute ? As-tu pensé que tu allais mourir ? J'espère que tu n'as pensé à rien. Que tu n'as qu'agi. Que tu n'as pas eu le temps d'estimer ce que tu allais perdre et imposer. Ou que ton cerveau, pour service rendu à l'univers, a éteint la conscience avant le choc. On peut en faire, des choses, en vingt-sept secondes. Lire une phrase d'un livre, un peu au hasard, un peu recherchée, une de Sagan, tiens, qui aimait les vies surtout folles, *Riez beaucoup parce que vraiment, s'il y a un don qui soit plus précieux que tous les autres, c'est bien celui-là : un rire incassable*. Descendre la face ouest du Grand Mont en trois virages, neuf secondes chacun. Regarder s'envoler les chocards. Trinquer, prendre une gorgée de barbera, fermer les yeux de bonheur et reposer nos verres. Commencer, poursuivre ou terminer l'amour. Se taire et attendre. Ou mourir. Ce qu'une vie entière n'a pas réussi à faire.

Encore quelques minutes et ce 12 août 2022 aura définitivement vécu. Il n'est passé qu'une fois. Sera-t-il condamné ou célébré par les autres jours, je n'en sais rien, mais ce maudit 12 pourra se vanter d'avoir éclipsé la joie. Pour qui te prends-tu, sale journée ? Ce ne sera pas tout à fait toi mais sache que dans un an, deux ou mille, je prie que tes répliques nous retrouvent, Mathilde et moi, joyeux, debout, lucides et un petit vent de dos pour te cracher à la gueule. Mais je sais ce qu'elle dira, que la rancune est inutile et qu'avec les 12 août à venir, je dois faire la paix. Peut-être ferons-nous de toi un jour de baptême.

Puis sans mon accord, ma main ouvre ton carnet, s'empare d'un stylo et poursuit ton récit. Je m'y colle. Je ne suis pas certain que les plaies ouvertes soient le meilleur des encriers mais je n'ai que ça. Un jour, peut-être, voudras-tu savoir ce qui s'est passé, le vendredi puis le samedi puis le dimanche, et aide-mémoire, c'est une noble tâche. Un jour, peut-être nous demanderons-nous si nous avons vraiment vécu cela, si nous avons affronté cette chose. Et il n'y aura que les mots pour nous venir en aide. Parce qu'écrire, c'est lutter contre l'effacement et c'est s'offrir d'oublier. Parce qu'écrire, minutieusement, c'est m'assurer que rien ni personne ne vienne un jour corrompre ce que tu as vécu. Parce qu'écrire, c'est fuir le réel et l'enserrer tout entier. Parce qu'écrire, en cas de vie mouvante, n'est pas le moins sûr des ancrages. Parce qu'écrire, à ce moment précis, sous ses airs de supplice, est mon unique remède. Je ne dispose d'aucune autre substance pour redonner de l'ampleur à notre monde qui depuis ce matin ne fait que s'étriquer.

Vers 1 heure du matin, je ressors. Les nuits d'avant étaient-elles si longues ?

Je reprends ma place dans le circuit des marcheurs, j'en connais les moindres chicanes, je les double tous, tu serais fière, j'ai le record du tour.

Je m'assois sur un banc qui est en train de devenir le mien, le plus proche de ta fenêtre, je réponds à Sylvain, ça y est, il me dit qu'ils sont en route et me supplie de tenir. Je sais qu'il sait pour le bus.

Je m'appuie fort sur les yeux pour faire redescendre le cœur, je n'ai retenu que ça de mes études de médecine hormis la certitude de ne pas être fait pour affronter la mort des vivants et la vie des survivants.

Je me sens horriblement seul. Si François Schuiten me faisait l'honneur de me dessiner, il y aurait ce grand espace vide, je n'occuperais qu'un bord de la planche, je serais incomplet. Seul, cette vie ne sera plus à ma taille.

Marcher dans la neige, couper en deux l'amaretto, traverser la Meije, regarder s'aimer les faucons crécerelles, danser sur Blur, s'enlacer, rire, fou rire, dormir dehors, sauter dans l'eau, envoyer une boule de neige en l'air et l'autre dans la figure, partager inéquitablement le tiramisu, ne pas aller au bout des films, parler des clartés et des noirceurs du monde, regarder nos chiens dormir, ne rien faire, ces instants si abondamment offerts que nous en oublions le prix, avec qui désormais ?

Je chiale. Copieusement. Sans pause, sans spasme. Les peurs immenses m'envahissent, du noir, d'être seul et de ne pas t'avoir protégée. Je voudrais mes parents, j'ai vers six ans. Quand elle abonde autour de soi, on devrait pouvoir faire provision de la tendresse, parfois on en reçoit tellement que c'en est trop et on la gaspille. On devrait pouvoir en entreposer une partie. Elle serait là, en nous, comme une nappe de lait chaud dans laquelle chaque soir de terreur on puiserait l'audace d'espérer. Mais l'énergie de la tendresse, elle est comme celle du soleil ou du vent, on ne sait pas la stocker. Alors pour aller mieux, on s'en remet à l'épuisement. Comme tous les sanglots, à la fin on se calme, on est vidé d'avoir eu si peur et les paupières se ferment.

On dirait que je me suis assoupi, mon téléphone s'est remis en veille, depuis ce matin je ne lui en avais jamais laissé le temps. Cinq minutes. J'ai pris le temps de rêver. Que tu résistais, que tu survivais, que tu te réveillais, que tu me reconnaissais, que tes jambes se remettaient à tressaillir, qu'on te changeait de service, qu'on te rapatriait en France, qu'un médecin là-bas nous aidait comme si j'étais son fils et toi sa fille – nous voici enfin frère et sœur –, que tu passais une année pleine dans une clinique qui fait remarcher et reparler les êtres écrasés et que la vie, si semblable et si distante, reprenait.

J'ai rêvé que les gens autour de nous parlaient de miracle et que je m'opposais à chacun d'eux car ce mot-là se dit quand on ne sait pas d'où vient le salut. Dans mon rêve, on savait. Exactement. Il s'agissait de ton entêtement à vivre.

C'était un vaste rêve, de la démesure partout mais à quoi serviraient de petits mirages ?

Et la frayeur a reparu, radicale, portée par celle qui se fout toujours de tout : la seule réalité.

Je me suis remis à marcher. Quel prodige, marcher.

Et toi, mon immobile, là-haut dans ta chambre. Te souviens-tu ?

L'été 2000, j'attendais que tu viennes. Nous passions une semaine avec les copains dans la maison du Gillieux, les sardines grillaient sur le feu et le phare des Baleines veillait sur nos rêves. Nous fêtions nos Capeps. Nous nous aimions déjà mais nos peaux nues pas encore. Ça s'approchait. Nos danses du soir, c'étaient les parades du colibri, le faste en moins et nos plumages peu chatoyants. Nous chantions jusqu'aux voix cassées, puis nous allions nous coucher, saouls de tout. Je laissais ma porte entrouverte. Ta chambre était voisine de la mienne, nos lits chacun d'un côté de la maigre cloison de plâtre. Si je tendais l'oreille, je t'entendais respirer. Je te chuchotais : « Passeras-tu cette nuit, passeras-tu cette nuit, passeras-tu cette nuit ? » Je le répétais comme une berceuse et pour m'endormir sur l'idée d'être amoureux de toi. Je rêvais que tu l'entendes et que tu viennes me répondre.

Un souffle plus tard, me voilà ce soir au pied de ta chambre et cette question toujours.

– Passeras-tu la nuit ?

Page 253, citation de *Bijou Bijou*
Musique de Alain BASHUNG
Paroles de Boris BERGMAN & Daniel TARDIEU

Page 262, citation de *Petite sirène*
Paroles de Francis Cabrel – Musique de Jean-Pierre Bucolo

Cet ouvrage a été composé
par PCA-Rezé
et achevé d'imprimer sur Roto-Page en juillet 2025
par l'Imprimerie Floch à Mayenne
pour le compte des Éditions Stock
21, rue du Montparnasse, 75006 Paris
stock@editions-stock.fr

PAPIER CERTIFIÉ

Stock s'engage pour l'environnement en réduisant l'empreinte carbone de ses livres. Celle de cet exemplaire est de :
550 g éq. CO_2
Rendez-vous sur www.editions-stock-durable.fr

Imprimé en France

Dépôt légal : août 2025
N° d'édition : 01 – N° d'impression : 107302
57-51-7920/0